시어니 트윌과 마법 시리즈 ❸

시어니 트윌과 대마법사

시어니 트월과 마법 시리즈 ❸

The Master Magician
시어니 트월과 대마법사

찰리 N. 홈버그 지음 ｜ 공보경 옮김

·····★ 차례 ★·····

성실의 중요성을 가르쳐주신 점에 감사드리며
모든 재료를 다룰 줄 아는
제 아버지 필 니콜에게 이 책을 바칩니다.

1

주름 장식이 달린 블라우스와 소박한 갈색 치마를 입고 그 위에 견습생용 빨간 앞치마를 두른 시어니는 다리가 셋 달린 스툴 위에 발끝으로 서 있었다. 할로웨이 씨 댁의 거실 동쪽 벽과 천장이 맞닿는 곳에 사각형의 흰 종이들을 붙이는 중이었다. 할로웨이 씨가 아프리카 종합 군사 훈장을 받아 가족들이 축하 파티를 열기로 했고, 그 지역에 사는 종이 마법사 – 에머리 세인 마법사 – 에게 파티 장식을 의뢰한 것이다.

에머리는 당연히 그런 시시한 일거리를 견습생인 시어

니에게 넘겼다.

스툴에서 내려온 시어니는 거실 중앙으로 걸어가 자신이 만들어놓은 작품을 살펴보았다. 널찍한 거실에 정교한 장식을 설치하기 위해 가구 대부분은 치워졌다. 시어니는 방향에 맞춰 벽에 스물네 개의 사각형 베어링을 붙였고, 할로웨이 부인이 전보로 알려준 치수에 맞춰 재단한 큼직한 흰 종이들을 방 주변에 놓아두었다.

사각형 베어링을 가지런히 놓은 후 지시를 내렸다.

"붙어라."

바닥에 고리처럼 둥그렇게 놓인 스물네 장의 길쭉한 흰 종이들이 토끼처럼 튀어 올라 지정된 사각형 베어링에 그 끝을 걸었다. 베어링에 걸린 채 묵직하게 늘어진 종이들은 시어니의 "펴져라" 하는 명령에 일제히 쫙 펼쳐졌고, 마치 벽지처럼 벽에 척척 붙으면서 방 안을 하얗게 뒤덮었다. 계단이 있는 북쪽 벽을 제외하고 거실은 온통 흰색이었다.

일찍이 할로웨이 부인은 남편이 아프리카에서 펼친 단기간의 군사 활동을 기념하고 싶다며 밀림을 주제로 거실을 꾸며달라고 주문했다. 시어니는 밀림에 관한 책 몇 권을 참고해 작업에 필요한 마법 주문들을 큼직한 벽지 뒷면에 적고, 모서리들을 알맞게 접어 마법을 불어넣었다. 이제 이 벽지들의 성능을 시험해볼 차례였다.

"밀림처럼 꾸며라."

벽지들은 애초의 설계대로 초록색과 갈색으로 진하게 물들었다. 시어니가 예전에 만든 종이 인형처럼 벽지에 색깔이 들어가면서 이미지가 나타났다. 이어서 진한 황록색 그림자가 생겨나고 우듬지의 민트색과 연초록색 나뭇잎 사이로 햇빛이 얼룩덜룩하게 쏟아져 들어왔다. 암갈색과 마호가니 색을 띤 마룻장 근처의 울퉁불퉁한 흙더미 너머에는 올리브색 야생 풀밭이 길게 펼쳐졌다. 아득히 멀리서 퍼덕이는 작은 곤충의 날갯짓 사이로 아비 새의 노랫소리가 퍼져나갔다. 오늘의 장식 중 최고는 바로 아비 새였다. 시어니는 실제로 아비 새의 노래를 들어본 적이 없어서, 동물원에서 만난 특이한 아프리카 새들의 노래를 참고해 아비 새의 노랫소리를 만들었다.

시어니는 종종걸음으로 방 안을 둘러보며 거대한 환영(幻影)을 확인했다. 직접 만든 마법으로 탄생시킨 살아 있는 벽화였다. 길쭉한 귀를 가진 쥐 한 마리가 30초에 한 번씩 두 나무 사이에서 빠르게 달음박질쳤다. 나뭇잎과 덩굴들은 15초에 한 번씩 미풍에 한들거렸다. 종이를 손에 쥐고 있지는 않았지만 시어니의 손가락은 종이에서 전해지는 느낌 때문에 찌릿찌릿했다. 이런 종류의 마법은 매번 대할 때마다 경이로웠다.

시어니는 길게 안도의 한숨을 내쉬었다. 실수한 부분은 없었다. 잘 해냈다. 이 정도의 환영을 흠 하나 없이 구현하지 못한다면 다음 달에 있을 마법사 자격시험에도 합격하지 못할 것이다. 에머리 세인 마법사 밑에서 수련한 2.5번째 견습생 시어니는 견습을 시작한 지 2년하고도 일주일이 되는 날 마법사 자격시험을 치를 계획이다.

현관문 쪽으로 물러난 시어니는 다양한 마법 장비가 담긴 큼직한 토트백 앞에 웅크리고 앉아 나무 상자를 꺼냈다. 상자 안에는 별빛 조명등이 잔뜩 들어 있었다. 오래전, 시어니는 에머리의 첫 견습생 랭스턴에게 별빛 조명등을 만드는 방법을 배웠다. 베개처럼 통통하고 작은 종이 별들은 파딩(4분의 1 페니의 가치가 있는 영국의 옛 화폐로, 1961년 폐지되었다-옮긴이) 동전만 한 크기였고, 전부 호박색 종이로 접은 것이었다. 종이 상인은 그 종이를 '선황색'이라 칭했지만 시어니가 보기에는 영락없는 호박색이었다. 시어니는

9

사흘 동안 손가락에 쥐가 나도록 열심히 종이를 접어 별빛 조명등 수십 개를 만들었다. 이러다 일찌감치 관절염에 걸리는 게 아닐까 걱정될 정도였다. 별빛 조명등 뒤에는 마찬가지로 호박색인 지그재그 모양의 종이를 붙여두었다.

시어니는 별빛 조명등들을 윤기가 반질반질한 짙은 색 마루에 던져놓은 뒤 명령했다.

"떠올라라."

조명등들은 일제히 지그재그 면이 위로 올라오도록 방향을 돌리면서 거품처럼 가볍게 천장으로 떠올랐다. "빛나라" 하고 명령하자 조명등들은 안쪽에서 부드러운 빛을 뿜어냈다. 할로웨이 집안사람들이 전등을 끄고 나면 이 거실에는 묘하고 낭만적인 별빛만 남으리라.

시어니는 작은 종이 나비들에게 생기를 불어넣어 방 안을 파닥파닥 날아다니게 했다. 바닥에는 삼각형의 색종이 조각들을 뿌려 손님들의 발치에서 떠다니는 바람을 표현했다. 식사 때 사용할 마법 냅킨도 따로 만들었는데, 손님들이 냅킨을 펼치면 '축하드립니다, 앨턴 할로웨이 씨'라는 문구가 청록색 빛으로 나타나게 했다. 코끼리나 사자가 나오는 이야기 환영도 만들까 생각했는데 그러려면 파티

가 진행되는 내내 이 방에 머물면서 마법 구절을 읽어야 해서 그만뒀다. 무엇보다 나이 든 손님들은 부정적으로 반응할 수도 있었다. 몇 개월 전, 극장 옆에 세워둔 거울 광고판에서 기차가 다가오는 환영을 본 어떤 할머니가 심장마비를 일으켰다는 신문 기사가 나기도 했다. 환영 마법이 걸린 거울은 미국에서 건너온 새로운 연극이 상영 중임을 알리는 광고판이었는데, 할머니 사건으로 인해 분별없는 광고라는 지탄을 받았다. 괜히 종이 사자를 만들었다가 손님 중 누군가가 그 사자에게 총이라도 쏜다면 파티 분위기를 망칠 우려가 있었다.

시어니가 종이 새에게 거실 천장 근처에서만 날도록 지시하는데, 계단을 내려온 할로웨이 부인이 깜짝 놀라 탄성을 내질렀다. 부인은 입을 한껏 벌리고 환한 미소를 지으며 말했다.

"어머어머, 이건 정말 말도 안 돼! 정말 아름답네요!" 부인은 짙은 화장을 한 두 뺨에 손바닥을 붙이며 외쳤다. "돈 들인 보람이 있어요! 아직 견습생이라면서요."

칭찬을 받은 시어니는 밝은 표정으로 대답했다.

"다음 달에 마법사 자격시험을 치를 예정입니다."

할로웨이 부인은 짝짝짝 박수를 쳤다.

"추천서가 필요하면 말해요. 얼마든지 써줄 테니. 아, 앨턴이 보면 얼마나 놀랄까!" 그러더니 계단 쪽으로 돌아서며 소리쳤다. "마사! 마사, 빨래는 두고 이리 와서 이것 좀 봐!"

시어니는 한층 가벼워진 가방을 집어 들고 그곳에서 벗어났다. 고객이 걷잡을 수 없을 만큼 흥분하기 전에 자리를 피하는 게 좋을 듯했다. 파티 장식은 더 손볼 곳이 없었고 할로웨이 부인은 주초에 이미 수표로 대금을 지급했다. 원래 견습생은 월급 외에는 무급으로 일해야 하지만, 아마 에머리는 그 대금을 시어니에게 줄 것이다. 상당히 큰 금액이었다. 시어니는 돈을 받으면 대부분 부모님께 보낼 생각이었다. 부모님은 밀 스콰츠 마을을 떠나 포플러 마을의 연립주택에서 살고 있었다. 어머니는 남에게 뭐든 거저 받는 걸 싫어하는 성품이지만 시어니는 그 돈을 꼭 부모님께 드리고 싶었다.

집 밖으로 나온 시어니는 보도에 웅크리고 앉아 가방에서 종이 한 장을 꺼냈다. 길쭉한 날개가 달린 작은 종이비행기를 접은 뒤, 몸통 한가운데에 거리 끄트머리의 교차로 이름을 적어 넣었다. "숨 쉬어라" 하는 명령으로 종이비행기에 생기를 불어넣고 도착지의 좌표를 속삭여 알려준 다음 바람에 날려 보냈다. 작은 종이비행기는 몸을 홱 뒤집고는 남쪽으로 날아갔다.

시어니는 가방을 어깨에 둘러메고 길을 따라 걷기 시작했다. 소박한 갈색 치맛자락이 가볍게 발목을 스쳤다. 5센티미터 굽의 신발이 보도를 밟으며 마치 말발굽처럼 또각또각 소리를 냈다. 이곳은 집들 사이에 충분한 녹지 공간이 조성된 호화로운 런던 교외 지역이었다. 이 근방 집들의 절반은 정교한 돌담이나 연철로 된 울타리로 둘러싸였다. 어떤 집들은 금속 마법사가 작업한 장치까지 설치돼 있었다. 행인에게 반응해 회전하는 엘린바 초소라든지 사전에 약속된 방문객이 접근하면 알아서 열리는 놋쇠 대문 자물쇠 같은 장치였다. 이제 완연한 봄이라 겨울의 흔적은 말끔히 사라지고 담장 너머 자그마한 정원에는 5월의 꽃이 한 아름 피었다. 심지어 정확하게 구획 지어진 동네의 질서를 무시한 채, 보도와 담장 안의 자갈길이 만나는 틈새까지 꽃들이 피었다. 산들바람이 불자, 프랑스식으로 땋아 올린 시어니의 호박색 머리카락 몇 가닥이 아래로 흘러내렸다. 시어니는 흘러내린 머리카락을 귀 뒤로 넘겼다.

시어니가 홀랜드 공원과 애디슨 가 모퉁이에 도착한 지 몇 분 만에 택시 한 대가 다가와 연석 옆에 멈춰 섰다. 시어니는 유리창이 없는 조수석 창문을 통해 택시기사에게 인사를 건넸다.

"안녕하세요, 프랭크. 오랜만이에요."

중년의 택시기사는 싱긋 웃으며 시어니를 향해 중절모 끝을 살짝 들어 올렸다. 아까 시어니가 날려 보낸 작은 종이비행기가 그의 검지와 중지 사이에 끼워져 있었다.

"언제 봐도 반가운 손님이세요, 트윌 양. 베커넘으로 가십니까?"

"예, 그곳에 있는 집으로 가주세요." 뒷문으로 다가간 시어니는 프랭크가 문을 열고 나오려고 하자 만류했다. "아뇨, 굳이 나오실 필요 없어요."

시어니는 재빨리 뒷좌석에 올라타고 시트를 탁탁 두드려 잘 착석했음을 알렸다. 프랭크는 다른 차가 먼저 지나가기를 기다렸다가 애디슨 가를 출발했다.

택시가 에머리의 집까지 45분 거리를 달리는 동안 시어니는 뒷좌석 등받이에 몸을 기대고 앉았다. 창밖으로 도시의 풍경이 흘러갔다. 집들 사이의 간격이 점차 좁아지면서 집의 크기가 줄어들었다. 도로와 인도에 행인들의 수가 점점 많아졌다. 자그마한 빵집 굴뚝에서 연기가 피어오르고, 좁은 골목길에서 소년들이 구슬치기를 하며 놀고 있었다. 유모차를 밀고 가는 아기 엄마, 엄마의 치마에 붙은 주머니를 손으로 꼭 붙잡은 아기의 모습도 보였다. 엄마와 아기의 모습을 보면서 시어니는 초기에 배운 종이 마법 중 하나인 '동서남북'을 떠올렸다. 그 운세 마법 중에 본 환영은 아마 평생 잊지 못할 것이다. 환영 속에서 시어니는 자녀로 추정되는 어린아이 둘과 함께 꽃이 흐드러지게 핀 언덕배기에서 밝고 행복한 모습으로 서 있었다. 그리고 시어니 곁에는 스승인 에머리 세인 마법사가 있었다.

마침내 도시가 저만치 멀어졌다. 프랭크는 에머리의 집으로 향하는 익숙한 흙길로 택시를 몰았다. 길을 따라 봄빛 가득한 나무들이 나란히 서 있었다. 시어니는 그 너머 강물을 보고 싶지 않아 시선을 돌렸다. 작은 강이지만 물을 보니 신경이 곤두섰다. 20개월 전 시어니는 안전을 위해 에머리와 함께 오래된 시골풍 집을 떠나면서 다시 돌아오지 못할까 봐 걱정했었다. 다행히 적들은 죽거나 감옥에 갇히거나 영원히 얼어붙은 상태가 되었고 시어니와 에머리는 위험에서 벗어났다. 앞으로 마법사 자격시험까지 남은 기간은 90일인데 그때까지도 적들과 맞붙어 싸워야 한다면 시험 준비를 제대로 할 수 없을 것이다.

토트백 안쪽 구석진 곳에 넣어둔 주머니에 손을 넣어 작은 화장 거울을 만져보았다. 거울의 둥그런 표면에 새겨진 켈트 매듭 무늬를 손가락으로 쓰다듬었다. 지난 일들을…… 모험들은…… 결코 가벼운 일들이 아니었다. 가볍게 넘기기엔 치른 대가가 가혹했다. 시어니는 씁쓸하고 수치스러운 감정을 속으로 삼켰다.

택시가 에머리의 집 앞에 멈춰 섰다. 그 집은 길에서 보면 폴터가이스트(시끄러운 영혼 - 옮긴이)가 득실대고 무너지기 일보 직전인 낡은 저택으로 보였다. 담장 안에서 부는 바람과 까악까악 울어대는 까마귀들이 한층 더 을씨년스런 분위기를 자아냈다. 에머리는 본인 집에 '귀신 들린 집' 환영을 씌워놓는 걸 즐겼다. 아무래도 지난 3월에 시도했던 척박한 공터, 즉 무시무시한 묘지 환영보다 귀신 들린 집 환영을 더 좋아하는 듯했다. 3월에 그는 2주일 동안 집에 묘지 환영을 씌워놨는데, 시어니의 반대로 걷어치웠었다. 환영에 놀란 우유 배달원이 부정맥을 일으키자 시어니는 환영을 치우자고 했고 그는 어쩔 수 없이 동의했다.

담장 주변에 쳐놓은 결계를 지나 대문을 통과해 안으로 들어가자 시어니의 눈앞에 환영 대신 집의 본래 모습이 펼쳐졌다. 노란색 벽돌로 된 집이었다. 시어니와 에머리는 2주일 전 앞 베란다를 적갈색 페인트로 칠했다. 종이 수선화들이 피어 있는 정원 가장자리에는 짧은 돌길이 깔려 있었고 사무실 창문에 매달린 담쟁이덩굴에는 살아 있는 찌르레기가 올라앉아 있었다. 찌르레기는 제 둥지에 바짝 가까운 곳에서 킁킁대고 있는 자그마한 종이 개를 경계하며 울어댔다.

"펜넬!"

시어니가 부르자 종이 개는 눈 없는 얼굴을 들어 시어니 쪽으로 고개를 돌렸다. 그러고는 종이를 비빌 때 나는 것 같은 가냘픈 소리로 두 번 학학 짖고 나서 시어니를 향해 신나게 달려왔다. 타일 사이의 흙바닥에 펜넬의 발자국이 찍혔다. 몇 달 전까지만 해도 펜넬은 발자국을 남기지 않았는데, 시어니가 2월에 플라스틱 뼈를 몸 안에 넣어준 덕분에 이제 발자국을 남길 수 있게 됐다. 뼈를 연결하는 플라스틱 마법 자체는 간단했지만, 펜넬의 움직임에 맞게 뼈와 관절을 만드는 방법을 익히는 데에만 수개월이 걸렸다. 물론 플라스틱 마법을 사용한 사실은 비밀로 했다. 최대한 들통나지 않아야 했다.

펜넬은 후다닥 달려와 시어니의 신발 위에 제 앞발을 올렸다. 그러고는 플라스틱 뼈대로 한층 강화된 종이 꼬리를 힘차게 좌우로 흔들었다. 시어니는 허리를 굽히고 앉아 펜넬의 턱 아래를 손으로 긁어주었다.

"들어가자."

앞장서서 현관문으로 향한 펜넬이 문설주에 코를 대고 꼬리를 흔들며 시어니가 어서 오길 기다렸다. 시어니가 현관문을 열자 펜넬은 안으로 들어가 복도 끝까지 타다다닥 달려갔다가 되돌아왔다. 어수선하기 짝이 없는 응접실로 들어가더니, 소파에 놓인 제일 낡은 쿠션에서 튀어나온 솜을 질겅질겅 씹었다.

시어니는 에머리의 사무실부터 들렀다. 직사각형의 방을 둘러싼 선반마다 다양한 두께와 색깔, 크기의 종이들이 차곡차곡 쌓여 있었다. 창문을 뒤덮다시피 한 무성한 담쟁이덩굴 덕분에 방 안은 어두운 청록색 빛으로 물들어 마치

바닷속 같았다. 에머리의 책상은 문 맞은편에 있었다. 책상 위에는 종이 더미, 철사로 된 메모 꽂이, 접착제와 가위, 반쯤 읽다 둔 책들, 펜 꽂이, 잉크병이 어질러져 있었다. 어쩌면 '어질러져 있다'는 표현은 적합하지 않을지도 모르겠다. 모든 물건이 마치 퍼즐 조각처럼 그 옆의 것들과 딱 맞게 배치되었고, 어느 하나 비딱하게 놓여 있지 않았으니까. 팔꿈치만 겨우 움직일 공간밖에 없었지만 그의 책상은 이 집의 다른 물건들과 마찬가지로 정신 사나운 와중에도 깔끔하게 정리된 느낌을 주었다. 21년을 살아오면서 시어니는 이렇게 물건들을 잔뜩 쌓아두면서도 잘 정리해두는 사람을 처음 봤다.

사무실 안에 에머리는 보이지 않았다.

책상 뒤에는 나무틀로 된 코르크판이 걸려 있었다. 시어니와 에머리는 작업 요청서, 영수증, 전신문(電信文), 메모 등을 코르크판에 꽂아두었다. 벽돌처럼 일정한 간격으로 깔끔하게. 물론 에머리의 솜씨였다. 시어니는 할로웨이 부인의 장식 요청서를 놋쇠 압정에서 떼어내 "찢어져라" 주문을 외운 뒤 쓰레기통에 던져 넣었다.

요청서는 열두 개의 길쭉한 조각으로 찢어져 쓰레기통

안으로 눈처럼 떨어져 내렸다.

사무실을 나온 시어니는 펜넬이 들어가 어지럽히지 못하도록 문을 닫았다. 그리고 주방과 식당을 지나 계단을 밟고 2층으로 올라갔다. 2층에는 침실과 화장실, 서재가 있었다. 시어니의 방은 왼쪽 첫 번째 방이었다. 방으로 들어간 시어니는 토트백부터 바닥에 내려놓았다.

2년 전 처음 들어왔을 때와 비교하면 방 안 풍경은 사뭇 달라졌다. 침대는 옷장 옆의 구석진 자리로 옮겨졌고, 창가에는 책상이 놓였다. 에머리가 교습을 하다 변덕이 나면 이것저것 다른 걸 가르쳤으므로 시어니는 종이접기 수업을 받고 숙제를 하느라 책상 앞에서 주로 시간을 보냈다. 그렇다 보니 방에 다소 싫증이 나서 지난겨울에는 마룻바닥을 진한 체리색으로 칠했다. 방의 벽과 천장은 시어니가 직접 만든 종이 작품들로 장식돼 있었다. 에머리가 주방과 식당의 벽판에 장식해놓은 것과 거의 흡사했다. 한쪽 벽에는 우아한 발레리나 스커트를 입은 자그마한 종이 춤꾼들이 춤추듯 붙어 있었고, 다른 벽에는 다양한 사슬 마법 장비들이 걸려 있었다. 소용돌이 문양 꽃잎이 달린 빨간색과 파란색의 종이 카네이션들이 창가를 에워쌌고, 같은 색깔의 종이 화환들이 옷장 문 주변을 장식했다.

열두 개 혹은 열여덟 개의 뾰족뾰족한 못이 박힌 종이 별들은 천장에 달아놓은 줄에 연결되었는데 주먹 절반만 한 것부터 정찬용 접시만 한 것까지 크기가 다양했다. 여성 잡지에서 오려낸 종이 깃털들, 움직이는 해마들로 만들어진 모빌, 침실용 테이블을 비추는 별빛 조명등도 있었다. 침실용 테이블 위에 놓인 꽃병에는 에머리가 시어니의 스무 번째 생일에 만들어준 빨간색 종이 장미들이 꽂혀 있었다. 문 가까이에는 종이 구름들이 떠 있었고, 시어니가 교과서를 꽂아두는 2단 책꽂이 위에는 베이비핑크색 종이 방울들이 놓여 있었다.

시어니가 이곳에서 1년 11개월을 지내면서 하나씩 모아둔 장식들이었다. 시어니는 막내 여동생 마고가 지난 4월에 놀러 오기 전까지만 해도 자신이 방 안을 동화 나라처럼 꾸며놓은 줄도 모르고 지냈다.

베개 위에 구겨진 봉투 하나가 놓여 있었다. 시어니는 토트백을 바닥에 둔 채 봉투에 담긴 내용물을 확인했다. '현대 마법사' 카탈로그를 보고 주문한 고무 단추들이 배송돼 온 것이었다. 시어니는 자그마한 봉투를 책상 맨 아래 서랍에 넣어두었다. 서랍에는《불 마법의 정확한 계산》이라는 책을 비롯해 몰래 보려고 모아둔 자료들이 들어 있었다. 시어니는 서둘러 에머리의 방으로 향했다.

문을 두드리고 가만히 열어봤는데 아무도 없었다. 서재도 마찬가지였다.

갑자기 천장에서 쿵 소리가 들렸다.

"또 대규모 마법 작업을 하시나 보네."

시어니는 혼잣말로 중얼거리며 3층 계단으로 이어지는 문을 열었다. 3층 다락방은 바닥 면적이 그리 넓지 않지만 높이는 상당했다. 에머리는 '대규모 마법'을 자주 하진 않았지만 막상 작업을 시작하면 하루를 꼬박 방 안에 틀어박혀 있곤 했다.

지난 3월에 그는 길이가 2미터에 달하는 일명 '코끼리 총'을 만들어 셰필드시에 있는 소년 고아원에 기증했다. 종이 퍼프를 쏘아 올리는 총이었다. 지금은 또 어떤 터무니없는 발명품을 만들고 있을지 궁금했다.

3층 다락방의 구석진 곳을 보니, 에머리의 해골 집사인 존토가 벽걸이에 걸려 있었다. 그 아래에는 둥글게 말아놓은 종이 관, 테이프, 좌우대칭으로 잘라둔 종이들이 놓여 있었다. 새로 장만한 적갈색 외투를 입은 에머리는 스툴을 밟고 서서, 180센티미터 길이의 *박쥐 날개*를 존토의 척추에 붙이는 중이었다.

시어니는 눈을 깜박이며 그 광경을 가만히 바라보았다. 이제 어지간해서는 놀라지도 않았다. 시어니는 팔짱을 끼며 말했다.

"죽음의 천사를 벌써 보다니. 그런 걸 만나려면 몇 년은 더 있어야 하는 줄 알았는데요."

스툴 위에 불안정하게 서 있던 에머리가 어깨 너머로 뒤를 흘긋 돌아보았다. 그는 존토의 왼쪽 날개 끝이 될 뻣뻣한 종이를 두 손으로 받쳐 들고 있었다. 그가 고개를 돌리자 턱까지 내려오는 윤기 나는 검은 머리카락이 덩달아 춤을 추었고, 선명한 초록색 눈동자가 오후의 햇살처럼 환하게 빛났다.

시어니는 요즘도 그의 눈을 바라보고 있으면 정신이 아득해질 만큼 설렜다.

"시어니!" 그는 다시 고개를 돌리고 날개를 마저 마무리하며 말을 이었다. "한 시간은 더 있다가 올 줄 알았어!"

"할로웨이 부인의 요청이 우리가 걱정했던 것만큼 복잡

하지 않더라고요." 시어니는 미소를 지었다. "존토를 왜 용으로 만들고 있는지 설명해주실래요?"

에머리는 스툴에서 내려와 뻐근해진 어깨를 이리저리 돌렸다.

"오늘 집에 잡상인이 찾아왔어."

"잡상인이요?"

"구두약을 판대." 그는 턱 아래 돋은 까칠한 수염을 문질렀다. "가격은 적당하더군."

시어니는 고개를 끄덕였다.

"그래서 존토에게 날개를 달아주신다고요?"

그가 히죽 웃었다.

"여기로 이사 오고 나서 처음으로 잡상인이 찾아온 거야."

외투와 바지에 붙은 종잇조각을 손으로 털어낸 그는 두 번째로 만든 거대한 종이 글라이더 옆을 지나 방을 가로질러 갔다. 첫 번째 글라이더를 시어니가 타고 나갔다가 못 쓰게 된 바람에 새로 만든 것이다.

"이 집에 쳐놓은 결계의 환영이 더 이상 위협적으로 느껴지질 않나 봐. 요즘 조셉 콘래드(폴란드 출신 영국 작가 – 옮긴이)의 무시무시한 소설이 유행이라 그런가, 사람들이 겁을

24

안 먹네. 묘비 환영은 쓰지 않기로 자네와 결정했으니 존토를 '죽음의 천사'로 둔갑시켜 보기라도 해야지. 자네가 마침 죽음의 천사라는 잘 어울리는 별명도 지어줬으니 딱이군. 앞으로는 존토가 쓸데없는 방문객의 접근을 막아줄 거야."

시어니는 웃음을 터뜨렸다.

"존토를 집 밖에 세워두겠다고요? 비가 와서 젖으면 어쩌려고요?"

"흐음." 그는 길게 자란 구레나룻을 손으로 쓰다듬었다. "날개를 분리할 수 있게 만들어야겠군. 가능할 거야."

그는 입보다 눈에 더 많은 웃음기를 담고 미소 지었다. 진심이 담긴 미소였다. 그는 시어니의 어깨를 잡더니 담백하게 입을 맞췄다.

그리고 옆으로 흘러내린 시어니의 머리카락을 귀 뒤로 넘겨주며 말했다.

"저녁 식사 때 키드니 파이(소와 양의 콩팥을 넣은 파이 – 옮긴이)를 만들어주면 좋겠어. 그럼 난 뭘 하면 될까?"

"키드니 파이요?" 시어니는 눈썹을 치떴다. "집에 키드니가 있어요?"

"오늘 아침에는 있던데."

시어니는 놀란 척 손으로 입을 가렸다.

"설마. 직접 식료품 가게에 다녀오신 건 아니죠?"

"태기스 프래프 마법학교 교육 위원회 회의에 다녀왔어. 견습생 문제 때문에." 그는 어깨를 으쓱했다. "아는 녀석한 테 돈을 주고 장을 봐오라고 시켰는데 일을 제대로 했더라고."

시어니는 여전히 미소를 지으며 눈을 위로 굴렸다.

"알았어요. 만들어 드릴게요. 그리고 제가 아직 마법사 님의 견습생이라는 거 잊지 마세요."

에머리는 그녀를 한 번 꼭 안은 뒤 품에서 놓아주었다.

"교육 위원회 측은 뭐든 일찌감치 결정해두고 싶어 해. 패트리스가 학교를 떠난 후 졸업식도 엉망이 됐거든."

시어니는 고개를 끄덕였다. 패트리스 에이비오스키 마법사는 마법사 위원회 산하 교육부로 와달라는 제안을 받았고, 1년 반쯤 전에 태기스 프래프 마법학교를 그만두고 그곳으로 자리를 옮겼다.

시어니는 다락방을 나와 1층으로 내려갔다. 펜넬이 걱정스런 표정으로 계단 옆에 웅크리고 앉아 기다리고 있었다. 주방 냉장고를 열어보니 종이로 포장된 키드니가 들어 있었고 그 위에 냉기 마법을 품은 색종이들이 뿌려져 있었다. 시어니는 포장지에 붙은 둥근 색종이들을 털어내고 파이 만들 준비를 시작했다. 물이 맑아질 때까지 키드니를 헹군 뒤 냄비에 기름을 넣고 월계수 잎, 백리향, 양파와 함께 볶았다. 이어서 토마토를 잘라 으깬 뒤 마침 다 떨어진 머스터드 대신 식초를 약간 넣었다.

학습 일정을 보니 급한 건 없었다. 시어니는 디저트로 크렘 브륄레(커스터드에 얇은 캐러멜 층을 덮어 만든 프랑스식 디저트 - 옮긴이)를 만들기 위해 달걀 몇 개를 깨 놓았다. 할로웨이 부인 밑에서 일하는 하녀가 파티에서 크렘 브륄레를 내놓을 거라고 말했는데, 그 말을 듣고 나니 먹고 싶어졌다. 그릇에 크림, 달걀노른자, 설탕을 넣고 팔이 아플 때까지 휘저어 푸딩을 만들었다. 그리고 푸딩을 작은 램킨 그릇에 붓고 키드니 파이와 함께 오븐에 넣었다.

키드니 파이와 크렘 브륄레가 완성되자 둘 다 오븐 밖에 꺼내놓고 식탁을 차렸다. 에머리의 발소리가 들리지 않는 것을 확인한 시어니는 요리책을 보관해두는 찬장 문을 열고 《프랑스 요리》 책 사이에 끼워둔 작은 성냥갑을 꺼냈다. 성냥갑 안에는 끝에 둥그렇게 인이 발린 성냥 몇 개가 들어 있었다. 성냥을 왼손에 쥐고 오른손에 나무 스푼을 쥔 채 조용히 말했다.

"흙에 의해 만들어진 재료여, 너를 다루는 자가 명한다. 내가 너를 통해 연결되었듯이 바로 오늘부터 나와의 연결을 끊어라."

시어니는 원래 끊을 수 없게 돼 있는 종이와의 결합을 이미 몇 번이나 끊었다가 다시 이어 붙인 터였다. 지금도 나무 스푼을 내려놓은 뒤 손을 가슴에 대고 말했다.

"인간에 의해 만들어진 재료여, 내가 너에게 명한다. 바로 오늘부터 내가 너에게 연결되듯이 나와 연결되어라."

그리고 성냥에 불을 붙이며 중얼거렸다.

"인간에 의해 만들어진 재료여, 창조자가 명한다. 내가 죽어 흙으로 돌아가는 날까지 남은 세월 동안, 내가 너에게 연결되듯이 나와 연결되어라."

이를 악물고 손가락을 성냥불 속으로 집어넣었다. 다행히 손가락은 화상을 입지 않았다. 즉, 시어니가 불과 결합됐다는 뜻이었다. 불 마법사는 본인이 직접 만들어낸 불에는 데지 않으니, 꽤 괜찮은 특전이었다.

불에 닿은 피부가 찌릿찌릿했다. 그 느낌은 놀라울 정도로 좋았다. 성냥불이 꺼질 때까지 좋은 느낌이 이어졌다. 시어니는 성냥갑을 앞치마 주머니에 집어넣었다. 불 마법을 사용한 후 불과의 결합을 끊으려면 성냥의 인이 필요했다.

오븐 문을 열고 "피어나라" 하고 명령을 내려 불꽃을 피웠고, "타올라라" 하는 명령과 함께 검지 끝을 뻗어 작은 불을 만들어냈다.

불 마법은 여러 종류의 마법 중 시어니가 제일 마지막으로 시도해본 것이었다. 실수했다가는 화상을 입거나 이 집을 홀랑 태워버릴 수도 있어서 조심스러웠다. 처음에는 아예 욕조에 발을 담근 채로 불 마법을 시도했다. 다행히 살짝 데면서 물집이 생기는 정도에 그쳤다. 지금 하는 불 마법 역시 규모가 작고 초보 수준이었다.

크렘 브륄레의 표면에 설탕을 뿌린 뒤 손가락 끝의 작은 불로 달궈 캐러멜로 만들었다. 그러다 에머리가 계단을 내려오는 소리가 들리자 급한 마음에 "멈춰라" 하고 명령하는 대신 입으로 불어 불을 껐다.

식당 안으로 들어온 에머리는 시어니가 다 차려둔 식탁

을 보며 말했다.

"음, 냄새 좋네. 깜박했어. 내가 식탁을 차렸어야 했는데."

"파이가 갈색으로 익는 동안 디저트도 만들었어요."

시어니는 키드니 파이가 담긴 그릇을 행주로 집어 식탁으로 옮겼다.

에머리는 손가락 윗부분으로 시어니의 목을 쓰다듬었다. 기분 좋은 설렘이 시어니의 어깨를 타고 몸으로 내려왔다.

"고마워."

시어니는 두 뺨이 살짝 달아오르는 것을 느끼며 미소 지었다. 에머리가 의자를 뒤로 빼주자 시어니는 앞치마를 벗어 등받이에 걸쳐놓고 그 의자에 앉았다.

무심코 주머니에 손을 넣어 성냥갑을 손가락으로 만지작거렸다. 식사를 마치자마자 다시 종이와 결합해야 했다. 시어니가 에머리를 대신해 할로웨이 씨 댁의 파티 준비를 해주고 왔으니, 식사 중에 쪽지 시험을 보자고 하지는 않겠지.

시어니는 포크로 키드니 파이 한 조각을 쿡 찍었다. 종이와 결합을 해제하고 다른 재료와 결합하면 마치 다른 이와 바람을 피우는 기분이었다.

마법 재료와 결합을 깨는 방법을 알려준 자가 살아 있다면, 시어니가 느끼는 이 기분에 십분 공감할 것이다.

2

저녁 식사를 마친 후 에머리는 설거지를 시작했다. 시어니는 불과 마법 결합을 깨기 위해 서둘러 위층 자신의 방으로 올라갔다. 펜넬의 털 없이 종이로만 된 몸을 쓰다듬으며 종이와 다시 마법 결합을 맺고 고무 단추를 꺼냈다. 고무 단추를 이용해 펜넬의 발바닥에 튼튼한 받침을 만들어주고 싶었다. 크기도 얼추 맞는 것 같으니 고무를 너무 많이 조종할 일은 없을 것이다. 이런 작업을 위해 에머리에게 도움을 요청할 수는 없었다.

손에 고무를 들고 잠시 생각에 잠겼다. 지금 이걸 할 시간이 있을까?

2년 전쯤 시어니는 에이비오스키 마법사의 집에서 마법 재료와의 결합을 깨는 방법을 알게 됐다. 그 후 정신을 차려보니 병원 침대였다. 그래스 코발트는 죽었으니 이제 그 방법을 아는 사람은 시어니뿐이었다. 그래스와 싸우면서 크리스마스 칠면조처럼 여기저기 쓸리고 베인 시어니의 몸은 또 다른 신체 마법사 덕분에 무사히 회복됐다. 시어니의 목숨을 구해준 신체 마법사는 합법적으로 인가를 받아 신체 마법을 사용했지만, 시어니는 그것이 피를 이용한 마법이라는 점에 소름이 끼쳤다. 유리 마법사에서 신체 마법사로 전환한 그래스가 친구 딜라일라를 죽인 직후라 아마 더 그랬을 것이다.

그래스와의 싸움 끝에 정신이 들어보니 시어니는 유리 마법사가 되어 있었다. 살아남기 위해 마법 결합의 대상을 종이에서 유리로 바꾼 결과였다. 종이와 재결합을 맺은 후 시어니는 두 달 동안 그래스의 괴이한 마법을 잊으려고 애썼다.

마음은 잊고 싶은데 머리로는 도저히 잊히지 않았다. 시어니는 오래전에 일어난 일의 아주 세밀한 부분까지도 생생하게 떠올릴 수 있을 만큼 기억력이 좋았다. 5학년 때 치른 첫 철자 시험, 키드니 파이의 조리법, 1901년 9월 18일에 처음 만났을 당시 에이비오스키 마법사가 신고 있던 구두의 버클 모양까지도 기억할 정도였다.

서까래에 목이 매달린 에이비오스키 마법사의 몸이 움직이던 모양새, 부어오른 손목, 옆으로 기울어진 머리도 전부 머릿속에 또렷했다. 자신의 피부를 찢어놓은 유리 파편 하나하나도 기억했다. 유리 파편들이 피부를 날카롭게 베던 느낌이 생생하게 떠오를 때마다 시어니는 피부에 돋은 소름을 문지르곤 했다. 친구 딜라일라의 눈에 담겨 있던 공포도 고스란히 기억에 남아서, 만약 시어니가 그림에 재주가 있었다면 기억에 새겨진 그 모습을 세밀하게 그려낼 수 있었을 것이다.

그러니 그래스 코발트가 어떤 식으로 유리 마법과의 결합을 깨고 피와 새로 결합을 맺어 신체 마법사로 거듭났는지, 그 과정도 시어니의 머리에 정확히 남아 있었다.

입원해 있을 때 시어니는 새로 얻은 이 능력에 대해 에머리에게 털어놓았다. 실제로 눈앞에서 증명해 보이기도 했다. 물론 자세한 정보까지는 공유하지 않았다. 에머리는 마법사별로 특화된 마법 재료를 변경할 수 있는 시어니의 능력에 대해 약간 아는 것만으로도 불편해했다. 이해할 수 있었다. 시어니는 중력을 끊어내는 것에 비견될 만큼 엄청난 기술을 갖게 된 것이니까. 에머리와의 사이가 아직 불안정한 상태라, 다른 마법들과 결합해 자세히 알아보고 싶은 욕심이 있다는 사실을 그에게 차마 말할 수가 없었다.

처음에 시어니는 이 새로운 정보, 별로 알고 싶지 않았던 이 정보를 테스트해볼 생각도 못 했다. 지금도 에머리는 시어니가 여전히 그렇게 생각하는 줄 알 것이다. 시어니가 어떻게 하든 그는 무작정 비판할 사람이 아니었지만, 시어니는 그를 실망시키는 일만큼은 하고 싶지 않았다.

어떤 비밀은 굳이 끄집어내지 않는 게 좋을 수도 있으니까.

처음에 시어니는 엄격한 규칙을 만들어 자신에게 적용했다. 견습생으로서 의무를 비롯해 종이 마법 공부를 완전히 마칠 때까지는 다른 마법 재료에 관한 공부는 하지 말 것. 하지만 이미 그 규칙을 몇 번이나 어겼다. 총알에 마법을 걸거나 거울에 비친 이미지를 바꾸는 등 다른 마법 재료를 이용하는 주문이 무척이나 멋지고 흥미롭기 때문이었다.

마법사 자격시험이 한 달 앞으로 다가온 지금, 과연 종이 개의 발바닥에 고무를 붙여줄 짬을 낼 수 있을까?

시어니는 고무 단추를 손가락으로 감싸 쥐었다. 마음 한 구석으로는 준비가 되어 있음을 느낄 수 있었다. 수십 장의 종잇조각으로 생물의 형태를 만들고 생기를 불어넣는 방법도 이미 잘 알았다. 가장 난해한 종이 환영을 만들어내는 방법, 종이 사슬을 만드는 54가지 방법, 종이를 고속으로 진동시켜 폭발하게 만드는 방법도 알고 있었다. 직접 견습생을 들이고 가르쳐도 손색이 없을 수준이었다!

하지만…… 시어니는 마법사 자격시험에서 어떤 종류의 시험을 어떤 방식으로 치르게 될지 알 수가 없었다. 에머리는 시험에 관한 자세한 내용을 누설할 수 없다고 했다. 그것만으로도 지금 자격시험 공부에 전념해야 할 이유는 충분했다. 종이접기 공부, 종이 마법의 모든 면을 철저히 공부해야 했다. 익숙한 내용이라도 종이 마법에 관해 새로 나온 논문이나 소론도 읽어둬야 했다.

시어니는 한숨을 푹 쉬며 고무 단추를 내려놓았다. 아직 시간이 있으니 나중에 펜넬의 발바닥에 달아주면 될 것이다.

고개를 들어 오리나무 나뭇가지에 반쯤 가려진 창밖을 내다보았다. 나뭇잎의 일부는 환한 분홍색이고 그 너머 하늘은 라벤더색으로 물들었다.

흘러내린 머리카락을 여민 뒤 서재로 건너갔다. 서재의 창문은 여기보다 좀 더 큼직하고 경사가 덜했다.

창밖 풍경은 무척이나 아름다웠다.

종이 마법 견습생이 되기 전까지 시어니는 일몰 풍경을 제대로 감상해볼 기회가 없었다. 밀 스콰츠 마을의 고향 집은 높은 건물들에 둘러싸인 탓에 지평선과 하늘 대부분이 보이지 않았다. 마법학교의 기숙사 방은 6층이었지만 끝없이 쌓이는 과제물을 해결하느라 찬란한 일몰의 색깔을 감상할 여유가 없었다.

하지만 이 집은 도시와 시골이 맞닿은 지역에 있어서 다른 사람들이나 건축물이 시야를 방해하지 않았다. 이 곳에서 시어니는 처음으로 일몰의 아름다움을 알게 됐다.

오늘 저녁에는 태양 주변에 떠 있는 두툼한 구름 덩어리 몇 개가 사그라져가는 햇빛을 담아내는 화폭 역할을 했다. 언덕 너머로 저무는 둥그런 황금 덩어리 근처에 있는 구름은 환한 살구색이고, 태양에서 멀어질수록 연어색과 제비꽃색을 띠다가 저녁 하늘의 깊은 푸른색으로 이어졌다. 구름은 마치 천상의 동물들 같았다. 또 다른 세상으로 넘어가는 태양을 따라, 푸르고 광활한 하늘 바다를 헤엄쳐가는 하늘 물고기들.

목덜미 바로 옆 어깨에 그가 손을 얹었다. 시어니는 유리창 너머의 천연 벽화에서 시선을 돌렸다.

"말도 못 하게 낭만적이네."

에머리의 입꼬리가 한없이 올라가 보조개를 만들었다. 그의 눈동자는 창문으로 들어오는 일몰의 빛을 받아 더욱 진한 올리브색으로 물들었다. 방금 설거지를 하고 온 그의 손가락이 차가웠다.

"소설 속 풍경 같죠." 시어니는 뒤로 한 걸음 물러나 그의 품에 기대었다. "저도 마법사님과 같은 생각이에요. 《제인 에어》속 한 장면을 재현해보고 싶네요."

"미안하지만 그 소설에 대해서는 잘 몰라."

"괜찮아요. 약간 슬프지만 끝은 좋은 소설이에요."

에머리는 시어니를 향해 돌아서서 그녀의 턱을 손으로 받쳤다.

"끝이 좋다면야."

그는 엄지로 그녀의 뺨을 쓸어내리며 잠시 그녀를 바라보았다. 그의 보석 같은 눈이 그녀의 입술과 광대, 눈에 닿았다. 시어니는 그가 자신을 그렇게 바라보는 게 좋았다. 비로소 자신이 세상 속에…… 존재하는 느낌이었다.

시어니는 발꿈치를 올렸다. 에머리는 거리를 좁히며 그녀의 입술로 다가왔다.

2년 전 그날 기차역에서 입을 맞춘 후 에머리 세인과 몇 번이나 키스했는지는 헤아릴 수 없었다. 여러 번 키스했지만 그의 입술이 자신의 입술에 닿을 때마다 시어니는 순수한 기쁨을 느꼈고 혈관 속에서 피가 한층 빨리 돌았다.

어쩌면 너무 빨리 도는 것인지도 몰랐다.

시어니의 손가락이 그의 목과 귓불, 구레나룻, 그리고 그날 하루 동안 자라 올라온 까칠한 수염을 쓰다듬었다. 숨을 쉬느라 키스를 멈출 때마다 흑설탕과 문구류, 목탄 향이 섞인 그의 체취가 시어니의 폐를 가득 채웠다. 시어니는 결혼한 사이가 아니면 할 수 없는 방식으로 그에게 키스를 했다.

그의 혀가 시어니의 아랫입술을 스치고 지나갔지만 오

래 머무르지는 않았다. 시어니는 자신이 숙녀라는 사실을
가끔은 그가 잊어주길 바랐다. 하지만 그에게서 나쁜 남자
의 면모를 끌어내려 아무리 애써도 그는 신사로서 본분을
잊지 않았다.

그의 등이 책장에 닿았다. 시어니는 에머리의 머리카락
을 새끼손가락으로 감아쥐고 그를 더욱 강하게 유혹했다.
잠시 효과가 있기는 했지만 키스의 속도는 점차 느려졌고
에머리는 언제나처럼 스스로에게 고삐를 당겼다. 종이 개
말고는 방해할 리가 없는 집에서, 이런 식으로 키스를 하
다 보면 그다음 단계로 넘어갈 법도 한데, 고결한 에머리
는 아직 결혼한 사이도 아닌 시어니와 다음 단계로 넘어가
려 하지 않았다. 시어니가 '견습생' 신분인 한 그는 그녀와
결혼할 수도 없었다. 에머리가 두 번이나 직접 한 말이
었다.

그러니 시어니는 되도록 빨리 마법사 자격시험을 치르
려는 것이다.

그들은 입술을 뗐지만, 바짝 가까이 선 채 여전히 숨결
을 주고받았다.

시어니가 눈을 뜨며 속삭였다.

"소설 속 한 장면 같아요."

에머리는 웃으며 그녀의 이마에 입을 맞췄다.

"자네는…… 책 취향이 참 독특해, 트윌 양."

시어니는 고동색 외투의 옷깃을 바로 했다.

"전 읽고 싶은 걸 읽을 뿐이에요, 세인 씨."

"제안할 게 있어." 쓸쓸한 미소를 지으며 한 걸음 물러선 그는 한층 더 불그스름해진 석양을 바라보았다. "18세기 종이접기 기초에 관한 논문을 도서관에서 빌려놨어. 습기 없이 잘 말라 있고 명사는 전부 대문자로 표시된 논문이야. 자네가 재미있게 읽으면 좋겠어."

시어니는 인상을 썼다.

"초창기 종이접기 기술을 공부하라고요?"

"완전 초창기는 아니고 반(半) 초창기야. 본인이 다 알고 있다고 생각하는 기초를 다시 한번 돌아보는 것도 나쁘지 않아."

"정말 다 알고 있는데요."

"확실해?"

시어니는 잠시 생각하다가 물었다.

"자격시험에 대한 힌트를 주는 거예요?"

에머리는 바지 주머니에 두 손을 찔러 넣었다.

"난 자네한테 시험에 관한 어떤 힌트도 주지 못하게 돼 있어. 자네의 시험 통과를 위태롭게 할 만한 짓은 하고 싶지도 않아."

그는 진지하게 말을 맺었다. 서쪽 벽에 붙여놓은 테이블로 걸어간 그는 시어니의 손목 두께만 한 낡은 책을 손으로 툭툭 쳤다. 어깨가 축 처진 모습이었다. 시어니의 마법사 자격시험 통과에 도움이 될 만한 책은 아닌 듯했다.

시어니도 에머리 못지않게 시험 통과가 간절한 만큼 시험을 위태롭게 만들고 싶지 않았다. 시어니는 필요 이상으로 크게 한숨을 쉬면서 그 두툼한 책을 받아 옆구리에 끼웠다.

그때 테이블 위에 놓인 전신기가 따닥따닥 소리를 냈다.

에머리가 한쪽 눈썹을 치켜세웠다. 시어니는 조용히 집중해서 그 소리를 들으며 모스 부호를 머릿속으로 해석했다. '흥미로운 질문이 있음. 나는……'

"공부 열심히 해."

에머리는 한 손으로 시어니의 등을 툭 쳐서 복도로 밀어냈다.

"하지만……."

"전신 내용은 비밀이야."

그는 눈을 반짝이며 이렇게 말하고는 서재 문을 닫았다.

인상을 찌푸리던 시어니는 전신기 소리를 듣기 위해 나무로 된 문에 귀를 바짝 붙였다. 2초 뒤에 에머리가 문을 손으로 두드렸다. 그는 시어니와 함께 살면서 그녀의 엿듣기 기술이 얼마나 뛰어난지 간파하고 있었다.

시어니는 인상을 쓰며 자신의 침실로 돌아갔다. 논문을 펼치자 두툼한 표지에서 먼지가 폴폴 피어올랐다. 손을 휘저으며 첫 장의 제목부터 읽었다.

'제1장: 중간 지점 접기.'

오늘 저녁은 꽤 지루할 듯했다.

해가 저물자 한층 짙어진 구름이 밤하늘의 별빛을 가렸다. 시어니가 램프를 끄고 잠자리에 들려는데 빗방울이 떨어졌다. 처음에는 가볍게 후두둑 떨어지다가 이내 쏴아 하고 쏟아졌다. 처마 속으로 파고드는 강한 바람에 잠기운이 달아났다. 강풍은 저택 벽과 울타리에 설치해놓은 환영 장치까지 찢어놓았다. 아무리 방수 처리를 해도 비바람에 종이는 속수무책이었다.

기온이 떨어지면서 비는 우박으로 변했다. 우박이 지붕과 창문을 두드리는 소리는 마치 천 개의 전신을 전송하는 전신기 소리 같았다. 베개로 머리를 감싼 시어니는 다시 잠에 빠져들었다…….

꿈속에서 시어니는 침대에 누운 채 빗물에 에워싸였다. 어느새 천장은 사라지고 쏟아지는 빗물이 가구를 온통 적시면서 벽에 붙은 종이 작품들을 벗겨냈다. 시어니는 검은 치마에 하얀 버튼 업 셔츠를 입고 목에는 애스컷 타이(스카프 모양의 폭넓은 넥타이 - 옮긴이)를 둘렀다. 태기스 프래프 마법학교 시절의 교복이었다. 시어니는 바닥의 배수관 위에 서 있었다. 무언가가 배수관을 틀어막았는지 빗물은 이내 시어니의 발까지 차오르며 물웅덩이를 이뤘다. 시어니는 구둣발로 배수로를 이리저리 걷어차 물이 흘러가게 하려고 애썼다. 하지만 배수관을 틀어막은 이물질은 꿈쩍도 하지 않았다.

방 안을 둘러봤지만 문이 없었다. 가구도 사라졌고 이제 방 안에 남은 것은 나무 바닥과 빗물뿐이었다. 빗방울이 점점 커졌다. 퀼팅 바늘처럼 길쭉한 빗물이 시어니의 피부에 튀었다. 흠뻑 젖은 교복에서 떨어지는 빗물은 다리 주변을 휘도는 물웅덩이를 불리며 호수를 이루었다. 차가운 물이 무릎을 지나 허벅지까지 차올랐다.

심장이 죄어드는 듯했다. 어두운 물속을 헤치고 무작정 나아갔다. 무엇이든 딛고 올라서고 싶은데 바닥에 아무것도 없었다. 책상도 침대도 사다리도 스툴도 모두 사라졌다. 심지어 문조차 없었다. 몰아치는 폭풍우 아래 창턱도 보이지 않았다.

"도와줘요!"

하지만 시어니의 목소리는 퍼붓는 빗소리에 묻혀버렸다. 빗줄기는 점점 더 거세어져 유리 파편처럼 날카롭게 시어니의 몸을 찔렀다. 빗물은 어느새 엉덩이를 지나 배꼽까지 차올랐다.

시어니는 수영을 할 줄 몰랐다. 전에 에머리가 가르쳐준 대로 골반을 위로 밀어 올리며 물에 뜨려고 애썼지만 가라앉기만 했다.

그러다 머리마저 물 밑으로 가라앉았다. 시어니는 팔다리를 허우적대며 바닥을 차고 수면 위로 올라갔다.

머리를 내밀자 누군가 이름을 부르는 소리가 들렸다.

"시어니!"

목소리가 나는 방향으로 고개를 돌렸다. 폐에 공기를 담아두려고 안간힘을 쓰면서 물을 철벅거렸다. 시어니를 부른 것은 딜라일라였다. 모로 둥둥 떠다니는 책장 위에 앉은 딜라일라가 시어니에게 한 손을 내밀었다. 다른 쪽 손에는 시어니에게 스무 살 생일 선물로 주었던 작은 화장 거울을 쥐고 있었다. 거울에 새겨진 켈트 매듭 무늬가 딜라일라의 손바닥에 자국을 남겨놓았다.

"헤엄쳐!"

딜라일라가 소리쳤다.

"못 해!"

물이 입으로 밀려들어 와 시어니는 기침을 토해냈다. 발가락 끝으로 바닥의 마룻장을 짚으려 했지만 아무리 발을 뻗어도 마룻장에 닿지 않았다. 마룻장뿐만 아니라 방 안의 모든 것이 사라지고 남은 거라곤 차오른 물과 세차게 쏟아지는 비뿐이었다. 시어니는 발 디딜 곳 하나 없는 끝없는 바다에서 죽어가고 있었다.

딜라일라가 손을 앞으로 더 뻗으며 외쳤다.

"얼른!"

시어니는 발버둥을 치며 딜라일라의 손가락을 향해 한 번, 두 번 손을 내밀었다. 세 번째에야 딜라일라의 손목을 잡을 수 있었다.

하지만 딜라일라가 얼굴을 확 찌푸렸다. 동시에 딜라일라의 갈색 눈이 뒤로 넘어가더니 몸에서 팔이 뚝 떨어져나갔다. 시어니는 공포에 질려 그 모습을 바라보았다. 딜라일라의 잘린 몸에서 흘러내린 피가 물로 흘러들었다. 시어니는 친구의 나머지 몸뚱이가 부서진 마네킹처럼 분해되는 모습을 바라보며 비명을 질렀다. 핏빛 덩어리가 돼버린 딜라일라의 몸은 점차 물속으로 가라앉는 책장 위에 겨우 붙어 있었다.

다음 순간 시어니는 헉! 하고 숨을 토하며 침대에서 벌떡 일어나 앉았다. 베개가 바닥으로 굴러떨어졌다. 몇 번 눈을 깜박이면서 물기 없는 방을 둘러보았다. 창밖에서 쏟아지는 빗소리에 귀를 기울였다. 우박은 어느새 그쳐 있었다.

손등으로 이마를 닦으며 깊게 숨을 들이마셨다. 귓속에 고동치는 소리는 여전했고, 목 안의 혈관을 타고 피가 세차게 흘렀다.

피.

담요를 옆으로 젖히고 그 밑에 무언가를 찾아 손을 휘저었다. 방을 둘러봤지만 책상 의자 밑에서 잠자는 펜넬 말고는 아무도 없었다.

한 번 더, 또 한 번 더 심호흡을 했지만 맥박은 좀처럼 가라앉질 않았다. 시어니는 침대에서 일어나 방 저쪽까지 걸어갔다가 되돌아왔다. 헝클어진 땋은 머리를 두 손으로 쓰다듬으며 진정하려 애썼다.

수개월 만에 꾼 악몽이었다. 이렇게 생생한 악몽은……정말이지 괴로웠다.

눈물이 나올 것 같아 천장을 올려다보며 빠르게 눈을 깜박였다.

그래스와의 결투 후 의식을 잃은 시어니는 병원 침대에 누워 있느라 딜라일라의 장례식에도 참석하지 못했다. 나중에 제지 공장 견학 때 만났던 불 마법사 견습생 클렘슨에게 들으니 딜라일라의 장례식 날에 비가 왔다고 했다.

창밖에 번개가 번쩍이더니 시어니의 심장 고동만큼 요란한 천둥이 쳤다. 시어니는 구겨진 시트를 쳐다보다가 펜넬에게 시선을 돌렸다.

숨을 삼키며 일어선 시어니는 가만히 앞을 바라보았다.

그러다 베개를 집어 들고 조용히 방문으로 걸어가 문을 열었다. 어두운 복도 저편을 보니, 오른쪽 맨 끝 방에서 촛불의 희미한 빛이 흘러나왔다. 에머리는 마법 램프를 구매하는 데 돈을 쓰는 대신 초를 사용했다.

아랫입술을 잘근잘근 씹던 시어니는 그 방으로 발을 옮겼다. 잠옷을 여민 후 떨리는 손가락으로 최대한 부드럽게 문을 두드렸다. 그가 깨어 있는 게 아니라면 굳이 깨우고 싶지는 않았다.

"무슨 일이야?"

방 안에서 그의 목소리가 들렸다. 늦은 시간인데 아직 안 자고 있었나?

시어니는 문을 빼꼼 열었다. 에머리는 허리까지 이불을 덮고 침대에 누워 책을 읽고 있었다. 시어니를 보더니 그는 팔을 뻗어 침대 옆 테이블에 책을 내려놓았다. 테이블에 놓인 초는 1.3센티미터밖에 남지 않았다. 잠들기 직전인 모양이었다.

시어니의 눈을 바라본 그가 이마를 찌푸리며 물었다.

"괜찮아, 시어니?"

시어니는 어린애가 된 것 같아 부끄러웠다.

"미…… 미안해요. 혹시…… 여기 방바닥에서 자도 될까요?"

"어디 아파?"

그는 표정 변화 없이 일어나 앉아 물었다. 당장이라도 벌떡 일어설 것 같았다.

"그게…… 잠을 편하게 잘 수가 없어서요. 또 그러네요. 조용히 잘게요. 오늘 밤엔…… 혼자 자고 싶지 않아서 그래요. 부탁해요."

그는 입을 꾹 다물었다. 그도 시어니의 악몽에 대해 알고 있었다. 딜라일라가 세상을 떠난 후, 아니…… 살해당한 후 시어니는 극심한 악몽에 시달려왔다. 3주 동안은 방에 불을 켜놓아야 겨우 잠이 들었다. 요즘은 횟수가 좀 줄었지만 한 번 꿈자리가 사나워지면 그날은 밤새 악몽에 시달리곤 했다.

그가 오라고 손짓하자 시어니는 방으로 들어갔다.

"미안해요. 저는……."

그가 부드럽게 말했다.

"시어니. 사과하지 않아도 돼."

그는 이불을 젖히고 옆으로 비켜나 시어니가 누울 수 있도록 자리를 마련해주었다.

그의 *침대*에서 잠을 잔 적은 없어서 망설였지만 그와 함께 있고 싶은 마음이 더 컸다. 시어니는 그를 동경했다. 눈에 보이지 않고 만져지지도 않는 종이 사슬이 시어니를 에머리에게로 끌어당겼다. 시어니가 유일하게 모르는 것은 바로 그 사슬을 멈추는 마법이었다.

시어니는 그의 곁에 베개를 내려놓고 침대로 올라갔다. 에머리는 엄지로 촛불을 끈 뒤 모로 누워 시어니의 허리에 한쪽 팔을 둘렀다. 그리고 그녀를 자신의 가슴 쪽으로 끌어당겨 안았다.

따뜻했다. 시어니는 그의 품에서 긴장을 풀고 그의 익숙한 심장 박동과 차분한 숨소리에 귀를 기울였다. 그리고 그의 호흡에 자신의 숨결을 맞췄다.

마침내 악몽의 이미지가 시어니의 머릿속에서 옅어졌다. 시어니는 안전하게 꿈 없는 잠 속으로 빠져들었다.

3

......★★💫★★......

잠에서 깨고 나니 오른쪽 어깨가 아프고 오른쪽 귀에 감
각이 없었다. 오른쪽 얼굴은 여전히 베개에 묻은 채였다.
침대 맞은편의 커튼 없는 창문을 통해 흘러드는 햇살에 시
어니는 눈을 깜박였다. 아침 7시 30분쯤 됐을까. 어쩌면
8시일 수도 있었다. 잠시 후에야 시어니는 어수선한 침대
옆 테이블과 창문을 보고 자신의 방이 아님을 알아챘다.
이 담요는 에머리의 것이었다.

벌떡 일어나 앉아 침대를 둘러보았다. 귓속으로 피가 확
쏠리는 기분이었다. 옆자리에는 아무도 없었고 그쪽만 정

돈이 돼 있었다. 눈을 비비고 정신을 차린 시어니는 헝클어진 머리에 붙어 있던 머리끈을 잡아당겨 손에 끼우고 곱슬한 긴 머리카락을 손가락으로 쓸어내렸다.

가슴이 달아올랐다. 피부가 붉어지고, 만져보니 살짝 뜨끈해질 만큼. 당황스러워야 마땅했지만 굳이 그럴 이유는 없었다……. 처음부터 자신은 바닥에서 자겠다고 말했던 터였다. 물론 침대에서 자라는 그의 초대가 싫지는 않았다. 시어니의 마음이 조금만 편안한 상태였어도 그 기회를 잘 이용했을 텐데.

어젯밤 이 방에서 있었던 일을 에이비오스키 마법사가 나중에라도 풍문으로 들으면 어떤 표정을 지을까. 생각해보니 문득 웃음이 났다. 아마 엄청 화를 낼 것이다.

에이비오스키 마법사는 에머리와 시어니의 관계를 짐작하고 있을 터였다. 적어도 시어니의 느낌에는 그랬다. 시어니는 멘토인 에이비오스키 마법사에게 에머리에 대한 감정을 털어놓은 적도 있었다. 자세한 얘기까지는 하지 않았지만, 에이비오스키는 시어니와 에머리가 함께 있는 모습을 볼 때면 눈을 가늘게 뜨고 유심히 살피곤 했다. 단순한 사제지간이 아님을 짐작하고 있다는 듯 목으로 흐음 소리를 내면서. 다행히 에이비오스키 외에 두 사람의 관계를 아는 사람은 없었다…… 아직까지는.

방문이 열리고 에머리가 작은 나무 쟁반을 손에 들고 등부터 보이며 방으로 들어왔다. 펜넬이 그의 발 사이로 촐랑거리고 돌아다니며 짖었다. 펜넬은 위로 올라오고 싶어서 침대 주변을 쿵쿵대고 꼬리를 흔들었지만 제힘으로 뛰어오르기에는 매트리스가 너무 높았다.

이미 옷을 차려입은 에머리는 침대에 쟁반을 내려놓았다. 쟁반에는 버터 바른 토스트 두 조각과 반숙 달걀 하나가 담겨 있었다.

"아, 에머리. 이러실 필요는 없는데요."

에머리는 어깨를 으쓱했다.

"그렇긴 하지."

그는 쟁반이 흔들리지 않도록 침대 맞은편 구석으로, 즉 매트리스 가장자리로 가서 앉았다.

"몸은 괜찮아?"

"음." 시어니는 입에 가득 넣은 토스트를 씹어 삼킨 뒤 대답했다. "네. 고마워요."

그는 조용히 미소 지었다. 시어니가 앉아 있는 쪽의 침대로 올라오려다 포기한 펜넬은 에머리의 팔로 뛰어가 그의 바지자락을 주둥이로 물고 당겼다.

시어니는 아침을 먹다 말고 물었다.

"에머리, 어제 무슨 전신이 온 거예요?"

"어?"

에머리는 펜넬을 저만치 떼어놓았다. 시치미 떼는 에머리가 얄미워서 시어니는 종이 개 펜넬에게 제대로 된 이빨을 달아주고 싶다고 생각했다. 플라스틱이나 강철 이빨. 하지만 강철 이빨을 달아주었다가는 무게 때문에 머리가 아래로 축 처지고 말 것이다. 생각해보니 이 개에게 정말 강철 이빨을 달아줄 필요가 있을까 싶기도 했다.

"자네도 이제 아는 게 좋겠군." 에머리는 손가락으로 머리카락을 뒤로 쓸어 넘겼다. "내가 직접 자네의 마법사 자격시험을 진행하지 않을 거야."

시어니는 아침 식사가 담긴 쟁반으로 손을 가져가려다가 멈칫했다. 잠시 후에야 그의 말이 이해됐다.

"무슨 뜻이에요?"

"자네의 자격시험을 내가 주관하지 않는다고."

이리저리 흔들리는 보트가 가슴속으로 밀려든 것처럼

불안해졌다. 시어니는 쟁반을 옆으로 치우고 몸을 앞으로 기울였다.

"지금…… 농담하는 거죠? 견습생 안내서 서문에 보면, 견습생의 마법사 자격시험을 진행하는 사람은 그 견습생의 멘토라고 적혀 있어요."

"그렇긴 하지." 그의 표정이 좀 더 부드러워졌지만 장난을 치는 것 같지는 않았다. 침대에서 일어나 옷장 쪽으로 걸어간 그는 옷걸이에 걸린 남색 외투를 입었다. "몇 달 동안 쭉 생각한 끝에 내린 결정이야. 자네도 그런 생각을 한 적이 있을 거야."

그는 침대 발치에 서서 미소를 머금은 눈으로 시어니를 바라보았다. 하지만 입술은 살짝 비틀린 채였다.

"우리 관계를 의심하는 누군가가 내가 자네에게 유리하도록 자격시험을 진행했다고 의심할 수도 있잖아."

시어니는 인상을 찌푸리지 않으려 애쓰면서 고개를 끄덕였다.

"한두 번 그런 생각을 해보긴 했지만 그래도 제 입으로 말한 적은 없는데……."

"때로는 말하지 않아도 상대에게 생각이 전해지기도 해.

그래서 내가 자네를 위해 방법을 찾아봤어. 자네는 대단한 재능을 가진 종이 마법사야, 시어니. 나와 거의 맞먹는 수준이라고 할 수 있을 정도야." 그는 짐짓 잘난 척하며 덧붙였다. "지금도 그렇고 앞으로도 누구든 자네 능력을 의심하는 꼴은 못 봐."

시어니는 기운이 빠졌지만 어쩔 수 없었다. 에머리가 시험관으로 나서지 않는다면 시어니는 잘 모르는 다른 마법사를 시험관으로 두고 자격시험을 치러야 한다. 자격시험은 이제 오늘 아침보다도 더 예측하기 어려운 상황이 됐다. 이번에 시험을 통과하지 못하면 6개월을 더 기다려야 할 테고, 총 세 번에 걸쳐 실패할 경우 구제 불가능인 견습생으로 간주하여 명부에서 이름이 삭제되고 만다. 그 후 멋대로 마법을 시도했다가는 감옥에 갈지도 모른다.

시험에 통과하지 못하면 어쩌지?

시어니는 깊게 숨을 들이마셨다.

"알았어요. 잘 결정하신 거라고 믿을게요. 그럼 누가 제 시험관이 되는지는 물어봐도 되나요?"

그는 손뼉을 탁 치며 대답했다.

"아, 그래. 안 그래도 전신으로 그 마법사의 동의를 받았어. 시어니 트윌, 자네는 프리트윈 베일리 마법사의 철저한 감독하에 마법사 자격시험을 치르게 될 거야. 전통에 따라, 시험을 치르기 전 2주일 동안 그 마법사의 집으로 가서 그의 견습생과 함께 지내도록 해."

놀라서 입이 딱 벌어진 시어니는 잠시 후에야 그에게 물었다.

"2주일이요?"

"2주나 3주."

"베일리 마법사님이라고요?"

시어니는 검지로 머리카락을 돌돌 말면서 생각에 잠겼다. 어디서 들어본 이름 같았다.

기억이 날 듯 말 듯했다. 분명 들어본 적이 있는 이름인데…….

시어니는 과거, 그레인저 아카데미의 복도 풍경을 머릿속에 떠올렸다. 시어니와 에머리가 다녔던 중등학교에 관한 기억은 시어니가 아닌, 에머리의 것이었다. 2년 전 무시무시한 신체 마법사이자 에머리의 전부인인 리라가 에머리의 심장을 빼앗아갔고, 시어니는 그 심장을 되찾으려고 그의 심장 속을 여행하다가 그 풍경을 보았다. 에머리와 두 소년이 키 크고 깡마른 어떤 소년을 괴롭히는 모습이었다. 종이 마법사를 꿈꾸던 멀쑥한 소년의 이름이 바로 프릿이었다.

"프리트윈의 약칭이 프릿이죠? 마법사님이 학창 시절에 괴롭혔던 소년이요."

에머리는 뒷머리를 긁적였다.

"괴롭혔다는 표현은 좀 유치한데……."

"맞죠? 프리트윈 베일리. 그분이 결국 종이 마법사가 됐군요?"

에머리는 고개를 끄덕였다.

"우리는 함께 태기스 프래프를 졸업했어. 그가 맞아."

시어니는 약간 마음이 놓였다.

"두 분이 이제 사이가 좋아졌나 보네요."

에머리는 웃음을 터뜨렸다.

"엇, 그건 아니야. 태기스 프래프를 졸업한 후로 우린 말한 번 섞은 적이 없어. 이번에 내가 그에게 전신을 보내면서 오랜만에 연락한 거야. 그 친구는 나를 아주 싫어해."

시어니는 눈이 휘둥그레졌다.

"그런 분한테 저를 보내서 자격시험을 치르게 하겠다

고요?"

에머리는 미소를 지었다.

"물론이지. 며칠 안에 출발하도록 해. 편견에 치우쳐 자네에게 유리한 점수를 주지 않고, 향후 마법사로서 경력을 쌓아갈 수 있을지를 공정하게 평가해줄 종이 마법사로 프리트윈 베일리만 한 사람이 없지 않겠어?"

시어니는 그를 한참 쳐다보았다.

"저 지금 완전히 망한 거 맞죠?"

"무슨 말을 그렇게 해."

시어니는 손바닥으로 이마를 짚었다.

"생각보다 공부해야 할 게 더 많겠어요. 큰일 났네. 우선…… 옷부터 입어야겠어요."

시어니는 침대에서 일어나 서둘러 복도로 나갔다. 이마를 손바닥으로 짚은 채 걸어가는 시어니의 뒤로 펜넬이 쫄래쫄래 쫓아갔다.

"달걀에는 손도 안 댔잖아!"

하지만 시어니는 아침 식사보다 당장 발등에 떨어진 불을 끄는 게 급했다.

시어니는 에머리에게 받은 종이접기 논문을 펼치고 8개

장(章)을 추가로 읽었다. 장황한 문장과 토스트처럼 건조한 단락들을 읽으며 지루해질 때마다 정신을 차리고 집중하기 위해 살을 꼬집곤 했다. 논문에 언급된 것은 이미 알고 있는 내용이었다. 하지만 대충 읽지 않고 '완전히 접기'를 처음 안 사람처럼 도해를 꼼꼼히 들여다봤다. 논문에 들어간 예술적인 그림들은 시어니의 눈에 무척 새롭게 보였다.

논문을 읽고 난 후에는 종이에 생기 불어넣기 연습을 했다. 연습용으로 스스로에게 낸 과제였다. 한 번도 만들어 본 적 없는 동물에 도전했는데, 바로 칠면조였다. 그림 몇 개를 참조해서 꼬리 깃털을 신중하게 접은 뒤, 주름 잡힌 종이로 동그란 몸통을 만들었다. 종이의 4분의 3을 접어서 목을 만들고, 종이 한 장을 더 가져다가 머리를 만들었다. 조심스럽게 종이를 자른 뒤 부리와 그 아래 매달 살점을 접었다. 칠면조 한 마리를 접어 생기를 불어넣는 데에만 그날 하루 대부분을 소모했다. 다음 날에는 더 많은 종이로 몸집이 더 큰 칠면조를 접은 뒤, 종이들을 서로 맞물리게 해서 훨씬 안정적으로 움직이게 했다. 마룻바닥에 장시간 무릎을 굽히고 앉아 이틀을 꼬박 작업했더니 무릎에 마루 자국이 선연히 새겨져 영원히 없어지지 않을 것 같왔다.

자격시험이 얼마나 중요한지 잘 아는 에머리는 시어니가 혼자 조용히 연습하게 두었다. 그러다 한 번씩 조언을 해주거나 그만 쉬라고 설득하거나 먹을 것을 만들어주기도 했다. 시어니는 그가 쉬라고 할 때마다 웃기만 할 뿐 좀처럼 연습을 멈추지 않았다.

그 주가 끝나갈 무렵 시어니는 논문 검토와 종이에 생기 불어넣기 연습을 철저히 마쳤다. 그러고 나서 짬을 내어 벽장에 들어가 고무를 다루는 '고무 마법'을 공부한 뒤, 종이 개의 발바닥에 맞춰 고무 단추를 잘랐다. 처음 두 개는 잘못 잘라서 버렸지만 그다음 것은 그럭저럭 잘 잘랐다. 편편하게 자른 고무를 부착 마법으로 펜넬의 발바닥에 붙여주었다. 이제 펜넬의 발바닥은 전처럼 자주 닳지 않을 것이고 얕은 물웅덩이를 발로 디뎌도 젖어서 뭉치지 않을 것이다. 작업해놓은 부분을 한 번 더 확인한 후 시어니는 흡족해하며 고개를 끄덕였다. 지금보다 두 배는 더 대단한 마법사로 평가받을 정도는 아니지만, 공예 과제로 제출했을 때 통과할 만한 수준이긴 했다.

시어니는 마법 공부를 물리도록 하고 나서 금요일 저녁

일찍 잠자리에 들었다. 하지만 자정이 막 지났을 때 잠에서 깨어났다. 다행히 악몽 때문은 아니었고, 벽 너머에서 들려오는 희미한 *따닥따닥* 소리 때문이었다. 현실과 꿈의 중간 지점에 가 있던 시어니를 현실로 끌고 올 정도로 익숙한 소리였다.

베개에서 머리를 들었다. 소리를 제대로 들어보려고 숨을 멈췄다. 소리가 계속 이어졌다. *따닥따닥따닥, 따다닥, 따닥.* 전신기 소리였다.

펜넬이 깨지 않도록 조심하면서 일어나 앉았다. 오늘 밤 펜넬은 침대에 올라와 시어니의 발치에서 웅크린 채 잠들어 있었다. 시어니는 눈을 비비며 맨발로 바닥에 내려섰다. 밤늦은 시간에 대체 누가 전신을 보내는 걸까? 날씨가 좋아서 종이 새를 이용해 전언을 보내도 될 텐데. 혹시 프릿이라는 분도 에머리처럼 남들 자는 시간에 안 자는 사람인 걸까? 혹시 그분이 시어니의 시험관을 맡겠다는 약속을 취소하려고 전신을 보냈을까? 그렇다면 시어니 입장에서는 꺼릴 이유가 없었다.

조심스럽게 방을 나섰다. 에머리의 침실 문틈을 보니 불이 꺼져 있어서 서재로 건너가 문을 열었다.

테이블 위에 놓인 전신기가 계속해서 따닥따닥 소리를 내고 있었다. 어두운 방 안으로 두 걸음 들여놓자마자 전신기 소리가 멈춘 바람에 시어니는 으스스한 정적 속에 홀로 서 있어야 했다.

전등 스위치로 손을 뻗어 딸깍 눌러보았다. 서재 천장에 달아놓은 전구들이 잠시 깜박이더니 쉬익 꺼지고 서재는 다시 어두운 그림자에 묻혔다. 잠깐 번쩍인 전등 빛이 시어니의 눈앞에 보랏빛 잔상을 만들었다. 시어니는 눈을 깜박이면서 스위치를 몇 번 앞뒤로 움직였지만 불은 다시 들어오지 않았다. 또 정전이 된 건가? 이 집은 도심에서 꽤 떨어진 지역이라 그런지 툭하면 전기가 나갔다.

삐거억 소리를 내는 마룻장을 습관적으로 피해 조용히 방을 가로질렀다. 테이블로 가서 램프 스위치를 눌러봤지만 불은 켜지지 않았다. 하는 수 없이 옆에 있는 초에 불을 켜고 둥글게 말린 전신 종이를 집어 들었다. 종이에 적힌 짤막한 글이 잠시 뒤죽박죽으로 보였다. 쭉 훑어봤지만 머릿속에 단어로 인식이 되지 않아서 천천히 다시 한번 읽어보았다.

사형을 집행하려고 포츠머스 항구로 이송하던 중 프렌디가 탈출했음. 아는 게 좋을 듯하여 연락드림. 알프레드 보냄.

전보 종이를 쥔 손가락에 감각이 사라졌다. 종이가 손에 닿아 있는데 찌릿한 느낌조차 없었다. 종이는 생기 없이 무겁게 축 늘어졌다.

알프레드. 시어니는 그래스와의 싸움 이후로 알프레드 휴즈 마법사를 본 적이 없었다. 그래스 문제 때문에 시어니는 휴즈가 소속된 형사과와 함께 일을 진행했고 그 인연은 계속 이어졌다. 적어도 시어니는 그렇다고 믿었다.

시어니는 전보에 찍힌 첫 번째 단어인 '프렌디'에서 시선을 뗄 수가 없었다. 사라즈 프렌디. 그래스의 개. 순전히 편의를 위해 시어니를 두 번이나 죽이려고 한 신체 마법사. 시어니의 가족들과 그녀가 사랑하는 남자의 목숨을 위협하던 자.

그가 탈출했다.

4

········★★✦★★········

갑자기 전등이 켜지자 환한 빛의 잔상이 시어니의 시야에 남았다. 손에 쥔 종이에 적힌 '프렌디'라는 이름이 일시적으로 보이지 않았다.

촛불이 깜박거리고 방문 경첩이 삐거억 소리를 냈다.

에머리가 하품하며 동시에 그녀의 이름을 부르며 물었다.

"시어니? 여기서 뭐 하는…… 전신이 왔어?"

시어니는 대답하지 않았다. 가족들이 사는 집, 원래 에머리와 시어니를 노린 범인의 기습으로 인해 강물에 잠겨

버린 택시와 택시기사가 머릿속에 떠올랐다. 그리고 여기서 동쪽에 있는 다트퍼드 제지 공장의 새로 세워 올린 벽이 생각났다.

에머리가 시어니의 어깨에 손을 얹었다. 시어니는 그에게 전신을 건넨 뒤 돌아서서 서재를 나갔다. 서재에서 침실까지 무슨 정신으로 갔는지 알 수 없었다. 방에 전등을 켰다. 펜넬이 부스럭대며 일어났다. 침실을 가로질러 책상 앞으로 간 시어니는 네모난 백지 한 장과 연필을 꺼내 정신없이 편지를 써 내려갔다. 두 번째 문장을 쓰기 시작하는데 에머리가 부드럽게 물었다.

"뭐 하는 거야?"

"가족들에게 경고해주려고요."

"자네 가족들이 어디 사는지 놈은 몰라, 시어니."

여름의 산들바람처럼 부드러운 목소리였다. 그는 숲을 거니는 사슴의 발걸음처럼 가볍게 천천히 방으로 걸어 들어왔다.

"알프레드가 자네 가족들을 최우선으로 신경 쓰고 있으니까 너무 걱정하지 마. 그가 벌써 조치를 해뒀어."

시어니는 고개를 저었다.

에머리가 다시 시어니의 어깨에 손을 얹었다. 손가락으로 어깨를 가만히 감싸며 나지막하게 말했다.

"놈이 탈출했다니, 정말 유감이야."

시어니는 연필심이 부러질 정도로 연필을 책상에 세게 내려쳤다. 에머리를 향해 돌아서는데 눈가에 눈물부터 맺혔다.

"경찰은 왜 그를 여태 처형하지 않은 거죠?" 혀를 불태울 듯 매서운 질문이었다. "그를 2년이나 붙잡아두기만 했잖아요. 그가 다치게 한 사람이 얼마나 많은데……."

에머리는 시어니의 얼굴을 손으로 감싸며 한쪽 눈에 맺힌 눈물을 엄지로 닦아냈다.

"그래스와 리라가 끝장난 상태라, 경찰은 지하 조직에 대한 정보를 얻으려면 사라즈를 살려두고 심문하는 수밖에 없었어."

"그따위 정보가 뭐가 중요한데요!"

"내 생각은 달라."

그의 목소리에 힘이 빠져 있었다. 그는 시어니의 이마에 자신의 이마를 갖다 댔다.

시어니는 시선을 떨구며 뒤로 물러섰다가 그의 어깨에

기대었다. 그는 두 팔로 시어니를 감싸 안았다. 그의 체온이 전해지자 시어니는 위안이 되었다.

시어니는 속삭이듯 물었다.

"사라즈가 우리 가족을…… 우리를 해치려고 하면 어쩌죠?"

"놈은 멀리 못 갔을 거야. 우리 그 일은 마법사 위원회에 맡기자. 그들이 처리할 거야."

"마법사 위원회만 믿고 있다간 우리 둘 다 죽을지도 몰라요."

그는 시어니의 머리카락을 쓰다듬었다.

"사라즈의 가장 큰 관심사는 탈출일 거야. 그놈은 더 이상 자네를 쫓을 이유가 없어. 나를 괴롭힐 여유도 없을 테지. 아마 영국 해협을 건널 생각으로 해변 쪽으로 가고 있을 거야. 알프레드가 우리에게 전신을 보낼 여유가 있는 걸 보면 이미 사라즈를 다시 잡아들이려고 사람들을 보냈을 것 같아."

시어니는 길게 숨을 토하며 에머리의 두 팔을 따뜻한 담요처럼 몸에 둘렀다. 마음이 조금은 편안해졌지만 여전히 맥박이 뒤틀릴 정도로 몹시 걱정되었다. 사라즈가 무슨 짓을 벌일지 정확히 예측할 수 있는 사람은 아무도 없었다. 혹시 사라즈가 시어니의 가족들을 해치려고 지켜보고 있다면? 부모님의 이름을 입에 올리며 협박하던 그래스의 목소리가 선연히 기억나 시어니는 몸서리쳤다.

에머리는 지금 이 사태에 관여하고 있지 않았다. 사라즈가 체포된 후로 그는 더 이상 형사과와 협력을 하지 않았다. 전부인과의 인연도 영원히 끝이 났으니, 불법 신체 마법사들을 계속 상대할 이유가 없어졌기 때문이다. 마법사 위원회도 그런 그의 뜻을 받아들였다.

시어니는 에머리의 품에 조금 더 안겨 있다가 뒤로 물러섰다. 에머리가 그녀에게 가볍게 입을 맞췄다.

"아침에 도움이 될 만한 게 있는지 좀 더 찾아볼게. 지금 우리가 할 수 있는 최선은 휴식을 취하는 거야."

"이 집에 결계도 둘러야……."

"결계는 이미 둘려 있어." 그는 애써 희미한 미소를 지었다. "자네는 안전해, 시어니. 자네 가족들도 안전할 거야. 내가 보장할게."

시어니는 고개를 끄덕였다. 에머리는 좀 더 머물며 그녀의 이마에 입을 맞춘 뒤 조용히 시어니의 침실에서 나갔다. 이런 사태가 벌어졌으니 시어니는 오늘 밤에도 그의 방에서 자도 됐을 것이다. 적절한 처신인지는 알고 싶지도 않았다. 하지만 그에게 같이 자도 되냐고 묻지 않기로 했다. 시어니는 에머리를 믿었다. 그의 말을 못 믿는다는 인상을 주고 싶지 않았다. 하지만 아무리 에머리라도 사라즈 프렌디가 어디로 갔는지, 사라즈가 무슨 짓을 저지를지까지 과연 알 수 있을까?

펜넬이 고개를 들고 종이 성대로 컹컹 짖었다. 한숨을 내쉰 시어니는 쓰다 만 편지를 집어 두 손으로 구긴 뒤 쓰레기통에 던져 넣고 명령했다.

"찢어져라."

침실로 돌아와 불을 끄고 침대로 올라가 누웠다. 종이 개를 침대로 안아 올려 머리 맡에 눕혔다. 에머리의 말대로 지금 시어니가 할 수 있는 최선은 휴식을 취하는 것이었다.

하지만 좀처럼 잠이 오지 않았다.

"아, 짜증 나!"

다음 날 오후, 오븐 문 틈새로 시큼한 연기가 피어올랐다. 시어니는 얼른 행주를 가져다가 앞뒤로 휘저었지만 공기는 맑아지지 않았다. 기침을 하면서 오븐 문을 당겨 열었다. 연기가 쏟아져 나와 눈이 뜨거웠지만 오븐 안으로 손을 넣어 숯처럼 타버린 양지머리를 끄집어냈다. 육즙까지 새까맣게 탄 상태였다. 시어니는 연기가 모락모락 피어오르는 양지머리를 취사용 난로 위에 얹었다. 곧장 뒷문으로 달려가 문을 열고 늦봄의 맑은 공기를 폐 안 가득 들이마셨다. 시어니의 머리 위로 덩굴 모양의 연기가 바깥으로 흘러나가 사방으로 흩어졌다. 하지만 천장 사이사이에 스며든 연기 냄새는 바로 빠지질 않았다.

시어니는 머리가 맑아지고 신경이 안정되길 바라며 문틀에 기대어 몇 번 심호흡을 했다. 열한 살 때 이후로 요리하다 양지머리를 태운 건 처음이었다. 에머리가 집에서 이 참담한 꼴을 보지 않아 천만다행이었다. 에머리는 그날 오전 종이 마법사를 위해 특별히 제조된 새로운 종이들을 살펴보러 다트퍼드에 갔다. 아마 저녁때가 지나서야 집으로 돌아올 것이다.

시어니는 문틀에 기댄 채 미끄러지듯 웅크리고 앉았다. 펜넬이 종이 혀로 무릎을 핥아주었지만 시어니는 반응하지 않았다. 그러자 연기를 따라 문밖으로 나간 펜넬은 새로 착용한 고무 발로 잔디밭을 밟고 돌아다녔다. 고무 발 때문인지 걸음이 통통 튀었고 달리기도 전보다 빨라 진짜 개들이 달리는 속도와 비슷해졌다.

시어니는 연골과 이마가 만나는 콧등 부위를 손으로 문질렀다. 글쓰기 주문 – 펜이나 연필로 완성하는 종이 마법 – 에 관한 자료를 살펴보고 다음 주에 구매할 식료품 목록을 작성하느라 위층에 있다가 양지머리 타는 냄새가 올라와 부리나케 내려온 참이었다. 그날 아침 시어니는 복잡한 상념을 떨치려고 화장실 갈 시간까지 아껴가며 바쁘게 일을 하고 틈틈이 공부를 했다. 저녁 식사 시간을 몇 시간 앞두고 양지머리를 오븐에 넣어 굽기 시작했는데 정신없이 일하고 공부하느라 깜빡 잊고 만 것이다. 연기 냄새가 밴 뒷문 앞에 웅크리고 앉아 있자니 다시 불안감이 스멀스멀 올라왔다.

에머리가 전신 종이를 가져갔지만 상관없었다. 전신기에서 찍혀 나온 뭉툭한 글씨들은 이미 시어니의 머릿속에 새겨져 있었다. 탈출한 사라즈는 세상에 풀려났다. 시어니는 사라즈가 영국에서 도망치기를, 그들에게 관심을 끊길 바랐지만 그렇게 되리라는 확신은 없었다. 사라즈의 내면에는 무언가 잘못된 부분이, 큰 결함이 있었다. 그래스 코발트가 죽고 얼마 되지 않았을 때 에머리에게 직접 들은 얘기였다. 에머리는 신체 마법사들에 관해 얘기 하고 싶지 않지만 시어니는 끝까지 들으려 고집을 세웠다.

그 생각을 하니 한숨이 절로 나왔다. 이 집에 결계가 쳐 있지만, 예전에 리라는 앞문을 부수고 들어와 에머리의 가슴에서 심장을 꺼내 갔었다. 종이는 신체 마법에 저항하기엔 턱없이 부족한 재료였다. 견습생보다 조금 나은 실력이던 리라의 공격력이 그 정도라면 제대로 된 신체 마법사인 사라즈는 얼마나 더 끔찍한 짓을 저지를 수 있을까.

시어니는 일어서서 텅 빈 집을 살펴보았다. 에머리는 하필 이런 날 마을을 떠났다! 떠나기 전에 이 집을 외부의 시선으로부터 감추는 마법을 복구해놓았지만.

시어니는 손가락으로 딱 소리를 내어 펜넬을 집 안으로 불러들이고 뒷문을 잠갔다. 앞문도 제대로 잠겼는지 확인한 뒤 창문들을 차례로 살펴보았다. 집 안에 열기가 남아 있었지만 자기 방 창문과 서재의 창문, 지붕문까지 단단히 잠갔다.

다시 공부하려고 침실로 들어간 시어니는 조금 전 주방으로 뛰어가느라 밀쳐놓은 책상 의자를 바라보았다. 옆으로 쓰러진 의자를 본 순간 두려움이 밀려들었다. 입에 재갈을 물고 의자에 밧줄로 결박된 채 덜덜 떨던 딜라일라의 모습이 떠올랐다.

　눈을 질끈 감았다. 점점 커지는 두통을 덜어내려고 관자놀이에 원을 그리며 손가락으로 문질렀다. 아무리 생각해도 이건 불공정했다. 시어니는 딜라일라를 다치게 하고 싶지 않았다…….. 그나마 그래스도 죽어 딜라일라 옆에 나란히 묻혔으니 분이 조금은 풀렸지만, 친구의 죽음을 생각하면 그래스의 무덤을 더욱 깊게 파고 싶은 심정이었다.

　두 손을 아래로 내리고 손바닥을 들여다보았다. 병원에서 이름 모를 신체 마법사가 시어니의 몸에 난 상처들을 모두 치료해주지 않았다면 손바닥에는 지금쯤 지독한 상처가 남아 있을 것이다. 피부를 찢고 들어오던 유리의 감촉, 그래스의 몸통에 유리 파편을 찔러 넣고 "부서져라!" 하고 소리칠 때 손에 느껴지던 압박감이 지금도 또렷이 기억났다.

　그래스를 죽인 데에 죄책감은 없었다. 죄책감을 느껴야

마땅할 수도 있지만 전혀 느껴지질 않았다. 다만 한 가지 후회되는 점이 있다면 그날 에이비오스키 마법사의 집에 조금만 더 일찍 도착했으면 좋았으리라는 것이었다. 그래스보다 먼저 도착했으면 딜라일라의 목숨을 건질 수 있었을지도 모른다.

시어니가 그런 생각을 털어놓았을 때 에머리는 어두운 표정으로 "그랬으면 자네마저 죽었을지도 몰라"라고 말했다.

시어니는 의자로 다시 시선을 돌렸다. 이번에는 딜라일라가 아니라 남동생 마셜이 의자에 묶여 있었다. 마셜과 지나, 마고, 부모님 그리고 에머리. 그중 누구라도 의자에 묶인 신세가 될 수 있었다. 앞으로도 마찬가지일 것이다.

시어니는 입을 오므리고 꾹 다물었다. 희생자가 되는 건 정말이지 싫었다. 돌아온 사라즈에게 희생되긴 싫었다. 본인뿐만 아니라 사랑하는 사람 중 누구라도 사라즈에게 당하게 놔둘 수는 없다. 현재 그들을 보호할 방법이 없다면 직접 나서서 찾아봐야 한다.

문을 열어둔 채 서둘러 계단을 내려간 시어니는 에머리의 학습실로 들어가 매끈한 노끈을 넉넉히 들고 나왔다.

주방으로 가 요리책 속에 넣어둔 인 덩어리도 꺼냈다. 방으로 돌아가서는 집에 아무도 없음에도 불구하고 방문을 닫았다.

마침내 책상 앞에 앉아 작업을 시작했다.

노끈의 길이를 목둘레에 맞게 자른 뒤 만일을 대비한 장치들을 하나씩 만들기 시작했다. 제일 쉬운 종이 장치부터 만들었다. 가까이에 있는 종이 한 장을 집어 들었다. 종이에 생기 불어넣기의 역사에 관해 시어니가 쓴 소론의 일부였다. 종이 윗부분을 금속 마법 가위로 잘라 두툼한 별빛 조명등을 만들었다. 별빛 조명등의 표면에는 '1744년'이라는 글자가 우아하게 적혀 있었다. 펜치로 종이 클립의 철사를 잡아 별빛 조명등의 뾰족한 곳에 찔러 넣었다. 나무와 인으로 된 성냥 주변을 철사로 감아서 또 다른 장치를 만들었다. 두 가지 목적을 위한 장치로, 언제든 종이와의 결합을 끊을 수 있는 장치인 동시에 필요할 때 불을 붙여 불과 결합할 수 있는 장치이기도 했다.

다음으로는 두툼한 손수건을 가져다가 직사각형으로 자른 뒤 반짇고리에서 꺼낸 실과 바늘로 측면을 꿰매고 주둥이 부분에 여분의 노끈을 달아 주머니를 만들었다. 맨 아래 책상 서랍 뒤쪽에 넣어둔 항아리를 꺼내 그 안에 담긴 유리 마법사 전용 고운 모래를 조금 전 손수건으로 만든 작은 주머니에 1작은술 정도 담았다. 딜라일라에게 선물받은 화장 거울을 펜치로 내려쳐 거울을 조각내려다가 잠시 생각에 잠겼다.

그대로 몇 초가 지났다. 시어니는 화장 거울을 옆으로 치우고 아래층으로 내려가 찬장에 있던 유리컵을 하나 들고 방으로 돌아왔다. 가장자리를 살짝 깨서 유리 파편을 뜯어내 철사로 동여맸다. 그 옆에 인 덩어리를 매달고 성냥 세 개도 철사로 묶어 매달았다. 필요할 때 바로 쓸 수 있게 해놓은 것이다.

의자에 앉아 뒤로 등을 기대며 목을 이리저리 돌렸다. 목에서 우두둑 소리가 수도 없이 났다. 손가락을 폈다 접었다 하면서 손을 푼 뒤 좀 더 복잡한 장치를 만들기 시작했다.

여분의 고무 버튼을 철사로 꿰고 팔찌에서 구리 구슬을 분리했다. 연초에 플라스틱 마법을 공부하려고 마을에 나가 사 온 자그마한 플라스틱 덩어리도 노끈으로 감아두었다. 시어니는 펜넬의 뼈대를 만들고 난 뒤 플라스틱 기반 마법을 포기한 상태였다. 플라스틱은 가장 최근에 발견된 마법 재료라서, 틀과 플라스틱 용접 장비가 없으면 찾아낼 수 있는 마법이 몇 가지 되지 않았다.

고무 마법과 플라스틱 마법은 최근에야 공부를 시작한 터라 자연 상태의 재료 표본을 구하기가 다른 재료들에 비해 훨씬 까다로웠다. 마땅한 재료 표본을 구하기 위해 폭넓게 조사를 하고 수많은 행상들과 접촉했다. 하지만 고무 마법사도, 플라스틱 마법사도 아닌 시어니를 행상들은 진지하게 상대해주지 않았다. 그렇다고 고무 마법사나 플라스틱 마법사인 척하면서 물건을 사들일 수는 없었다. 여기저기 알아보고 부탁한 끝에 마법 결합에 필요한 재료 표본을 겨우 구했었다.

주방에 아몬드 익스트렉트(아몬드 오일과 알코올을 섞어서 만든 향신료 – 옮긴이)가 반쯤 담긴 유리병이 있었지만 좀 더 작은 유리병을 찾기 위해 삼십 분간 집 안을 이 잡듯이 뒤졌다. 그러다 불현듯 여동생 지나에게 받은 향수 샘플이 생각났다. 향이 거의 남아 있지 않은 향수를 버리고 작은 유리 향수병을 물로 헹군 후, 맨 아래 책상 서랍 뒤쪽에 넣어둔 주먹만 한 크기의 기름병을 꺼냈다. 자동차 엔진에 들어가는 기름과는 다른 종류였다. 기름 몇 방울을 향수병에 집어넣은 뒤 코르크 뚜껑을 단단히 닫고 철사로 동여맸다.

그리고 책상 서랍에 몰래 넣어두었던 또 다른 물건을 꺼냈다. 바로 액상 라텍스였다. 시어니가 쓰려는 목적에 알맞게 이미 작은 병에 담겨 있었다. 액상 라텍스는 시어니가 제일 힘들게 찾아낸 자연 재료로, 이 재료가 왜 필요한지를 행상에게 한참 설명하느라 진이 다 빠졌었다. 시어니는 액상 라텍스 병도 철사로 감아주었다. 이어서 책상 서랍에서 순은 스푼 하나를 꺼냈다. 약간 변색되었지만 금속 마법과의 결합을 깰 때 사용할 마법 지팡이로는 손색이 없었다.

스푼의 손잡이 끝을 펜치로 잡고 앞뒤로 계속 구부리자 부드러운 순은이 뚝 부러졌다. 스푼의 둥그런 부분을 철사로 감고 윗부분에 고리를 걸었다.

지금까지 만든 장치들을 노끈으로 쭉 꿰어 목걸이를 만든 뒤 어느 자리에 어떤 장치가 들어 있는지 외워두었다. 노끈의 끄트머리를 잘 묶고, 유리 파편과 부러뜨린 순은 스푼에 얼굴이 긁히지 않도록 조심하면서 목에 걸어보았다.

등이 뻐근했지만 성취감이 느껴졌다. 이 목걸이만 있으면 뭐든 할 수 있을 것이다. 비록 사라즈가 살과 피를 지배하는 힘이 있다 해도 시어니는 그 외에 모든 재료를 다룰 줄 알았다.

시계를 보니 아직 시간이 있었다.

목걸이를 블라우스 안쪽에 감춘 뒤 작은 가방을 집어 들고 밖으로 나갔다. 자전거를 타고 마을을 향해 한참을 달렸다.

에이비오스키 마법사를 다시 만날 때가 된 것이다.

5

··· ★ ★ ★ ★ ★ ★ ★ ★ ★ ···

시어니는 런던으로 진입해 의회 광장을 가로질렀다. 그
래스 코발트와 처음 만났고 딜라일라와 마지막으로 점심
을 먹었던 세인트 알반 새먼 레스토랑 앞을 지나면서 그
기억을 애써 밀어 치웠다. 의회 광장 북쪽에 있는 빅벤을
빙 돌아서, 느릿느릿 나아가는 자동차들 사이의 좁은 일방
통행로를 가로질렀다. 문득 딜라일라의 요정처럼 맑은 웃
음소리가 귓가에 맴도는 듯했다.

날이 점점 따뜻해졌지만 자전거를 타고 달리니 시원했
다. 그레인지가를 따라 램버스 궁전 앞을 지나갔다. 센트

럴 런던 노선을 따라 달리는 기차가 요란한 저음으로 쌔액 소리를 내뱉었다. 런던의 이쪽 구역을 횡단하는 기차가 아닌데도 여기까지 소리가 들렸다.

모퉁이를 돌아간 시어니는 속도를 낮췄다. 고풍스런 분위기가 물씬 풍기는 집들을 지나 진한 회녹색으로 칠이 된 꽤 큰 집 앞에 도착했다. 집 정면에 설치된 묵직한 석조물에 가려 집의 색깔은 잘 보이지도 않았다. 작은 마당이 딸려 있고 그 앞에 야트막한 연철 울타리가 있었다. 울타리의 말뚝 윗부분에 설치된 전등들은 유리 마법사가 제작한 것이라, 해가 저물면 빛을 내뿜었다. 나름대로 보안 조치를 해놓은 모양이었다. 에이비오스키 마법사는 원래 전등으로 집을 아름답게 꾸미는 일에는 도통 관심이 없는 사람이었다.

자전거에서 내린 시어니는 바람에 헝클어진 머리카락을 손가락으로 빗어 내린 뒤 프랑스식으로 다시 땋았다. 에이비오스키 마법사는 딜라일라가 세상을 떠난 후 이 집으로 이사 와서 2년 정도 살았다. 시어니에게 말은 안 했지만 에이비오스키 마법사도 끔찍한 기억 때문에 꽤나 고통을 받은 모양이었다.

앞문으로 다가가 문을 두드렸다. 안에서 반응이 없자, 잠시 에이비오스키의 예전 집 앞에서 노크를 하고 기다렸던 기억이 떠올랐다. 그때도 노크에 답이 없었는데 알고 보니 그래스가 에이비오스키와 딜라일라를 다락방에 묶어 둔 상태였다…….

시어니는 고개를 세차게 저으며 눈을 질끈 감고 그 기억을 저만치 밀어냈다.

'네가 좀 더 빨리 왔으면 딜라일라는 지금쯤 살아 있겠지.'

머리 뒤쪽 어딘가, 검은 동굴에서 자신의 목소리가 속삭였다. 수도 없이 곱씹은 후회의 목소리였다.

시어니는 관자놀이를 손으로 문질렀다.

'나는 늘 늦어.'

뼈가 한층 무거워진 기분이었다. 수년 전 친구 애니스의 집에 삼십 분만 일찍 도착했다면, 애니스의 자살을 막을 수 있었을 것이다. 에이비오스키의 집에 좀 더 빨리 갔으면 그래스가 딜라일라를 죽이지 못하게 막을 수 있었을지도 모른다.

"그만해."

시어니는 자신에게 타이르며 다시 문을 두드렸다. 손가

락 관절이 나무문을 두드리는 소리에 상념이 부서졌다. 그제야 에이비오스키가 집에 없을 수도 있다는 생각이 들었다. 어쩌면 일 때문에 집을 비웠을 수도 있다. 시어니가 알기로 에이비오스키는 더 이상 견습생을 받지 않았다. 견습생이던 딜라일라가 끔찍한 일을 겪었으니 아마 또 견습생을 받을 마음이 나지 않았을 것이다.

"운동한 셈 치지 뭐."

시어니는 중얼거리며 한 번 더 노크를 하고 초인종을 눌렀다.

다행히 집 안에서 부드러운 발소리가 들렸다. 발소리가 문 앞에 다가오고 몇 초 후에 현관문이 열렸다.

"트윌 양." 에이비오스키는 그다지 놀란 목소리가 아니었다. 혹시 어떤 마법을 통해 시어니를 살펴보고 있었던 걸까. "오늘 찾아올 줄은 몰랐어."

시어니는 등 뒤로 두 손을 모아 잡고 말했다.

"전신이나 종이 새를 먼저 보내 방문하겠다고 말씀드렸어야 했는데 죄송합니다. 잠시 시간을 내주실 수 있을까요? 중요하고…… 사적인 일을…… 의논드리고 싶어서요."

에이비오스키는 얇은 입술을 습관처럼 찡그렸지만 곧

표정을 풀었다. 그녀는 새로 맞춘 은테 안경을 손으로 밀어 올렸다. 렌즈의 오른쪽 상단 모서리 부분에 희미하게 새겨진 표시를 보니 유리 마법이 적용된 안경임이 분명했다. 예전에 보충 자료로 읽은 유리 마법 관련 논문의 내용대로라면, 유리 마법이 적용된 렌즈는 사물을 거의 현미경처럼 확대해서 볼 수 있게 해준다. 에이비오스키는 옆으로 물러서며 말했다.

"당연히 시간을 내줘야지. 들어와."

시어니는 안으로 들어가 신발을 벗었다. 에이비오스키는 문을 닫고 응접실을 손으로 가리켰다.

"마법사 자격시험이 걱정돼서 찾아왔니?" 에이비오스키는 치맛자락의 주름을 펴고 벽난로 근처의 라벤더색 의자에 앉았다. "앞으로 2년은 더 있다가 자격시험을 치러도 되잖아, 트윌 양. 혹시 세인 마법사가 자네 시험관을 안 맡는다고 해서 속상해?"

시어니는 고동색과 감청색 백합 무늬가 큼직하게 들어간 소파 가장자리에 앉으며 눈을 깜박였다.

"알고 계셨어요?"

"뭐든 알고 있어야 하는 게 내 일이니까." 에이비오스키는 천장을 향해 코를 살짝 들면서 긴장을 풀고 말을 이었다. "솔직히 말하자면, 태기스 프래프에서 내가 맡았던 학생들의 뒤를 끝까지 봐주는 게 내 의무라는 생각이 들거든. 졸업생들이 자리를 잘 잡을 때까지 내가 신경을 써줘야지."

시어니는 고개를 끄덕이며 미소 지었다.

"그렇게 감성적인 분인 줄 몰랐어요."

그 말에 에이비오스키는 한쪽 눈썹을 치떴다.

시어니는 깍지 낀 두 손을 무릎에 얹었다.

"마법사님을 찾아온 건 제 자격시험 때문이 아니에요. 공부에 관한 얘기를 하려고 온 것도 아니고요. 에머리⋯⋯ 세인 마법사님이 어젯밤에 받은 전신 때문이에요."

유리 마법사 에이비오스키의 어깨가 다시 굳어졌다.

"휴즈 마법사가 보낸 전신 말이구나."

어떻게 된 상황인지 다 알고 있는 듯했다. 시어니는 고개를 끄덕였다. 에이비오스키도 사라즈에 관한 소식을 전해 들은 모양이었다.

에이비오스키는 한숨을 푹 쉬며 의자 등받이에 기대어 앉아, 안경의 코 받침 바로 윗부분을 검지로 꾹 눌렀다.

"휴즈는 일 처리를 빈틈없이 하질 못해서 탈이야. 이럴 거면 차라리 세인 마법사를 공식적으로 형사과에 소속시 키든가."

"세인 마법사님은 그쪽 일에서 손 떼셨잖아요."

시어니는 저도 모르게 목소리에 지나치게 힘을 주었다. 다행히 에이비오스키는 눈치채지 못한 것 같았다. 어쩌면 알고도 모른 척했을 수도 있다.

에이비오스키는 깊게 숨을 들이마시며 손을 아래로 내 렸다. 그러고는 의자에 앉은 채 몸을 앞으로 기울이면서 양쪽 팔꿈치를 무릎에 얹고 생각에 잠겼다. 여성의 앉은 자세치고는 지나치게 편안해 보였다. 시어니는 그런 자세 로 앉는 여성을 다른 데서는 본 적이 없었다. 에이비오스 키는 시어니의 눈을 마주 보며 말했다.

"나도 형사과 소속이 아니라서 별로 아는 게 없어. 어쩌 면 자네가 알고 있는 것보다 더 아는 게 없을 수도 있어."

대놓고 거절하겠다는 말 같지는 않았다. 시어니도 그 정 도는 구분할 수 있을 만큼 삶의 경험을 쌓아온 터였다. 그 래스와의 일 이후 에이비오스키는 시어니의 입장을 최대 한 배려해주었다. 시어니와 에머리의 관계를 더 이상 캐묻지 않는 이유도 아마 그래서일 것이다.

"제가 아는 건 그 전신의 내용이 전부예요." 시어니는 엿
듣는 귀가 있는 것도 아닌데 목소리를 한층 낮추며 말을
이었다. "아시는 게 있으면 말씀해주세요. 사라즈는 제 가
족을 위협했어요." 그녀는 숨을 삼키며 덧붙였다. "그자는
죽었어야 해요."

"그러게 진즉에 사형을 시켜야 했는데." 에이비오스키는
혼잣말처럼 말했다. "일이 이렇게까지 됐는데 그놈한테서
얻어낸 정보가 무슨 가치가 있을지 모르겠어. 그놈이 앞으
로……." 목소리가 갈라지자 에이비오스키는 헛기침을 한
후 말을 맺었다. "얼마나 많은 사람을 다치게 할지, 생각도
하기 싫구나."

시어니는 입술을 깨물었다. 딜라일라의 유령이 응접실
밖 복도에서 웃고 있었다. 마치 어떤 농담을 듣고 웃는 듯
하던 환영은 이내 사라졌다. 그 웃음소리는 시어니의 기억
속에 존재하는 것이었다.

에이비오스키가 또다시 한숨을 쉬었다. 시어니와 같은
생각을 하는 듯했다.

"놈은 사형 집행 예정지인 포츠머스시의 감옥으로 이송

되던 중에 탈출했어."

"해즐러반도에서 도망쳤나 보네요."

"그래." 에이비오스키는 앉은 자리에서 몸을 뒤척이며 말을 계속했다. "도시 사이에 있는 고스포트 마을 근방일 거야. 휴즈 마법사에게 더 자세히는 물어보지 못했어."

"어떻게 탈출할 수 있죠? 신체 마법사를 구속하는 방식을 찾아봤어요. 구속복을 입히고 24시간 경비를 붙인 상태로 독방에 감금한다던데요. 본인의 혀와 볼 안쪽을 깨물어 피를 뽑아내지 못하도록 입안에도 재갈을 물려놓는다고 들었어요."

시어니는 분노로 목덜미가 달아올랐다.

"설명 안 해도 돼, 트윌 양. 나도 알고 있어. 사라즈는 경비를 머리로 들이받았어. 그러고는 코를 풀어서 코피를 낸 거야. 마법사 본인의 피를 이용할 경우 신체 마법의 강도가 훨씬 약해지긴 하지만 마법을 쓸 정도는 된다고 하더라. 사라즈는 그렇게 범죄자 수송차 측면을 부수고 도망쳤어."

시어니는 리라가 에머리의 집 현관문을 부쉈던 마법을 떠올렸다.

"사라즈를 추적하는 사람은 아무도 없나요?"

"모르겠어." 에이비오스키는 속이 답답한지 턱을 살짝 들었다. "얼마간은 쫓아갔겠지. 사라즈 프렌디가 다른 마법사도 아니고 신체 마법사인데, 제정신이라면 그놈을 이송하면서 많은 경비를 붙이지 않았겠어? 하지만 내 관할이 아니라 나도 확실히는 몰라."

'놈은 어디로 갔을까?'

사라즈는 에머리의 예상대로 영국을 탈출하려고 할까? 포츠머스와 해즐러는 남부 해안 지역이라 탈출하기 쉬운 편이었다. 그런 지역을 이용할 생각을 못 한다면 사라즈는 제대로 멍청이일 것이다.

시어니는 찜찜했지만 일단은 그 생각을 머릿속으로만 간직하기로 했다. 뒷덜미가 섬뜩해지는 그생각을 머릿속 깊숙한 곳에 밀어넣었다. 시어니는 방금 들은 말에 크게 반응하지 않는 척 헛기침을 하며 물었다.

"제지 공장을 폭발시키기 전에 사라즈는 또 무슨 짓을 했어요?"

에이비오스키는 턱을 손으로 톡톡 치면서 안경을 또다시 위로 올렸다. 이번에는 형사과 소속이 아니라 잘 모른다는 평계를 대지 않고 기꺼이 설명해주었다.

"사라즈는 그래스, 리라와 함께 스코틀랜드에서 고약한 짓을 벌인 모양인데 나도 자세히는 몰라. 그런데 트월양⋯⋯." 에이비오스키는 의자에 앉은 채 상체를 앞으로 기울였다. "자네와 자네 가족들은 안전할 거야. 믿어도 돼. 사라즈 프렌디의 범죄 성향으로 볼 때 자네와 자네 가족들을 계속 괴롭힐 가능성은 별로 없어."

하지만 시어니에겐 그다지 위로가 되지 않았다.

"형사과 소속도 아니면서 어떻게 아세요?"

에이비오스키는 미간을 찡그렸다.

"영국 법집행 당국만 사라즈 프렌디에 관한 정보를 가진 건 아니야. 세상 물정 모르는 질문이구나."

시어니는 한숨을 쉬었다.

"하긴 그래요."

시어니는 손으로 치맛자락을 잡고 배배 꼬려다가 말았다. 머릿속 생각이 머핀 반죽처럼 뒤엉켰다. 치맛자락의 주름을 펴면서 눈을 감고 정신을 하나로 모았다. 핸드백에 손을 넣어 네모난 회색 종이 한 장을 꺼내 들고, 종이를 정확히 반으로 자른 뒤 "모방해라" 하고 지시를 내렸다.

에이비오스키는 한쪽 눈썹을 치켜뜨며 바라보았다.

시어니는 반으로 자른 종이를 에이비오스키에게 건네고 설명했다.

"거울 대 거울 통신과 비슷한 거예요."

통신 기능으로 따지자면 거울 마법이 종이 마법보다 더 확실했지만 시어니는 에이비오스키 앞에서 거울 마법을 쓸 수는 없었다. 에이비오스키는 시어니가 여러 가지 마법 재료와 결합을 깼다가 이었다가 한다는 사실을 몰랐고, 시어니는 아직 그 사실을 공유할 준비가 돼 있지 않았다. 이 사람 저 사람한테 비밀을 알렸다가는 불법적인 신체 마법을 하는 자들의 귀에도 들어갈게 뻔했다.

"이 종이에 글씨를 쓰면 제 종이에도 내용이 나타나요. 혹시 추가로 소식을 들으시거나 어떤 이유로든 저한테 연락할 일이 있으시면 이걸 사용해주세요. 전신을 보내는 것보다 빠르고 사생활도…… 더 잘 보장돼요."

에이비오스키는 반 절짜리 종이를 흘끗 쳐다보았다. 다행히 고개를 끄덕이고는 종이를 두 번 접어서 맞춤 재킷 안쪽에 집어넣었다.

"그래. 잘 보관할게."

어느샌가 잔뜩 힘이 들어가 굳어 있던 시어니의 어깨가 풀어졌다.

"도와주셔서 감사합니다. 저는 걱정이라도 덜고 싶어서…… 찾아왔어요."

'고스포트. 헤즐러에서 포츠머스로 가는 길의 어디쯤이 겠지. 사라즈가 영국에서 도망친 게 맞는지, 우리를 찾아올 일은 없는지 확실히 알아야겠어. 누구든 딜라일라나 애니스 꼴이 나게 둘 수는 없어.'

시어니는 이런 생각을 하며 가방을 집어 들고 일어섰다. 에이비오스키도 일어서면서 입술을 비딱하게 비틀더니 걱정스런 표정으로 물었다.

"밖에 택시가 기다리고 있니?"

"아뇨. 택시를 안 타도 집에 탈 없이 갈 수 있어요." 시어니는 안심하라는 뜻으로 미소를 지으며 말했다. "어서 집으로 돌아가야겠어요. 자격시험 전에 공부할 게 많아요."

그 말에 에이비오스키는 흡족해했다.

"그래. 조심해서 가, 시어니."

에이비오스키는 시어니를 현관문까지 배웅해주었다. 시어니는 자전거를 끌고 마당을 가로질러 진입로로 내려갔다. 곁눈질로 보니 에이비오스키는 현관문 앞에 계속 서 있었다.

시어니는 다음 모퉁이를 돌아서 자전거에 올라탔다. 도심 방향으로, 의회 광장을 향해 페달을 밟는데 빅벤이 2시 정각을 알렸다.

에머리의 집으로 돌아가려면 광장을 가로질러야 했지만 시어니는 그 길로 가지 않았다. 세인트 알반 새먼 레스토랑 앞에 자전거를 세우고 내렸다. 역설적이게도, 지난번에 여기 놓고 간 자전거는 영영 잃어버린 터였다.

치맛자락의 주름을 펴고 머리카락을 매만지며 의회 건물을 향해 걸어갔다. 그 건물 안에서 할 일을 생각하면 지나치게 공개된 장소가 아닌가 싶기도 했다. 하지만 그곳 화장실 거울이 꽤 상태가 좋아서 어느 정도 안전을 보장할 수 있었다. 지금으로서는 더 괜찮은 장소를 물색할 시간도 없었고, 그 화장실은 안에서 문을 잠글 수도 있었다.

건물 쪽으로 걸어가는데 익숙한 웃음소리가 귀를 잡아챘다. '파인 심스'라는 의상실 앞을 지나 모퉁이를 돌아가던 시어니는 광장과 연결된 좁은 도로를 오가는 다양한 쇼핑객과 행인 들 사이를 살펴보았다. 상스러울 정도로 짧은 드레스를 입은 여동생 지나가 파인 심스의 벽돌 벽에 기대어 서 있었다. 그 옆에는 남자 둘이 있었는데, 한 명은 성인으로 보였고 다른 한 명은 지나의 또래인 듯했다. 성인 남자는 한 손에 담배를 들고 벽돌 벽에 한쪽 팔꿈치를 기댔다.

"지나!"

시어니는 뛰다시피 걸어가며 동생을 불렀다. 지나를 여기서 만나다니 놀라웠다. 가족들이 이사한 집은 포플러 마을에 있는데, 그곳은 의회 광장까지 편하게 오갈 수 있는 거리가 아니었다.

지나가 눈길을 돌렸다. 언니와의 우연한 만남이 그다지 달갑지 않은 표정이라 시어니는 멈칫하며 걸음을 늦췄다.

시어니는 지나 옆에 서 있는 두 남자에게 고개를 끄덕여 대충 인사하고 동생을 다그쳤다.

"너 여기서 뭐 하는 거야? 부모님이랑…… 같이 왔어?"

'신체 마법사더러 널 잡아 잡수라고 지금 런던 도심을 이러고 나돌아다니는 거니?'

지나가 눈알을 위로 굴렸다.

"언니, 나 열아홉 살이야. 보호자는 필요 없어."

"보호자가 필요하단 얘기가 아니라 내 생각엔……."

"그 '생각'이라는 걸 저쪽에 가서 혼자 하면 안 돼?" 지나는 길 저쪽을 손으로 가리켰다. "나 지금 얘기 중이거든."

시어니는 성인 남자를 흘끗 쳐다보며 "잠시 실례 좀요."라고 말했다. 하지만 남자는 물러설 생각이 없어 보였다. 시어니는 하는 수 없이 다시 지나에게 말했다.

"무슨 일이야? 너 왜 이런 식으로 행동해? 두 달 만에 보는 언니가 성가셔?"

지나는 지겹다는 듯 부르르르 입술을 털었다. 파리의 날갯짓 같은 소리에 두 남자가 옆에서 낄낄댔다.

시어니는 나무라고 싶은 마음을 꾹 참고 어깨를 펴며 지나에게 다가갔다.

"언니 얘기 잘 들어, 당장 집으로 돌아가. 지금…… 그럴 만한 사정이 있어. 우리 가족이 걱정돼서 그래. 그러니까……."

"언니! 언니 귀먹었어? 누구도 나한테 이래라저래라 훈계할 권리 따윈 없어."

지나가 소리치자 지나가던 행인 몇 명이 그들을 돌아보았다.

"훈계하려는 게 아니야! 네 안전에 관해 얘기하는 거

라고!"

얼마 전 어머니는 지나가 밤마다 밖에 나가 질 나쁜 친구들과 어울려 노는 게 습관이 됐다며 시어니에게 한탄했다. 지나는 왜 이렇게 변해버린 걸까?

벽돌 벽에 기대어 비스듬하게 서 있던 지나는 허리를 바로 세웠다. 키가 시어니보다 2.5센티미터쯤 더 컸다.

"언니랑 세인 마법사가 그렇고 그렇다는 거 난 다 알아."

지나치게 큰 목소리였다. 시어니는 얼굴을 붉히며 물었다.

"나랑 세인 마법사님이 뭐?"

"부모님이 하는 얘기 들었어. 어머 언니, 차라리 교장이랑 섹스하지 그래? 세인이라는 그 마법사, 이혼남이라며?"

시어니는 얼굴이 토마토처럼 빨갛게 달아올랐다. 손을 대면 델 정도였다. 주변에서 사람들이 수군거렸다. "쟤가 지금 뭐라고 한 거야? 저 여자, 얘긴가 봐?" 시간이 천천히 흐르는 느낌이었다. 남의 얘기를 더 엿듣고 싶어 하는 행인들이 발걸음을 늦추었다.

지나는 당당하게 팔짱을 끼었다.

시어니는 자신의 쿵쿵 맥박 뛰는 소리가 귓가에 들리자

가슴이 울렁거렸다. 그러고는 가까스로 조그맣게 내뱉었다.

"그런 거 아니야. 지나, 난 아무하고도 그런 짓 한 적 없어."

귀가 달아오르다 못해 불이 붙을 것 같고, 뺨이 불타올라 재로 변할 것만 같았다. 하지만 그 순간은 곧 지나갔다. 인생 최악의 순간도 시간이 지나면 그렇게 지나가기 마련이다.

"그거야 언니 얘기고."

지나는 무심히 한 손을 흔들고는 뒤도 돌아보지 않고 저만치 가버렸다. 담배를 든 남자가 시어니에게 싱긋 웃으며 시건방지게 눈썹을 위아래로 움직이더니 지나의 뒤를 따라갔다.

시어니는 길 한복판에서 완전히 발가벗겨진 기분이었다. 정신없이 빠른 걸음으로 큰 도로로 돌아갔다. 끔찍하게도 할로웨이 부인이 늙수그레한 동행에게 몸을 기울이며 다 들리는 목소리로 속삭이고 있었다.

"내가 아는 남자 얘기예요. 세인 마법사라고 있어요. 여자는 저렇게 젊고 남자는 이혼남이죠. 둘 다 혼자이긴 하지만…… 둘이 그렇고 그런 사이라니 놀랍네요."

시어니는 가방을 움켜쥐고 속으로 기도했다.

'신이시여 저를 구원하소서. 저는 잘못한 게 아무것도 없습니다.'

시어니는 계속 걸어갔다. 걷다 보니 얼굴에 몰린 피가 차츰 빠지면서 붉은 기가 사라져 굴욕을 당한 표시가 덜 났다. 하지만 머릿속은 여전히 혼란스러웠다. 시어니와 지나는 최근 몇 년간 따로 떨어져서 지냈지만 시어니가 중등 학교에 다니기 전까지는 자매이자 제일 친한 친구였다.

'대체 왜 그렇게 변한 거니, 지나?'

의회 건물이 앞에 보였다. 시어니는 에이비오스키 마법 사와 나눈 대화를 다시 떠올리며 온 정신을 모았다. 지금 은 지나가 아니라 사라즈에게 집중할 때다. 에머리에 대한 생각도 해서는 안 된다.

오로지 사라즈만 생각해야 했다.

경비원 두 명이 앞으로 지나가는 시어니를 흘끗 쳐다보 았다. 의회 건물 1층을 가로질러 가는 여느 평범한 사람을 보는 눈빛이었다. 시어니 같은 모습을 한 젊은 여자가 특 별히 의심을 살 일은 없었다. 빨갛게 달아올랐던 피부가 평범한 색으로 돌아온 지금은 더더욱 그랬다.

시어니는 앞을 똑바로 보면서 걸어가, 맞은편에서 오는 사람들에게 미소를 지어 보였다. 먼저 고개를 끄덕이며 인사하는 회사원에게는 마주 고개를 끄덕였다. 왼편에 여자 화장실이 보이자 걷는 속도를 줄이고 안으로 들어가 안에 다른 사람들이 있는지 소리를 들어본 후 문을 잠갔다.

잠시 숨을 고르며 정신을 가다듬었다.

'사라즈. 사라즈에게 집중하자.'

화장실 문과 변기 칸 사이에 있는 화장대 공간에는 벽지 바른 벽에 대형 거울이 걸려 있었다. 쿠션 의자 옆에 있는 화장대 바로 위였다. 시어니는 그 거울을 기억했다. 딜라일라가 시어니를 임시 숙소로 보내주고 데려오고 할 때 사용했던 거울이었다.

시어니는 어깨를 펴고 쿠션 의자를 끌어다가 화장대 앞에 놓았다. 의자를 밟고 올라서서 거울을 향해 손을 뻗었다. 블라우스 옷깃 안으로 손을 넣어 마법 재료들을 주렁주렁 매단 목걸이를 꺼냈다. 나무 장식을 손가락으로 쥐고 종이와의 마법 결합을 깨는 주문을 외웠다.

이어서 유리와 마법 결합을 맺은 뒤 오래전 딜라일라가

했던 대로 거울 가장자리를 손으로 문질렀다.

그리고 탐색을 시작했다. 의식을 거울에 투영하면서 미지의 표시를 찾아 헤맸다. 시어니의 영혼은 태피 사탕처럼 쭉쭉 늘어나 여자 화장실에서 점점 멀리 나아갔다. 의회 건물과 광장 주변의 모든 거울, 런던과 크로이던 지역, 판버러 마을을 지나갔다. 의식이 실처럼 가늘어졌다. 이렇게 먼 거리까지 이 마법을 시도해보는 것은 처음이라 기운이 크게 소모됐지만 잘되는 듯했다. 이것보다 훨씬 작은 거울로 침실에서 이 마법을 연습해본 덕분일 수도 있었다.

'저기구나. 근처에서 느껴져.'

추적 마법을 계속 작동시킨 상태에서 거울 가장자리를 시계 방향으로 문질렀다가, 시계 반대 방향으로, 그리고 다시 시계 방향으로 문질렀다.

"통과해서 이동해."

주문과 함께 거울은 은색 액체로 된 잔물결로 변했다.

시어니는 숨을 참고 그 안으로 발을 들였다.

6

····· ★ ★ ⚓ ★ ★ ·····

액체 유리가 마치 얼음물로 된 커튼처럼 시어니의 온몸
을 훑고 지나갔다. 싸늘한 기운이 옷과 피부에 스며들었지
만 물기는 없었다. 문득 택시가 추락했던 시커먼 강물 표
면이 머릿속에 떠올랐다. 사라즈가 강둑에서 지켜보는 동
안 택시 안에 차오르던 서늘한 강물. 시어니가 거울로 장
소 이동을 자주 하지 않는 세 가지 이유 중 하나는, 강에서
익사할 뻔했던 기억 때문이었다.

두 번째 이유는 거울을 넘어갔을 때 그쪽에서 누군가에
게 붙잡힐 가능성이 있어서였다.

세 번째 이유는 상태가 온전하지 않은 거울을 이용할 경우 그 안에 갇혀버릴 위험 때문이었다…….

여기서도 바로 그런 위험이 도사리고 있었다. 분명히 깨끗한 거울 표면으로 들어왔는데 거울과 거울 사이의 중간 지대에 회색 물질들이 보였다. 바닥에서 솟아오른 날카로운 석순과 천장에서 드리워진 종유석, 허공에 떠 있는 암회색 보석, 구름이나 구불구불 흐르는 안개처럼 떠 있는 은빛 거미줄들.

위험을 무릅쓰고 조금씩 앞으로 나아가며 장애물들을 살펴보았다. 그동안 관리가 잘되지 않은 거울이 분명했다. 곳곳에 때가 끼고 갈라진 탓에 중간 지대에 위험한 장애물들이 들어차게 된 것이다. 왼쪽 바닥은 마치 지진이라도 만난 것처럼 기울어졌는데, 거울 표면의 유리가 갈라진 탓이었다.

시어니는 입술을 잘근잘근 씹으며 한 발, 또 한 발 내디뎠다. 깨끗한 길을 찾아 밟아야 했다. 지나갈 수 없을 것 같으면 돌아가는 수밖에 없었다. 조사차 나왔을 뿐이므로 유리 감옥에 갇혀 목숨을 잃는 위험까지 감수할 필요는 없었다.

석순을 건너 옆걸음으로 거미줄을 빙 돌아갔다. 거미줄은 거울에 긁힌 자리가 있음을 의미했고, 면도날처럼 날카로웠다. 거미줄은 마치 빗에서 뽑아낸 헝클어진 머리카락 뭉치처럼 둥글게 감겨 있었고 높이는 시어니의 허벅지 중간 정도였다. 시어니는 천장에 매달린 두 번째 거미줄 아래로 고개를 숙인 채 무사히 지나갔다. 세 번째 거미줄에는 치맛자락이 걸렸지만, 최대한 피해를 줄이려고 치마를 홱 잡아당겨 빠져나왔다.

철사처럼 뻣뻣한 구름 너머에는 바닥이 살짝 휘어져 있었다. 그곳에 시어니가 목적지로 여기는 거울이 희미하게 보였다. 비교적 큰 거울이었다. 시어니는 얼음처럼 매끄럽고 오목한 바닥을 조심스럽게 지나서 그 거울로 다가갔다. 다시 한번 찬물 세례를 받을 각오를 했다.

거울을 넘어가자 다행히 아무도 없는 창고였다. 뒤를 돌아보니 가로 120센티미터, 세로 180센티미터 크기의 테 없는 거울이 벽에 걸려 있었다. 그쪽에서 보니 거울 표면에 얼룩과 긁힌 자국이 나 있었다. 맞은편 벽에는 가로 폭이 좀 더 좁은 거울 하나가 벽에 기대어 있었고 양옆에는 두루마리 원단들이 세워져 있었다.

시어니는 잠시 홀로 서서 몇 번 눈을 깜박이며 어둑한 창고에 적응했다. 맨몸으로 서 있는 마네킹 두 개와 파손된 마네킹 한 개가 시어니를 맞아주었다. 그 뒤에 있는 낡은 나무 선반에는 아무렇게나 접어둔 천 조각들이 있었다. 새틴부터 면, 플란넬에 이르기까지 천 종류는 다양했다. 그 밖에도 크기가 너무 작아 어디 쓸모가 있을까 싶은 자투리 천들이 잔뜩 담긴 상자가 문으로 가는 길에 가로 놓여 있었다. 시어니는 큰 소음이 나지 않도록 상자를 천천히 옆으로 밀어 치우고 문 너머 비좁은 복도로 나갔다.

그곳은 여성복 가게였다.

복도를 지나간 시어니는 가게 앞쪽을 내다보았다. 기성복 가운과 외투가 진열돼 있었고, 야드당 판매를 위해 벽의 얇은 선반에 기대어놓은 원단 두루마리들이 보였다. 몸집이 큰 중년 여자가 금전 등록기 근처에 있었지만 시어니 쪽으로는 줄곧 등을 보였다. 시어니는 그 여자가 돌아서기 전에 살그머니 가게로 나가 원단 두루마리들이 놓인 곳으로 걸어갔다.

마침내 돌아선 중년 여자는 깜짝 놀랐는지 숨을 헉 들이마셨다.

"아이고! 깜짝이야." 여자의 녹갈색 눈동자가 가게 앞문과 문에 달린 차임벨을 흘끗 돌아보았다. "문 열리는 소리도 못 들었네요."

시어니는 웃음이 나오려는 걸 꾹 참았다.

"아, 죄송합니다. 혹시 잡지에서 본 물방울무늬가 있는지…… 알고 싶어서요. 이게 비슷한 것 같긴 한데……." 시어니는 복숭아색 점이 박힌 연한 오렌지색 천을 가리켰다. "제가 찾는 건 아니네요."

"물방울무늬요?" 여자는 턱을 손으로 톡톡 치며 말했다. "특별 주문을 하실 생각이 있으시면 소책자를 보여드릴게요."

시어니는 핸드백 끈을 손가락으로 꼭 쥐며 말했다.

"아, 예. 한 군데만 더 가보고 다시 들를게요."

"아, 그러세요. 둘러보고 오세요."

눈인사하고 가게 앞문 쪽으로 향하던 시어니는 문에 매달아놓은 차임벨 소리가 울려 퍼지기 전에 물었다.

"제가 기차를 타고 조금 전에 내려서 그런데, 여기는 포츠머스시의 어느 지역인가요?"

여자는 카운터 위에 천을 펼쳐놓고 양복 솔을 손에 쥔

채 대답했다.

"포츠머스시는 여기서 13킬로미터쯤 떨어진 곳에 있어요. 여긴 워털루빌 마을이에요. 오다가 마을 표지판을 못 봤나 봐요?"

"고맙습니다."

가게 문을 나선 시어니는 지갑 안에 돈이 얼마나 있는지 확인하면서, 택시를 탈지 또다시 거울로 이동할지를 고민했다.

엄지와 검지로 지폐 몇 장을 집으면서 중얼거렸다.

"택시를 타는 게 더 안전하겠어."

거울을 통해 여성복 가게로 이동한 탓인지 머리가 약간 아프기도 했다.

지나가는 택시를 잡아 세우고 고스포트 쪽으로 가달라고 대충 목적지를 말했다. 고스포트 마을 한복판에서 내릴 각오를 하며 조용히 뒷좌석에 탑승했다. 택시를 타고 가는 동안 차창 너머로 포트체스터 성의 표지판과 저 멀리 솟아 있는 거대한 요새가 보였다. 에머리도 이렇게 관광하듯 여행하는 걸 좋아할까. 나중에 한 번 물어봐야겠다. 물론 신중해야 하리라. 이곳을 어떻게 알게 됐는지 들키면 안 되니까.

시어니는 핸드백 걸쇠를 손으로 만지작대며 생각했다.

'사라즈가 영국을 떠났는지만 확인하자……. 아무한테
도 말하지 않을 거야. 더 조사할 필요도 없어.'

손바닥에서 식은땀이 났다.

바다가 점점 가까워졌다. 수면 위에 각양각색의 선박이
떠 있었다. 각 선박 사이에 부두가 두세 개씩 자리했다. 부
두에 정박한 배들은 대부분 작았고 좀 더 큰 배들은 바다
쪽에 나가 있어서 위협적일 정도로 크다는 느낌은 없었다.

해군 조선소가 있는 데다가 두 감옥 사이에 있는 마을이
니 사라즈 입장에서는 여기서 탈출을 시도할 만했다. 시어
니는 자꾸만 가슴이 조여왔다. 주변에 해군들이 있을 테니
더 이상 가면 안 될 것 같았다.

택시기사에게 바다 쪽으로 가지 말고 내륙 쪽으로 가달
라고 말했다. 조선소와 바다로부터 안전하게 거리를 띄우
고 싶었다. 마침내 택시가 서자 시어니는 기사에게 팁을
후하게 지불한 후 잠시 기다려달라고 부탁했다. 여기서 조
금 더 지켜보다가 택시를 돌려 워털루빌로 돌아갈 작정이
었다.

전방의 도로를 자세히 살펴보았다. 도로 폭이 좁아서 택시 두 대가 겨우 오갈 수 있을 정도였다. 사라즈를 태운 호송차가 이 길로 지나갔을까, 혹시 놈의 흔적을 이미 놓친 게 아닐까. 경찰들은 해즐러와 포츠머스 사이의 어디쯤에서 사라즈를 페리호에 태우려고 했던 게 분명했다. 아마 그들은 사라즈가 몸이 결박돼 있든 아니든, 넓은 바다를 횡단하면서 신체 마법을 쓸 가능성이 있다는 생각 따윈 하지도 않았을 것이다.

소금기가 밴 선선한 미풍이 불어와 시어니의 귀를 어루만지며 바다로 상념을 밀어냈다. 시어니는 2년 전 파울니스섬에서 리라와 대적한 일이 떠올랐다. 견습생보다 약간 나은 수준이던 신체 마법사 리라는 바다에 피를 떨어뜨려 신체 마법을 활성화했다. 그리고 그 힘을 머금은 파도로 시어니의 등을 후려쳐 종이 마법 장치 대부분을 망가뜨렸다. 리라보다 수준 높은 신체 마법사인 사라즈 프렌디가 만약 당장 쓸 수 있는 피를 확보했다면 바다를 이용해 얼마나 대단한 짓을 벌일 수 있을까?

시어니는 몸서리치며 태양을 흘끗 올려다보았다. 여기서 꾸물거릴 때가 아니었다.

길을 따라 걷기 시작했다. 해군 기지가 아닌 마을 쪽으로 걸어가면서 '1744년'이라는 글씨가 박힌 종이 별빛 조명등을 손가락으로 쥐고 다시 종이와 마법 결합을 했다. 높이 자란 풀과 들장미 덩굴 사이의 작은 공터로 들어가 무릎을 굽히고 종이접기를 했다. 에머리는 반드시 종이접기용 재단대를 무릎에 올려놓고 종이를 접어야 한다는 다소 엉뚱한 규칙을 고수했지만, 시어니는 여기까지 재단대를 끌고 올 수 없었던 탓에 허벅지 위에 종이를 올려 접으며 좀 더 집중해서 작업을 진행했다.

종이 새 몇 마리를 접었다. 종이 새는 시어니가 견습생 생활을 시작할 때 배운 간단한 마법 장치였다. 이번에는 총 네 마리를 접었다. 하얀 새 두 마리, 노란 새 한 마리, 빨간 새 한 마리였다.

"숨 쉬어."

종이 새들이 시어니의 손안에서 살아났다. 마치 시어니의 주문이 새들에게 영혼을 불어넣은 것처럼. 시어니는 새들이 그대로 휙 날아가 버리지 않도록 몸통 아래쪽을 손으로 잡은 채 부리에 대고 속삭였다.

"이제부터 내 지시대로 주변을 탐색해. 이 주변 지역 수

킬로미터를 탐색하면서 부서진 마차 파편, 바퀴가 세게 끌린 자국, 싸움의 흔적이 있는지 찾아봐. 보폭이 큰 발자국, 길거리나 흙바닥에 떨어져 있는 핏자국도 좋아. 내가 찾는 사람은 가늘고 긴 얼굴에 마른 체격의 인도 남자야."

시어니는 잠시 생각하다가 덧붙였다.

"해군 조선소에서 멀리 떨어진 지역을 돌아보면서 야외에 거울이나 유리가 세워져 있는지도 알아봐 줘."

운이 좋으면 꽤 넓은 구역을 담아내는 거울을 찾을 수 있을 것이다. 그런 거울을 찾아내면 거울의 과거를 더듬어 사라즈의 흔적을 탐색해볼 작정이었다.

"내가 말한 것들을 보면 곧장 내게 돌아와."

새들이 뾰족한 날개를 퍼덕거렸다. 시어니의 손에서 놓여난 새들은 때마침 불어온 미풍을 타고 날아올랐다. 하얀 새와 빨간 새는 마을 쪽으로 날아갔다. 나머지 두 마리 중 한 마리는 해변 쪽으로 곧장 날아갔고 나머지 한 마리는 시어니가 왔던 길을 거슬러 날아갔다.

행인의 눈에는 편지 역할을 하는 새로만 보일 것이다. 사라즈의 눈에 띄면 새도 그놈을 알아볼 확률이 높았다. 아무 무기도 안 쓰는 것보다는 양날의 검이라도 활용하는 편이 낫다. 시어니는 새들이 소식을 물어오기를 기다리며 계속 걸어갔다.

그렇게 한동안 길에서 머물며 시간을 보냈다. 에머리가 다트퍼드에 늦게까지 있다가 온다면 시어니도 굳이 시간 맞춰 집으로 돌아갈 필요가 없다. 하지만 그럴 가능성은 별로 없었다. 에머리는 어떤 목적의 출장이든 일 때문에 집을 떠나 있는 것을 별로 좋아하지 않았다.

에머리를 생각하자 의회 광장에서 있었던 기분 나쁜 일이 떠올랐다. "부모님이 하는 얘기 들었어"라고 지나는 말했다. 부모님은 무슨 얘기를 하셨던 걸까? 얼마나 목소리를 높였으면 지나가 들었을까? 생각해보니 지나는 시어니 못지않게 남의 얘기를 엿듣는 데 도가 튼 아이였다. 지나를 생각하니 화가 치밀었다……. 하지만 지금은 가족의 안전을 챙기는 것이 무엇보다 중요했다. 사라즈는 시어니의 가족들이 어떻게 생겼는지 알고 있을까? 사라즈가 이 나라에서 도망치지 않았다고 해도 아직 런던까지 들어왔을 리는 없었다. 걸어서는 불가능한 거리였다. 게다가 굳이 런던처럼 인구 밀도가 높은 곳으로 올 이유가 있을까? 만약 런던으로 온다면, 목적은 분명하다……. 시어니를 찾으려는 것이겠지. 다른 목적은 상상할 수도 없었다.

"아무리 사라즈라도 런던으로 들어오는 건 너무 위험한 일 아닌가? 그대로 달아났을 거야. 그가 여기 머물고 있다는 증거를 찾으려고 애쓸 필요 없어."

시어니가 절대적으로 신뢰하는 에머리와 에이비오스키는 가족들에게 아무 일도 없을 거라고 시어니에게 장담했다. 그러니 형사과 사람들이 알아서 하도록 두는 게 맞을 것이다.

하지만 자신이 딜라일라에게 *조금만 더* 신경을 썼으면 상황이 달라졌을 수도 있다는 생각이 머릿속을 떠나지 않았다. 그러니 더더욱 확실하게 상황을 파악해야 했다.

도로를 벗어난 시어니는 해군 조선소와 마을 사이의 황폐한 지역을 돌아다니며 종이 새들에게 찾아보라고 지시한 내용들을 직접 둘러보았다. 유리와 결합한 지 한 시간 정도 됐을 때쯤, 오가는 사람들에게 밟혀 납작해진 풀밭을 발견했다. 시어니는 핸드백에서 고무로 가장자리를 두른 유리를 꺼내 들고 지시했다.

"확대해."

사진틀보다 약간 더 큰 유리는 이내 거울로 변해 시어니의 발밑에 누운 풀잎을 비추었다. 눈에 띄는 것은 없었다.

'어머 언니, 차라리 교장이랑 섹스하지 그래? 그 마법사 이혼남이라며?'

지나의 목소리가 생각의 흐름을 방해했다.

지나는 그 말을 큰소리로 내뱉었다. 상스러운 말투로!

시어니는 생각을 털어내려 애쓰며 자신을 질책했다.

"사라즈에게 집중해야 해. 사라즈 문제가 더 중요해."

삼십 분쯤 지나자 발이 피로했다. 하얀 종이 새 한 마리가 지친 날개를 퍼덕이며 돌아왔다. 시어니는 다시 종이와 결합한 후 종이 새를 불러 내렸다.

"뭘 발견했니, 작은 새야?"

내리쬐는 햇볕에 어깨는 뜨끈한데 어쩐지 오싹 소름이 돋았다. 종이로 만들어진 하얀 새는 시어니의 두 손에서 세 번 폴짝 폴짝 폴짝 뛰더니 서쪽을 향해 낮은 고도로 날아갔다. 시어니는 손으로 긴 치맛자락을 잡고서 얼른 새의 뒤를 따라 뛰었다.

도로를 벗어나 한참 날아간 종이 새는 잡초가 무성히 자란 어느 흙길에 내려섰다. 마을 경계선에서 그리 멀지 않은 그곳에 노출 하수관이 있었다. 뛰어오느라 시어니는 얼굴이 빨갛게 달아올랐고 헤어라인과 캐미솔에 땀이 배어 났다. 시어니는 빠르게 더위를 식혀줄 부채 마법을 쓸 줄 알았지만 흥분한 상태라 미처 생각도 못 하고 얼굴을 향해 두 손을 연신 휘젓기만 했다.

주변을 둘러보았다. 잡초와 들풀이 밟히고 뜯겨나간 걸 보니 싸움이 벌어진 자리 같기도 했다. 반짝이는 무언가가 시선을 잡아끌었다. 웅크리고 앉아 살펴보니 누군가 쏜 탄환이 뭉개진 채 떨어져 있었다. 단단한 무언가에 부딪쳤다가 떨어진 것 같았다. 마차를 향해 발사됐던 총알일까? 하지만 근처에 바퀴 자국은 보이지 않았다. 총알에 새겨진 무늬를 보니 표적 추격 마법을 걸어놓은 게 분명했다. 금속 마법사가 관여되어 있다는 의미일 수 있다. 해군 조선소에서 사용된 금속 조각일지도 모르지만 그럴 가능성은 작아 보였다.

세찬 바람이 불어오자 하얀 새는 날개를 뒤로 치면서 햇볕에 바짝 탄 나팔꽃의 가느다란 줄기에 내려앉았다. 나팔꽃 뿌리는 땅에 반쯤 묻혀 있었다. 반짝이는 무언가가 보여 시어니는 바닥에 무릎을 꿇고 앉아 잡초와 흙을 옆으로 밀어 치웠다. 한여름의 햇살이 엄지손톱만 한 크기의 갈색 유리 조각을 비추었다. 비번인 해군 장교가 버리고 간 맥주병 파편인 듯했다. 파편에 붙은 얇은 흙먼지를 닦아내자 매끈한 표면에 시어니의 모습이 비쳤다. 맥주병의 안쪽 면인 듯했다. 흠 하나 없이 매끈하진 않았지만 지금 쓰려는 용도에는 맞을 듯했다.

시어니는 손등으로 이마의 땀을 닦으며 새를 불렀다.

"착한 새야, 이제 멈춰."

위풍당당하게 서 있던 종이 새는 그대로 몸이 굳어져 바닥으로 떨어졌다.

시어니는 갈색 유리 파편을 손바닥에 올려놓았다. 거울이 아닌 재료에 거울 마법을 시도해보는 것은 이번이 처음이었다……. 하지만 유리 마법은 유리 마법사 전용 유리가 아닌 다른 관련 재료에도 사용할 수 있으므로 한번 시도해볼 가치는 충분했다.

시어니는 마법 재료 목걸이를 손가락으로 만지작거리며 종이와의 마법 결합을 끊고 다시 유리 마법사가 되었다. 그리고 갈색 유리 파편을 바라보며 명령했다.

"과거를 비춰."

유리 파편에 담겨 있던 시어니의 모습이 왼쪽, 오른쪽으로 휘다가 빙글빙글 돌았다. 시어니의 얼굴이 사라지자 쭉쭉 뻗은 풀들과 길쭉한 구름이 떠 있는 하늘이 보였다.

입술을 꾹 다문 시어니는 이 파편을 적절히 사용하기 위해 유리 마법 관련 책에서 본 내용을 머릿속에 떠올려보았다. 마침내 결심이 서자 입을 열었다.

"시간을 뒤로 돌려."

구름이 서서히 흘러 갈색 유리 파편 밖으로 사라졌다.

"열 배 더 빨리."

갈색 유리 파편에 담긴 장면이 열 배 더 빠르게 과거로 흘러갔다. 환한 빛이 사라지고 별이 떴다가 사라졌다. 다시 해가 떴다. 풀잎이 바람에 흔들렸다.

"열 배 더, 열 배 더."

갈색 유리 파편에 담긴 과거의 기억들은 점점 더 빨리 뒤로 흘러갔다. 유리 마법 견습생이 견습 첫해에 주로 배우는 이 마법은 시어니가 알고 있는 종이 마법을 거의 다 합친 것보다 더 복잡한 수준이었다. 영국에서 종이 마법의 인기가 왜 시들한지 알 수 있는 대목이었다.

낮, 밤, 낮, 다시 밤. 떨어지는 빗방울. 맥주병의 파편 속에 흘러가는 기억들을 면밀히 살펴보았다. 아직까지 쓸모 있는 장면은 없었다.

"멈춰."

그림자들이 어른거려 영상을 멈추게 했는데 다시 보니 소년 두 명의 윤곽이었다. 소년들은 무슨 뜻인지 알 수 없는 농담을 주고받으며 놀고 있었다.

시어니는 유리 파편에게 다시 과거를 보여달라고 명령했다. 이틀 정도 더 뒤로 돌아가자 큼직한 그림자가 나타났다. 시어니는 속삭이듯 나지막하게 지시했다.

"멈춰."

이미지를 정상 속도로 재생했다. 처음에는 그림자가 유리 파편을 온통 뒤덮었는데 화면이 일렁이더니 진한 곱슬머리가 햇빛을 받아 반짝거렸다. 그 머리가 뒤를 돌아보았다. 저 멀리서 누군가 호루라기를 불며 고함쳤다. 경찰들이었다.

그림자처럼 시커먼 남자는 잠시 후 유리 파편 너머로 사라졌고, 경찰들은 소리만 들릴 뿐 유리 파편에는 모습이 비치지 않았다.

"사라즈."

시어니는 과거를 비추는 작은 망원경 같은 유리 파편을

아래로 내리며 나지막하게 내뱉었다. 유리 파편에는 다시 바람에 흔들리는 풀잎과 여름 하늘만이 담겼다. 경찰에 쫓기던 남자는 사라즈가 분명했다. 시어니는 그날 아침으로 먹은 메뉴보다 더 또렷하게 그자의 시커먼 윤곽을 머릿속에 떠올릴 수 있었다. 바로 이 장소에서 들려온 소리……. 거의 확실했다.

시어니는 손바닥 위에 올려둔 유리 파편을 내려다보았다. 한 가지 분명한 것은 파편에 모습이 담긴, 그림자처럼 시커먼 형상의 남자가 마을이 있는 북쪽으로 향했다는 사실이다. 바다로 이어지는 남쪽이나 동쪽, 서쪽이 아니었다. 이 나라에서 탈출할 작정이었으면 북쪽으로는 가지 않았을 것이다.

시어니의 계산대로라면 사라즈는 영국에서 탈출한 게 아니라 영국 내륙으로 숨어들었다.

입에서 욕이 튀어나왔다. 혀끝에 독한 욕의 씁쓸한 뒷맛이 남았다. 바늘로 만들어진 듯 잔뜩 곤두선 흉곽 안에서 심장이 쿵쾅쿵쾅 뛰었다. 피부가 유리 파편의 가장자리에 찢길 정도로 세게 파편을 손으로 움켜쥐었다.

'그는 나를 잡으러 오는 게 아니야. 내가 아니라 다른 무

언가를 노리고 있어. 경찰들이 남쪽에서 오고 있으니 북쪽
으로 도망쳤겠지……. 해군 조선소 쪽을 피하려고 잠시 북
쪽으로 향했을지도 몰라. 여기서 북쪽으로 갔다고 해서 쭉
북쪽으로 갔으리라는 법은 없잖아.'

이런 생각도 해봤지만 어째서인지 별로 위로가 되지 않
았다. 이토록 불안한 이유는 분명했다. 사라즈 프렌디가
현재 어디에 있으며, 무슨 의도를 가졌는지 모르기 때문이
었다. 시어니뿐만 아니라 형사과 사람들도 사라즈의 소재
를 파악하지 못하고 있었다.

시어니는 일어서서 무릎에 묻은 흙을 털어내고 갈색 유
리 파편을 핸드백 안에 집어넣었다.

그때 노란 종이 새가 머리 위로 날아왔다.

시어니는 목걸이를 손으로 잡고 주문을 외워 다시 종이
마법과 결합한 뒤 종이 새를 불러 내렸다. 노란 새는 산들
바람에 흔들리다가 그녀의 손을 놓칠 뻔했지만 가까스로
손 위에 무사히 내려앉았다. 주름진 몸뚱이를 보니 꽤 힘
들게 돌아다닌 모양이었다. 시어니는 구부러진 날개를 매
만졌다.

이 새는 상당히 멀리까지 다녀온 듯했다.

"뭘 찾아냈니?"

시어니는 노란 새가 말할 수 있으면 좋겠다고 생각했다. 이 새가 흔적을 발견한 곳으로 시어니를 데려갈 힘이 남아 있을까? 혹시 엄청나게 먼 거리면 과연 시어니가 따라갈 수 있을까?

시어니는 입을 다물고 콧노래를 흥얼거리며 하늘을 둘러보았다. 다른 새 두 마리의 흔적은 보이지 않았다. 노란 새를 손에 쥐고 고스포트 마을 쪽으로 향했다. 몇 번 택시를 불렀다가 놓친 뒤에야 마침내 택시를 잡았다.

택시가 서자 시어니는 차창으로 다가가 손바닥 안에서 폴짝거리는 종이 새를 보여주며 말했다.

"저는 종이 마법사예요." 일단 이렇게 운을 띄우면 그 뒤에 이어서 할 부탁이 덜 멍청한 소리로 들릴 것 같았다. "이 노란 새를 최대한 따라가주세요. 목적지에 도착하면 요금을 계산해드릴게요."

택시기사는 시어니를 쳐다보며 한쪽 눈썹을 치뜨더니 잠시 후 다른 쪽 눈썹을 치켜뜨며 물었다.

"거리가 얼마나…… 될까요? 도로로 가는 거 맞죠? 종이 마법은 잘 몰라서요."

"그렇게 멀지는 않을 거예요." 하지만 얼마나 가게 될지는 시어니도 확실히는 몰랐다. "아마 길을 따라가게 되겠죠……. 그리고 노란 새라서 따라가기 어렵지는 않을 거예요. 기사님 능력을 믿어요. 교통 법규가 허용하는 한도 내에서 능력을 최대한 발휘해주세요."

택시기사는 숨을 깊게 들이마시고 볼이 빵빵해지도록 머금었다가 담배 연기처럼 길게 내뱉었다.

"마법사라니 팁을 후하게 쳐줄 거라고 믿겠습니다." 그는 혼잣말처럼 말했지만 시어니의 귀에 충분히 들릴 정도의 목소리였다. "음…… 새가 보닛보다 약간 높게 날면 좋겠네요. 문을 열어드릴까요?"

"제가 열게요." 문을 열고 운전석 바로 뒷자리에 올라탄 시어니는 노란 새에게 말했다. "네가 찾아낸 것을 내게 보여줘!"

노란 새는 구김이 간 날개를 파닥이며 택시와 몇 미터 간격을 두고 앞서 날아갔다. 택시기사는 천천히 출발했지만 노란 새가 이리저리 방향을 틀기 시작하자 속도를 높였다. 택시기사가 여성 앞에서 내뱉기에 적절치 않은 저급한 욕을 중얼거렸지만 시어니는 못 들은 척했다. 택시기사는 고스포트 마을을 가로질러 서쪽으로, 이어서 북쪽으로 운전했다. 가다 말고 잠시 멈춘 뒤 마차나 도로를 가로지르려는 행인들에게 경적을 울리기도 했다. 노란 새가 풀밭너머로 훌쩍 날아간 순간 시어니는 새를 시야에서 놓쳤지만 잠시 후 새는 다시 눈앞에 나타났다. 그렇게 새를 놓친건 딱 한 번뿐이었다.

택시를 타고 가면서 시어니는 서둘러 새 한 마리를 추가로 더 접었다. 아까 접어 날린 새들과는 약간 달랐다. 종이마법을 하는 사람이 아니라도 사용이 가능한 종이 장치를 접는 방식으로 만들었다. 그런 식으로 물건을 만들어 팔수 없다면 종이 마법사는 돈을 벌기 힘들 것이다. 시어니는 종이 마법사가 접어서 날린 새라는 표시가 나지 않도록일부러 일반적인 방식으로 새를 접었다. 흔해 빠진 편지전달용 새였다. 편지 봉투나 우표처럼 가게에서 살 수 있는 종이 새이므로 다른 우편 새들 사이에 자연스럽게 섞일수 있을 것이다.

시어니는 본인의 필체가 드러나지 않도록 일부러 흘려서 새의 몸통에 글씨를 적었다. '사라즈가 탈출 후 북쪽으로 향했습니다. 그자를 추적해주세요. 저는 익명의 신고자

일 뿐이니 제게 연락하려고 하지 마세요.'

종이 새에게 생기를 불어넣은 뒤 마법사 위원회 본관 건물 주소를 속삭였다. 시어니의 품을 떠나 택시 창문 밖으로 날아간 새는 이내 저만치 사라졌다.

택시는 길을 따라 30분 넘게 달렸다. 길 주변은 대부분 주거 지역이었고 모퉁이마다 작은 가게가 하나씩 있었다.

노란 새가 날개를 치며 돌아와 유리창 없는 창문을 통해 시어니의 손바닥에 도로 내려앉았다. 바로 이곳인 모양이었다.

"멈춰." 시어니는 새에게 지시한 후 택시기사에게 말했다. "이 길은 천천히 가주세요. 주변을 둘러보고 싶어요."

택시기사는 크게 투덜대지 않고 요청받은 대로 해주었다. 시어니는 등받이에 기대어 최대한 밖에서 자신이 보이지 않게 했다. 택시가 집과 건물 들 사이로 천천히 지나가는 동안 시어니는 주변을 둘러보았지만 시간이 어느새 많이 늦었다는 것만 확인했을 뿐이다. 에머리보다 먼저 집에 도착하려면 이제 그만 여성복 가게로 돌아가야 했다.

그러다 문득 눈앞의 광경이 아니라 소리와 냄새에 관심이 갔다. 흥겹지만 기괴하게 느껴질 정도로 낯선 음악 소리였다. 특이하게 울려 퍼지는 가락……. 플루트와 어떤 현악기 같기는 한데 정확히 어떤 악기인지는 알 수 없었다.

그리고 양고기 비슷한 고기 냄새와 향신료 냄새가 났다. 마저럼과 카레는 알 것 같은데 나머지 묘한 향을 풍기는 양념들의 정체는 알 수 없었다.

노란 새가 이 야트막한 집들 사이에서 목격한 게 무엇인지 시어니는 드디어 알았다. 인도 남자였다.

하지만 사라즈는 아니었다. 남자는 달걀 껍데기처럼 살짝 노란 빛이 도는 하얀 터번을 머리에 둘렀고 가운과 비슷하지만 약간 다른, 헐렁한 옷을 걸쳤다. 얼굴의 절반이 무성한 턱수염으로 뒤덮였다. 남자는 어깨에 널빤지 몇 장을 들고 걸어가면서 시어니와 비슷한 나이로 보이는 어떤 인도 여자에게 손을 흔들었다.

여자는 시어니 쪽으로 시선을 돌렸지만 오랫동안 바라보지는 않았다.

택시가 그곳을 지나가자, 음악 소리는 점점 커지다가 다시 줄어들었다. 그곳에는 다양한 연령대의 인도인이 모여 있었다. 현관 앞에서는 어린아이들이 돌멩이를 갖고 놀았고 노파들은 반백의 긴 머리를 땋아 내린 모습이었다. 다른 집들보다 규모가 큰 집을 슬쩍 들여다보니 큼직한 식탁 위에 금속 소재의 얇은 접시들이 놓였고, 시어니가 영국 요리책에서 본 적 없는 특이한 음식들이 그득 담겨 있었다. 보도에 모여 선 사람들은 힌디어로 추정되는 언어로 서로 얘기를 나누는 중이었다.

노란 새가 찾아낸 곳은 바로 인도인들이 모여 사는 동네였다. 시어니가 알기로 런던 동쪽에는 여기보다 규모가 큰 중국인 동네가 있었다. 결국 노란 새는 시어니가 찾아내라고 한 인물의 특성대로 사람을 찾아내긴 했다.

하지만 사라즈는 여기 없을 것이다. 영국에 그자의 가족들이 있을 리도 없고……. 무엇보다 중범죄자인 그를 숨겨 줄 리 없었다. 만약 그의 가족이 여기 살고 있다면 경찰들이 바로 들이닥쳐 조사했을 것이다. 이 동네는 사라즈의 탈출 장소와 너무 가까워서 그가 안심하고 숨을 만한 곳은 아니었다. 시어니가 사라즈라면 여기에 숨을 생각은 절대 하지 않을 것이다.

시어니는 입술을 이빨로 뚫어버릴 듯 꾹꾹 씹으며 속으로 다짐했다.

'반드시 찾아내고 말 거야, 사라즈. 영국 안에 있다면 내가 당신을 막을 거야. 내가 지키고 싶은 사람들을 위해서.'

시어니는 이 동네를 잘 기억해뒀지만 앞으로 그다지 쓸모 있는 단서가 될 것 같지는 않았다. 신체 마법사 사라즈를 찾기 위해, 이 낯선 사람들의 집에 불쑥 들어가고 싶지도 않았다!

시어니는 종이 새의 등을 엄지로 쓰다듬었다.

길 끝에 이르자 택시기사가 물었다.

"어디로 갈까요?"

"아. 우회전 해주세요." 시어니는 긴장을 풀며 말을 이었다. "감사합니다. 잘 봤어요. 워털루빌 마을에 있는 여성복 가게로 가주세요. 비용은 잘 쳐드릴게요."

할로웨이 씨 댁의 일을 해주고 받은 돈을 택시비로 다 쓰고 말았지만 워낙 시어니는 용돈이 별로 없는 생활에 익숙했다. 게다가 에머리의 집에는 생활에 필요한 물품이 다 갖춰져 있어서 따로 돈 쓸 일이 없었다.

에머리의 집. 시간이 다 되어가고 있었다.

"좀 더 빨리 가주세요."

시어니의 부탁에 택시기사가 뒤를 흘끗 돌아보았다. 시

어니는 조용히 미소를 지어 보였다.

여성복 가게가 문을 닫기 직전에 안으로 들어간 시어니는 점원에게 특별한 물건을 찾아달라고 부탁했다. 점원이 카탈로그에서 품목의 번호를 찾아보는 동안 시어니는 슬쩍 가게 뒷방으로 들어갔다. 거울 미로를 통해 의회 건물 화장실로 이동하고 보니 화장실 문이 열려 있었다. 누군가 자물쇠 수리공을 불러 잠겨 있던 화장실 문을 연 모양이었다. 시어니는 이곳에 놓아둔 자전거만 아니면 에머리의 집 화장실 거울로 곧장 이동하고 싶은 마음이 굴뚝같았다.

의회 건물 밖으로 나와 자전거에 올라탄 시어니는 죽어라 페달을 밟아 서둘러 집으로 향했다.

집 앞에 도착해서 보니 현관문은 잠겨 있지 않았다. 문을 열고 들어가 일단 가쁜 숨부터 골랐다. 에머리가 집에 왔는지 확인하려고 현관 복도로 걸어 들어가면서 그의 이름을 불렀다. 그러다 깜짝 놀라 말문이 막히고 말았다.

에머리가 팔짱을 낀 채 현관 복도에 서 있었던 것이다. 시어니에게 단단히 화가 났는지 그의 초록색 눈이 이글이글 타올랐다.

7

시어니는 지금 자신의 모습을 머릿속으로 빠르게 돌아보았다. 자전거를 타고 급하게 오느라 머리카락이 바람에 날리고 두 뺨은 달아올라 있을 것이다. 하지만 시어니의 뺨이 발그레하지 않았던 적이 있었나? 블라우스와 치마, 구두는 그럭저럭 깨끗했다. 평소에도 핸드백을 잘 들고 다니니 특별히 의심을 살 만한 차림은 아니었다.

힐끗 손톱을 내려다보았다. 상태는 나쁘지 않았다.

시어니는 철렁 내려앉았던 심장을 부여잡고 애써 웃었다.

"에머리! 이렇게 빨리 집에 오실 줄 몰랐어요."

"난 자네가 이렇게 늦게 집에 올 줄 몰랐어." 그는 여전히 눈에 불을 켠 채 받아쳤다. "패트리스의 집에서 경치 좋은 길로 천천히 돌아서 온 거야?"

시어니는 목이 확 달아올랐다.

"에이비오스키 마법사님 댁을 방문하긴 했어요." 시어니는 어깨에 멘 핸드백 끈을 매만졌다. 그리고 얼른 엄지를 옷깃 안으로 넣어, 새로 만든 마법 재료 목걸이가 블라우스 안에 잘 들어가 있는지 확인했다. "어떻게 아셨어요? 그분과 만나신 거예요?" 시어니는 숨을 꼴깍 삼키며 물었다. "혹시 그분이…… 전신을 보내셨어요?"

그 말에 에머리는 웃었다. 하지만 기분 좋은 웃음은 아니었다.

"아니. 참견하기 좋아하는 우리 집 견습생이 어차피 훔쳐볼 건데 군이 전신을 보낼 필요가 뭐가 있겠어? 화장실 거울을 통해서 내게 연락을 했어. 여섯 시간쯤 전에 자네가 패트리스의 집에 들러서 사라즈 프렌디에 관해 물었다더군."

달아올랐던 목의 열기가 척추를 타고 싸늘하게 가라앉

왔다.

'에이비오스키 마법사님! 본인 목숨이 달린 일일 수도 있는데 어쩌면 이렇게 비밀을 못 지키세요!'

하지만 에이비오스키가 에머리에게 시어니에 관해 말한 것은 당연한 일이었다. 현재 시어니는 견습생이고 에머리 세인은 엄연히 시어니의 보호자였다.

"쇼핑 좀 하고 왔어요."

서툰 거짓말이 입에서 나오자 시어니는 저도 모르게 움찔했다. 쇼핑하고 왔다면서 손에는 장바구니도, 영수증도 없었다. 쇼핑하고 왔음을 증명할 만한 게 없었다. 에머리 는 시어니가 여섯 시간 동안 물건을 사지도 않고 구경만 하고 올 사람이 아니라는 것쯤은 잘 알고 있었다.

시어니는 한숨을 삼키며 허리를 꼿꼿이 폈다. 하지만 키 가 160센티미터라 에머리의 키에 비할 바가 못 되었다.

"전 잘못한 거 없어요."

그의 곁을 지나 복도를 걸어가려는데 그가 시어니의 팔 꿈치를 잡았다.

"그럼 뭘 하다가 왔는지 설명해봐."

시어니는 가슴속에서 불이 일어나는 듯했다.

"제가 누구처럼 신체 마법사들을 잡겠다고 돌아다녔을까 봐 걱정하는 거라면 그럴 필요 없어요."

시어니는 쏘아붙이며 그에게 붙잡힌 팔을 빼냈다.

에머리에게 전부인인 리라를 암시한 것은 지나친 말일 수도 있었다. 하지만 시어니는 그의 표정을 살피지 않고 곧장 주방으로 들어갔다. 식당 안의 식탁 옆에 누워 있던 펜넬이 벌떡 일어났지만 시어니는 펜넬을 못 본 체하고 위층 방으로 올라갔다. 방으로 들어가자마자 바닥에 핸드백을 내려놓고 발로 걷어차 침대 밑으로 집어넣었다. 머리카락에 꽂아둔 클립을 거칠게 뺐다. 굵기가 제각각인 오렌지색 곱슬머리가 어깨 위로 흘러내렸다. 머리카락을 흔들어 턴 후 두 손을 허리춤에 올리며 숨을 한 번, 또 한 번 깊이 들이마셨다.

발소리를 듣지도 못했는데 언제 따라 올라왔는지 에머리가 그녀를 불렀다.

"시어니."

시어니는 뒤돌아보지 않고 말했다.

"고스포트 마을에 갔다 왔어요."

"고스포트까지 갔다가 여섯 시간 만에 돌아왔다고?"

133

"마법사님만 종이 글라이더를 만들 수 있는 건 아니에요."

거짓말이었다. 시어니는 그가 종이 글라이더를 보여달라고 하지 않기를 바라며 말을 이었다. "에이비오스키 마법사님에게 들은 얘기가 많지 않아서 직접 돌아보려고 고스포트에 갔어요. 노력은 해봐야겠다 싶어서요. 알아낸 건 별로 없지만요. 늘 적들이 저를 먼저 찾아내는 게 진저리 나서 그랬어요."

에머리가 문틀에 기대자 문틀에서 삐거억 소리가 났다.

"멋대로 돌아다니면서 문제를 해결하려 들지 않기로 했잖아. 이미 나와 몇 번이나 그 얘길 했으면서 왜 그랬어?"

시어니는 고개를 돌려 그를 바라보았다. 그의 두 눈에서 이글거리던 불길은 사라졌지만 표정은 여전히 어두웠다. 시어니는 한숨을 쉬며 말했다.

"마법사님이 *저한테* 하신 얘기였죠. 저는 총 한 자루를 달랑 들고 신체 마법사를 사냥하러 거울로 뛰어드는 짓은 안 해요." 반쯤은 거짓말이었다. "사라즈는 고스포트 근처에 없었어요." 시어니는 이 말이 거짓말이 되기를 바랐다.

"거기 있을 수도 있었어."

시어니는 곧장 받아쳤다.

"제 방 벽장 안에 있을 수도 있겠죠. 아니면 저 담쟁이덩굴 속에 숨어 있거나요." 시어니는 창문을 손으로 가리키며 말을 이었다. "아니면 정육점 주인과 차를 마시고 있을 수도 있겠네요. 우리 중 한 명이 돼지고기를 사러 집 밖으로 나오기를 기다리면서요. 마법사님은 사라즈가 우리를 추격할 이유가 없다고 하셨는데, *정말 그럴까요?* 사라즈는 북쪽으로 갔어요. 그자가 왜 북쪽으로 갔을까요?"

"자네도 그자를 추격할 이유는 없어." 그는 똑바로 서서 손으로 머리카락을 쓸어 넘겼다. 머리카락이 그의 얼굴 주변으로 흘러내렸다. "생각만 해도 몸서리쳐져, 시어니. 리라, 그래스…… 자네는 위험한 범죄자들을 목록에 적어놓고 한 명씩 없애려는 것 같아. 그들과 전부 일대일로 붙을 때까지 만족을 못 하겠지."

시어니도 팔짱을 꼈다. 화가 나서라기보다는 마음을 가라앉히기 위해서였다.

"가족들이 안전한 상태인지 확인하고 싶은 것뿐이에요."

"가족들은 어때?"

냉소적인 질문이 아니라 시어니가 외출을 통해 알아낸

정보가 있는지 찔러보는 말 같았다. 시어니는 말을 할까 말까 고민하다가 안 하기로 했다. 그 과정을 설명하자면 마법을 부자연스럽게 사용한 일도 털어놓아야 하는데 에머리에게 그런 문제로 걱정시키고 싶지 않았다. 이미 너무 오랫동안 비밀로 유지한 탓에 새삼 말하기도 껄끄러웠다. 시어니는 조금 더 부드럽게 대답했다.

"사라즈가 영국을 떠나지 않은 것 같아요. 그자가 떠나지 않았다면 이유가 뭔지 알고 싶어요. 사라즈는 해군 기지 근처를 지나다가 호송차에서 탈출했잖아요. 아무리 사라즈라도 군인들이 잔뜩 있는 동네에서 바다를 건너 탈출할 생각을 한다는 건 무리예요. 그가 평범한 사람들 사이로 섞여 들어가 숨으려고 한다면, 탈출 계획을 세우는 동안 평범한 사람들을 먹이로 삼으려 한다면 어떻게 해요?"

에머리는 길게 한숨을 내쉬면서 시어니의 방으로 들어왔다. 그는 시어니의 어깨에 묵직한 손을 얹으며 말했다.

"오늘 알프레드에게 전언을 보냈는데 추가로 공유할 정보는 없다고 했어. 다시 한번 연락해서 그동안 알아낸 게 있는지 물어볼게. 그럼 되겠어?"

그거면 될까? 시어니는 확신이 서지 않았다.

"휴즈 마법사님이 당신을 이 일에 끌어들이지 않으면 좋겠어요."

"자네도 마찬가지야." 그의 굳은 얼굴과 말투가 약간은 부드러워졌다. "더는 사라즈를 뒤쫓지 않겠다고 약속해줘."

시어니는 인상을 썼다.

"당신이 먼저 약속하면요."

에머리의 입술과 눈에 살짝 웃음기가 묻어났다.

"약속할게."

"그럼 저도 약속할게요."

그는 시어니의 입술에 가볍게 키스했다.

"저녁으로 뭘 먹을지 찾아보자. 저녁 식사 후에 짐을 싸 둬. 내일 아침에 프리트윈 베일리 마법사의 집에 데려다줄게."

다음 날 아침, 시어니는 긴장한 탓에 평소보다 일찍 잠에서 깼다. 덕분에 오래된 자장가를 콧노래로 부르며 옷을 입고 핀으로 머리를 단장하는 등 느긋하고 차분하게 준비할 수 있었다. 시어니가 옷장에서 고른 옷은 장미색 원피

스였다. 견습생 생활을 하면서 꽤 괜찮은 옷 몇 벌을 장만했고 존토의 도움을 받아 단추도 깔끔하게 달아놓았다. 날씨가 따뜻했지만 불그스름한 색깔의 애스컷 타이를 목에 두르고 원피스와 색감이 잘 맞는 진한 황록색 재킷도 걸쳤다. 아침 식사용으로 달걀을 삶는 동안 옷에 어울리는 모자를 골라서 침대 위에 놓아두었다. 달걀 외에 다른 음식은 소화되지 않을 것 같았다. 시어니는 삶은 달걀을 먹으며 생각했다.

'오늘부터 시작해서 끝을 잘 맺자. 프릿 아니, 베일리 마법사님과 2주일을 같이 지낸 후에 자격시험을 보는 거야. 그리고 정식 마법사가 되어야지.'

그때 에머리가 입을 손으로 가리고 하품을 하며 주방으로 들어왔다.

시어니는 달걀을 스푼으로 부드럽게 퍼내며 생각을 이어갔다.

'그럼 난 에머리의 견습생 신분에서 벗어나는 거야. 더는 우리 관계를 숨길 필요도, 수군대는 말을 들을 필요도 없어. 더는 기다리지 않아도 돼.'

시어니는 미소를 지으며 달걀을 입에 조금 넣고 씹었다.

계속 씹어도 삶은 달걀에선 별맛이 나지 않았다.

'내가 시험에 붙어야 가능한 일이겠지.'

이번에 떨어져도 나중에 다시 시험을 볼 수는 있다. 하지만 막상 떨어지면, 실패했다는 사실보다는 굴욕감 때문에 훨씬 심한 압박을 느낄 게 뻔했다.

에머리는 찬장에서 반으로 잘라둔 빵을 꺼냈다. 시어니가 이틀 전에 치즈와 허브를 넣고 구운 빵이었다.

"내가 지금 질투해야 하는 건가?"

시어니는 달걀을 먹다 말고 고개를 들었다.

"예?"

"패트리스의 집에서 점심을 먹고 온 날 그 옷을 입었잖아. 그 후로는 쭉 안 입더니. 베일리 마법사가 이렇게 입은 자네를 보면 깊은 인상을 받겠어."

시어니는 어이없어하며 눈을 위로 굴렸다.

"좋은 인상을 주기는 해야죠."

에머리는 빙그레 웃으며 빵 두 조각에 버터를 발랐다.

"곧 택시가 도착할 거야. 짐은 싸놨어?"

"왜 이렇게 빨리 못 내보내서 안달이에요?"

"안달?" 그는 즐겨 입는 남색 외투의 소매를 위로 걷어

올렸다. "이틀 후면 주방에 먹을 게 다 떨어져서 내가 직접 식료품을 사 와야 할 판인데, 내가 왜 자네를 빨리 못 내보내 안달하겠어?"

시어니는 미소를 지으며 달걀을 몇 스푼 더 먹었다.

"존토한테 요리를 해달라고 하면 되잖아요."

에머리는 존토에게 식사 준비를 하도록 지시한 적이 한 번 있었다. 하지만 종이 해골 존토가 오븐 안 석탄에 불을 붙이려다 손에 불이 옮겨붙은 바람에, 에머리는 이틀에 걸쳐 존토의 오른손과 팔을 새로 만들어줘야 했다.

"샌드위치 재료나 사다가 넣어둬야지."

에머리가 중얼거렸다.

"아쉬운 게 음식뿐인가 봐요?"

그는 눈을 반짝였다.

"한밤중에 같이 자자며 찾아오는 사람이 없어 아쉽겠지."

시어니는 얼굴을 붉혔다.

"에머리 세인!" *그런 일은 딱 한 번뿐이었다.*

에머리는 짓궂게 웃었다. 아침을 대충 먹고 난 시어니가 물었다.

"베일리 마법사님을 마지막으로 본 게 언제였어요?"

"마지막으로 본 게?" 에머리는 빵을 우물우물 씹으며 기억을 떠올렸다. "모금 행사 때였을걸. 어느 욱하는 성미를 가진 젊은 서빙 여직원이 손님의 무릎에 와인을 쏟았던 날이었지, 아마." 그는 미소를 지으며 말을 이었다. "베일리와 대화를 한 건…… 태기스 프래프를 졸업한 후로는 이번이 처음이야. 대화라고 해봐야 전신과 편지 전달용 새를 주고받은 게 전부지만."

"두 분이 정말 서로를 싫어하시나 보네요."

"그가 싫어하는 건 자네가 아니라 나야. 그게 그의 탓은 아니지만. 베일리도 썩 좋은 녀석은 아니야."

"에머리!"

그가 미소를 지었다. 그의 선명한 초록색 눈동자에는 시어니가 모르는 무언가를 아는 듯한 표정이 담겨 있었다. 시어니는 한숨을 쉬었다. 그의 눈동자가 그리울 것이다. 하지만 마법사 자격시험이 어느새 3주 앞으로 다가와 있었다. 그동안 시험을 기다려온 시간을 생각하면 3주는 아무것도 아니었다.

택시가 도착했다. 택시기사 옆의 조수석에 보라색 종이 나비가 살포시 내려앉았다. 나비의 오른쪽 날개에는 에머리의 필체로 베일리 마법사의 집 주소가 적혀 있었다. 에머리는 시어니의 여행 가방을 택시 트렁크에 실은 뒤 시어니 옆으로 와 앉았다. 택시가 모퉁이를 돌아 런던으로 향했다.

택시가 출발하고 몇 분 후에 에머리가 시어니에게 속삭였다.

"긴장 풀어. 다 잘될 거야."

그는 시어니의 손에 자신의 손을 얹었다. 시어니는 엄지와 중지로 치마를 움켜쥐고 초조하게 비틀었다.

"시험에 통과할 수 있을까요?" 시어니는 목소리를 낮추며 물었다. "만약 당신이 시험관이라면 나를 합격시키겠어요?"

"누가 시험관이든 다를 거 없어. 시험은 규정대로 치르는 거니까."

"시험 문제의 답이 같다고 해도 완전히 똑같은 시험일 수는 없잖아요."

에머리도 나지막하게 동의를 표했다. 그는 더 길게 말하지 않고 시어니의 손을 가만히 잡아주었다. 그의 피부에 담긴 온기가 시어니의 팔을 타고 반딧불이처럼 올라왔다.

택시는 말들이 오가는 뉴잉턴 지역 부근의 도로를 지나
런던을 관통해 나아갔다. 택시가 템스강을 지나는 동안 시
어니는 강 쪽을 쳐다볼 수가 없어 치마 주름만 내려다보았
다. 택시는 어느새 의회 광장 앞을 지나갔다. 도심을 빠져
나간 택시는 서쪽에 있는 셰퍼즈 부시 지역으로 향하고 있
었다. 바로 베일리 마법사가 사는 곳이었다.

셰퍼즈 부시는 시골 분위기가 물씬 풍기는 주거 지역으
로 곳곳에 농지가 펼쳐져 있었다. 시어니는 차창 너머로
지나가는 집들과 마당, 담벼락을 바라보았다. 서쪽으로 갈
수록 마당의 크기가 점점 넓어졌다. 집들의 크기도 에머리
의 집보다, 에이비오스키의 집보다 훨씬 컸다. 집 사이의
간격은 점점 넓어지고 도로의 폭은 점점 좁아졌다.

시어니는 에머리를 흘끗 돌아보았다. 그도 시어니 못지
않게 호기심 가득한 표정이었다. 당연히 그는 베일리 마법
사의 집에 와본 적이 없을 것이다.

몇 킬로미터를 더 달린 택시는 긴 흙길 끝에 이르렀다.
길 한가운데에 풀이 줄지어 자라 있었다. 택시는 크게 원
을 그리며 빙 돌아서 덤불로 된 울타리 옆에 멈춰 섰다. 가
지치기가 잘된 무성한 덤불이 밀 스쾨츠 마을보다 더 넓어

보이는 구내를 빙 둘러싸고 있었다. 잘 손질된 마당에 꽃은 없고 각양각색의 장식용 관목들만 자라고 있었다.

시어니는 입을 벌린 채 천천히 택시에서 내렸다. 벽돌로 지어진 그 집은 에머리의 집보다 열두 배쯤 커 보였다. 햇볕을 받는 쪽은 사암처럼 누런빛을 띠었고 그늘진 곳은 연보라색이었다. 지붕널을 촘촘하게 올린 지붕에는 굴뚝 세 개가 솟아 있었고, 하얀 틀로 된 유리 세 장이 창문 하나를 이루었다. 하인 숙소로 보이는 왼편의 자그마한 구역을 포함해 집 외벽의 절반 정도를 담쟁이덩굴이 뒤덮었는데, 하인 숙소에는 사람이 사는 것 같지 않았다.

빅벤 앞에 선 개미처럼 대저택 앞에서 한없이 작아진 기분이었다. 에이비오스키 마법사의 집도 엄청 크다고 생각했는데, 이 집은 말 그대로 대저택이라 시어니의 가족과 사촌들까지 모두 들어와 살아도 방이 남을 듯했다.

무엇보다 종이로 된 마법 장치가 보이지 않는다는 점이 에머리의 집과 확연히 달랐다. 에머리의 집은 종이로 만든 결계와 장식으로 뒤덮였고 정원에도 종이로 만든 식물들이 있다. 하지만 이 집에는 종이 마법의 흔적이라고는 보이지 않았다. 무척 비싸 보였지만 종이 마법사의 집 같지는 않았다.

시어니는 에머리를 쳐다보며 말했다.

"집을 잘못 찾아온 것 같은데요."

"아, 여기가 맞을 거야." 그는 택시를 빙 돌아가 트렁크에서 시어니의 여행 가방을 꺼냈다. "교과서 사업이 꽤 잘되나 보네."

"교과서요?"

"프릿이 그쪽 분야에서 잘나가는 모양이야. 교과서에 마법을 깃들게 해서, 학생의 읽기 수준에 따라 알아서 내용을 재구성한다더군. 페이지에서 알맞은 그림이 나오도록 하는 식으로 말이야. 미국에서 인기가 굉장하대. 자네도 태기스 프래프에서 그런 교과서로 공부하지 않았어?"

시어니는 인상을 쓰며 대답했다.

"아뇨. 그랬으면 정말 좋았겠죠. 제 후원자가 그런 교과서를 보내줬으면 저도 처음부터 종이 마법을 꺼리지는 않았을 거예요."

그 말에 에머리가 싱긋 웃었다.

시어니는 덤불을 훑어보다가 왼쪽으로 몇 걸음 떨어진 곳에 있는 아치형 대문을 발견했다. 시어니는 그리로 걸어갔다가 되돌아와 에머리에게 물었다.

"우리가 알아서…… 들어가야 해요?"

에머리는 대답을 하려다 말고 덤불 울타리 너머를 흘끗 쳐다보았다.

"안내해줄 사람이 오고 있어."

시어니는 까치발로 서서 그의 시선을 따라 울타리 너머를 바라보았다. 저택의 현관문에서 대문까지 이어지는 자갈길을 따라서 햇빛을 받아 반짝이는 금발 머리가 다가오고 있었다. 금발을 보니 딜라일라가 생각났다. 잠시 후 대문의 빗장이 열리고 시어니 또래의 남자가 나왔다.

2년 만이지만 시어니는 남자를 바로 알아보았다.

"베넷 쿠퍼?"

그는 시어니와 함께 태기스 프래프 마법학교를 졸업한 동창생이었다. 학창 시절 그는 반에서 3등이었고 시어니는 1등이었다.

베넷이 수줍게 미소를 지었다. 그의 반짝이는 직모 머리카락에 햇빛이 환하게 반사됐다. 그는 황갈색 바지를 입었고 그 위에 주머니 없이 목 칼라만 있는 단순한 흰 셔츠를 입었다. 시어니는 견습생용 앞치마를 두르고 올 걸 그랬나 싶었다.

"안녕, 시어니." 그는 인사를 하고 나서·군인처럼 군기가
바짝 든 자세로 덧붙였다. "안녕하십니까, 세인 마법사님.
반갑습니다."

그러고는 성큼성큼 다가와 에머리에게 손을 내밀었다.
베넷보다 키가 훨씬 큰 에머리는 흥미로운 눈빛으로 견습
생의 손을 잡고 악수를 나눴다.

"말씀 많이 들었습니다."

"그런데도 나와 악수를 한 건가? 자네 어머니가 자식을
잘 키우셨군."

베넷이 휘둥그레진 눈을 껌벅였다.

"예?"

에머리는 베넷의 어깨를 툭툭 치고는 대문 쪽으로 걸어
가며 말했다.

"베일리 마법사가 지난 며칠 동안 나에 대해 한 얘기가
있을 것 같아서…… 아, 저기 오는군."

베넷은 시어니를 흘끗 쳐다보고는 셔츠의 팔꿈치 부분
을 문지르며 서둘러 대문 쪽으로 향했다. 그는 대문을 밀
어 연 뒤 닫히지 않도록 붙잡았고, 얼마 후 키 큰 남자가

밖으로 나왔다.

지난 15년 동안 키가 많이 자란 듯했지만, 시어니가 에머리의 중등학교 시절 기억에서 본 바로 그 남자였다. 그는 자세가 곧고 마른 편이었다. 베넷처럼 단순한 옷을 입었는데 질 좋은 원단을 사용해 맞춤으로 잘 만든 옷이었다. 피부는 낮에 햇빛 한 줄기 쬔 적 없는 사람처럼 하얬다. 흑발이라 안색이 더욱 창백하게 보이기도 했을 것이다. 길고 날렵한 얼굴에는 솜털 한 올이 없었고, 콧잔등 위에 가느다란 금테 안경이 놓여 있었다.

시어니의 눈에 제일 두드러지게 보인 것은 웃음기 하나없는 얼굴이었다. 표정에서 호의라고는 찾아볼 수 없었다.

"세인." 베일리는 악수할 생각이 없다는 듯 아예 뒷짐을 지고 서서 말했다. "여전하네."

"그러려고 노력하고 있어."

에머리가 미소를 지으려는 듯 입꼬리를 살짝 올리자 프리트윈 베일리의 기분은 더욱 나빠 보였다.

베넷이 헛기침을 하며 나섰다.

"베일리 마법사님, 이쪽은 세인 마법사의 견습생인 시어니 트윌입니다."

"누군지 알고 있어."

베일리의 대답은 냉담했지만 시어니는 그의 말투에서 악의를 감지하지는 못했다. 다행이었다. 시어니가 에머리의 견습생이긴 하지만, 베일리가 시어니를 굳이 꺼림칙하게 여길 이유는 없었다. 베일리는 안경을 고쳐 쓰고는 시어니를 내려다보며 말했다.

"시험 준비를 잘한 상태로 왔길 바라네. 공부가 부족했다는 이유로 시험을 연기해줄 생각은 없어."

시어니는 인상이 찌푸려지려는 것을 참고 차분하게 대답했다.

"준비를 잘하고 왔습니다."

에머리가 나섰다.

"트윌 양은 오늘 저녁에 바로 자격시험을 치러도 통과할 만한 실력이야. 트윌 양의 실력은 내가 보증하지."

"흐음. 그만큼 자신이 있으니 자기 견습생의 자격시험을 나한테 맡기려는 거겠지?"

"내가 혹시 놓친 부분이 있으면 자네가 트윌 양에게 가르쳐줄 수 있을 것 같아서 맡기는 거야. 자네라면 이 엄청난 대저택 어딘가에 특별한 무언가를 숨겨놨겠지. 이 집

음향 시설은 어때?"

베일리가 얼굴을 일그러뜨리자, 베넷은 초조해하며 또 다시 셔츠 팔꿈치를 문질렀다. 보다 못해 시어니가 말했다.

"음향 시설도 당연히 좋겠죠."

시어니는 여행 가방을 받기 위해 에머리 쪽으로 돌아서면서, 그만하라는 뜻으로 노려봤지만 에머리는 못 본 척했다.

시어니가 여행 가방을 집어 들기도 전에 베넷이 다가와 가방을 들어주며 말했다.

"아, 내가 들게."

에머리와 베일리 사이에 몇 초 동안 어색한 침묵이 흘렀다. 에머리가 말했다.

"난 이만 가봐야겠어. 자네는 연습을 많이 했어, 트윌 양. 다음번에 나와 만날 때는 정식 종이 마법사가 되어 있겠군."

시어니는 에머리를 바라보며 순간 할 말을 잊었다. 그 말에 그녀가 얼마나 놀랐는지 그는 알아챘을까.

'오랜 시간이 걸리지 않으면 좋겠어요.'

시어니는 그가 자신의 마음속을 읽어주길 바랐다. 그는 수수께끼 같은 미소를 지었다.

"그럴 수도 있겠지."

베일리는 동의하는 듯 말했는데, 시어니에게는 '그럴 수도'라는 말에 힘을 주는 것처럼 느껴졌다. 어쩌면 시어니의 착각일 수도 있었다.

시어니는 에머리에게 잘 가라고 인사하고 싶었다. 그를 포옹하고 그의 턱선에 키스하고 싶었다. 하지만 두 사람이 아니, 택시기사까지 합하면 세 사람이 지켜보는 앞에서 차마 그럴 수는 없었다. 택시기사는 운전석에 앉아 대기하면서 담배를 반쯤 태우는 중이었다.

에머리는 베일리와 베넷에게 고개를 끄덕여 인사한 후 시어니에게 말했다.

"행운을 빌게. 필요하면 나한테 연락하는 방법은 알지?"

시어니는 고개를 끄덕였다. 돌아서서 가는 에머리와 자신 사이에 보이지 않는 고무 끈이 길게 늘어나는 느낌이었다.

"즐거운 하루 보내십시오, 세인 마법사님!"

베넷이 에머리의 등 뒤에서 소리쳤다. 에머리는 점잖게

손을 흔들고는 택시에 올라탔다. 택시기사가 창밖으로 불붙은 담배를 떨어뜨린 뒤 도로로 택시를 몰았다.

시어니는 저만치 멀어지는 택시를 바라보며 미간을 찌푸렸다. 문득 3주가 너무 길게 느껴졌다.

"베넷, 저거 가져와."

베일리의 지시에 베넷은 손에 여행 가방을 든 채로 바닥에 떨어진 담배를 향해 부리나케 달려갔다. 베넷은 담배 끝에 붙은 불을 발꿈치로 밟아 끈 뒤 손으로 집어 주머니에 넣었다.

베일리는 조용히 돌아서서 대문을 지나 집 안으로 들어갔다. 시어니는 따라서 들어가야 하는지 알 수가 없어 망설였다. 다행히 베넷이 옆으로 다가와 자갈길을 손으로 가리켰다.

"이쪽으로 와, 시어니. 편하게 시어니라고 불러도 되지?"

"그럼. 내 이름이잖아." 시어니는 비로소 긴장이 좀 풀렸다. "학교에서도 그렇게 불러놓고 새삼스럽긴. 게다가 난 아직 정식 마법사도 아니야."

베넷이 미소를 지었다.

"나도 마찬가지야." 그는 헛기침을 한 후 덧붙였다. "음,

여긴 현관이고 저 위에 3층 구석 쪽에 보이는 창문이 네 방 창문이야. 커튼을 쳐놓지 않으면 이른 오후부터 해가 들어서 좀 더워지기는 해."

시어니는 저택을 둘러보며 고개를 끄덕였다. 덤불 울타리 밖에서 볼 때보다 안으로 들어와서 보니 훨씬 넓어 보였다.

"여긴 진짜…… 멋지구나."

"그렇지? 물건을 잃어버리지 않는 한은 그래. 물건을 잃어버리면 너무 넓어서 찾기가 힘든 게 문제지."

"너랑 베일리 마법사님이랑 둘만 살아?"

그는 고개를 끄덕였다.

"일주일에 세 번씩 하녀가 와서 살림을 봐줘."

"애완동물은?"

"없어……. 베일리 마법사님이 동물을 안 좋아하셔서."
그는 스승의 뒷모습을 흘긋 쳐다보았다. 베일리는 이미 현관 안쪽으로 성큼성큼 걸어 들어갔다. 견습생들을 기다리지 않고 혼자 가버린 것이다.

"무뚝뚝한 분인 것 같아."

시어니가 중얼거리는데 베넷이 물었다.

"세인 마법사님은 애완동물을 기르셔?"

"그분도 알레르기가 있으셔. 그래도 난 종이 개를 데리고 있어." 시어니는 미소를 지으며 말했다. "수컷이고 이름은 펜넬이야. 가방 안에 접어서 담아 왔어."

"아, 궁금하다! 설마 비지를 데려온 건 아니겠지."

비지는 시어니가 태기스 프래프 시절에 기숙사 방에서 길렀던 잭 러셀 테리어였다.

"비지는 아니야. 비지는 지금 우리 가족과 살고 있어."

"펜넬도 꽤 귀여울 것 같아. 그런데…… 베일리 마법사님 눈에 띄지 않게 해. 좋은 분이지만 그분 눈에 띄지 않는 게 안전할 거야."

현관문 앞에 다다르자 베넷은 시어니를 위해 문을 열어 주었다. 복도는 꽤 넓은 편이었다. 벽은 흰색 페인트로 칠해져 있고 바닥은 진한 오크목 널빤지로 되어있었다. 바닥에는 진홍색과 감청색으로 된 동양풍 러그가 깔려 있었고 복도 왼편의 널찍한 거실에는 기다란 기절 소파(여자들이 누워 쉴 수 있도록 만든 긴 소파 - 옮긴이)와 그랜드 피아노가 있었다. 거실 중앙의 크리스털 테이블 위에 놓인 쟁반에는 언제든 사용할 수 있도록 준비된 찻잔들이 담겨 있었다. 그

위 천장에는 5단으로 된 크리스털 샹들리에가 매달려 있었다. 에머리의 집 거실과는 판이하게 달랐다. 벽과 바닥 표면이 흠 하나 없이 말끔했고, 장식도 꽃병이나 뮤직 박스 한두 점에 불과해서 전체적으로 깔끔한 분위기였다.

현관 복도의 오른편에는 좀 더 작은 방이 하나 있었다. 작은 테이블 하나와 의자 네 개, 화강암 벽난로가 있는 방으로, 정찬을 위한 장소 같지는 않았다. 혹시 간단한 간식을 먹는 방인가? 이 정도로 큰 집에 두 사람만 살고 있으니, 어떤 종류의 방들이 갖춰져 있는지 시어니는 짐작조차할 수 없었다.

시어니는 그 방을 지나치게 빤히 쳐다보지 않으려고 애써 시선을 돌리며 물었다.

"넌 종이 마법사가 되기로 결정한 거야?"

베넷이 어색하고 공허하게 웃었다.

"꼭 그렇지는 않아. 에이비오스키 마법사님이 나를 종이 마법에 배정하셨거든. 협상할 여지도 거의 없었어."

"나도 마찬가지였어."

베넷은 본인의 의사와 관계없이 종이 마법에 배정받은 사람이 또 있다는 얘기에 기분이 풀리는 표정이었다.

시어니는 '그래도 난 종이 마법의 길을 걷게 돼서 기뻐'라는 말을 덧붙이고 싶었다. 그런데 베넷이 말하는 바람에 생각의 흐름이 끊겼다.

"자, 지금부터 집 구경을 시켜줄게. 이쪽으로 쭉 가면 여가용 책이 있는 서재와 손님용 화장실, 베일리 마법사님의 사무실이 있어. 마법사님의 서재에는 초대받지 않으면 들어가지 마. 문이 닫혀 있으면 노크하지도 말고. 작업 중일 때 방해받는 걸 싫어하시거든."

"무슨 작업을 하시는데?" 시어니는 그의 뒤를 따라가며 물었다. "베일리 마법사님은 *지금* 어디 계셔?"

집주인인 베일리 마법사가 이 집을 구경시켜줘야 하는 것 아닌가?

"음." 베넷은 나선형 계단 끝에 서서 복도를 이리저리 둘러보며 말을 이었다. "아마 사무실에 계실 거야. 네가 오기 전부터 거기 계셨으니까. 네 시험을 대비해 준비하고 계신 것 같더라. 미리 재료 준비를 해둬야 하니까. 어떤 재료인지는 말씀을 안 해주셔서 모르겠어."

시어니는 천천히 고개를 끄덕였다. 그런 이유 때문이라면 이해가 됐다. 은둔 성향이 매우 강한 프리트윈 베일리에 비하면 에머리는 사교계 명사처럼 보일 지경이었다.

"이쪽에는……." 베넷이 왼쪽을 가리키며 안내했다. "…… 주방, 약식 식당, 정식 식당이 있어. 식탁 크기와 조명이 다르니까 구분할 수 있을 거야. 정식 식당에는 색깔이 변하는 유리창이 있고 식탁이 더 길어."

"아."

'색깔이 변하는 유리창이라고?'

처음 들어보는 마법이었다. 시어니는 그 마법에 대해 찾아보고 마법을 거는 방법을 배워둬야겠다 마음먹었다. 여동생 마고의 방 유리창에 그 마법을 걸어두면 아마 좋아할 것이다.

"한 시간 안에 요리사가 올 거야. 이 계단을 지나면……."

"요리사?"

"어." 그는 미소 지으며 이마로 흘러내린 머리카락을 손으로 쓸어 올렸다. 확실히 베넷은 잘생긴 편이었다. "베일리 마법사님은 주중에 매일 요리사를 부르셔. 주말에는 우리끼리 알아서 먹지만."

"내가 요리해도 돼." 시어니는 나선형 계단 쪽으로 걸어가는 베넷에게 말했다. "난 요리를 좋아하거든."

"정말?" 그는 시어니의 얼굴부터 발까지를 눈으로 훑고 다시 얼굴로 시선을 올리며 말을 이었다. "그럼 이번 주말에 네가 요리를 해볼래? 베일리 마법사님은 평일에 요리사를 부르는 걸 중단하지 않으실 거야……. 그리고 평일에는 너도 꽤 바쁠걸. 마법사 자격시험을 준비해야 하잖아."

시어니는 고개를 끄덕였다.

"이 계단을 지나면 일광욕실이 있어. 일광욕실을 통과하면 온실이 있는데 지금은 식물이 몇 개밖에 없을 거야. 베일리 마법사님은 한동안 아무것도 기르지 않으셨어. 노동량이 꽤 많은 일이라서. 그리고 저기는……." 그는 여행 가방을 든 손으로 집 뒤쪽 구석을 가리키며 덧붙였다. "창고야. 하인 숙소로 통하는 복도가 있는데 우리는 그 숙소를 쓰지 않아."

시어니는 하인 숙소에는 들어가 보지 않아서 위치만 대략 외웠고 집 안 구조를 전체적으로 머릿속에 잘 담아두었다. 시어니가 기억력이 좋긴 했지만 집이 워낙 커서 전부 외울 수 있을지는 알 수 없었다.

베넷은 2층과 3층도 차례로 구경시켜주었다. 시어니는 그를 따라 음악실, 기술 자료 서재(베넷의 학습 재료와 대형 지도 두 장이 있는 곳), 손님방 몇 개, 베넷의 침실, 응접실, 트로 피 보관실, 데크, 학습실을 차례로 돌아봤다. 복도 안쪽으로 들어가자 또 다른 응접실과 두 개의 '옷방', 마법 공예를 위한 재료실, 개별 거실, 견습생용 학습실, 그 밖에 다양한 크기의 욕실이 있었다. 시어니의 침실 바깥에도 작은 욕실이 딸려 있었다. 쓸데없이 큰 대저택에 혼자 쓸 수 있는 욕실까지 생기자 시어니는 머리가 핑핑 돌 지경이었다. 태기스 프래프에 다니던 시절에도 이런 호사를 누려본 적이 없었다.

베넷이 시어니가 쓰게 될 방의 문을 열었다. 아까 그가 한 말처럼 오후의 햇살 때문에 방 안 공기가 뜨끈했다. 기다란 황백색 러그가 짙은 색 오크목 널빤지에 각을 맞춰 깔려 있었다. 널빤지가 발밑에서 삐걱거렸다. 방 한가운데 놓인 큼직한 침대 위에는 장미색 담요가 놓였다. 침대는 서쪽을 향해 열려 있는 두 개의 창문 사이에 벽을 따라 배치돼 있었다. 구석진 곳에는 앙증맞은 유리 테이블과 하얀 의자 두 개가 놓여 있어서 따로 아침을 먹을 수 있었다. 방문이 있는 벽에는 큼직한 옷장이 있었고 옷장 맞은편의 구석 자리에는 키 큰 화장대가 있었다.

이 저택에서 본 작은 침실 중 하나였지만 에머리의 집에
서 쓰던 방에 비하면 2.5배쯤 컸다.

벌써부터 에머리의 집이 그리웠다.

베넷은 의자 위에 시어니의 여행 가방을 내려놓았다.

"쉬고 있어. 저녁 식사가 준비되면 부를게. 너 혼자 방에
서 따로 먹을 생각이 아니라면."

"아니야, 내려갈게."

시어니는 넓은 공간에서 방향 감각을 잃은 기분이었다.

"방은 마음에 들어? 별로면 다른 방으로 옮겨줄게. 오늘
아침에 이 방을 청소했어. 시트도 깨끗한 것으로 가져다
놨고. 그런데 너무 덥지? 아, 물주전자와 대야를 가져다 놔
야 하는데 잊어버렸다."

시어니는 미소를 지었다.

"방 좋아. 화장실이 바로 옆인데 물주전자는 필요 없어.
고마워. 전에 쓰던 방이랑 달라서 그래."

베넷은 안심한 듯 고개를 끄덕였다.

"그래. 내 방은 네 방 바로 아래층이야. 필요한 거 있으
면 종이로 전언을 보내."

"그럴게."

베넷은 잠시 머뭇거리다가 눈인사를 하고 방에서 나갔다. 시어니는 저녁 식사 전까지 느긋하게 옷장에 옷을 걸고 개인 물건을 정리했다. 베일리 마법사는 사무실에서 따로 저녁을 먹었다. 저녁 식사를 마친 후 시어니는 학습 자료를 화장대 서랍에 정리했다. 내일은 견습생용 학습실에 있는 책상 중 하나를 사용할 생각이었다. 마법 재료 목걸이를 목에 걸고 눈에 띄지 않도록 블라우스 안쪽에 밀어 넣은 뒤 펜넬에게 다시 생기를 불어넣었다. 되살아난 펜넬은 활기차게 새로운 환경을 킁킁거리며 탐색했다.

시어니는 한숨을 내쉬며 침대 매트리스에 기대어 앉았다. 매트리스가 놀라울 정도로 푹신했다. 이제 막 해가 저물기 시작했지만 시어니는 일찍 잠자리에 들기로 했다. 내일 기분 좋게 하루를 시작하기 위해서. 내일은 해야 할 일이 많았다.

그때 맨 오른쪽 유리창을 희미하게 두드리는 소리가 들렸다. 커튼을 열고 내다보니 청록색 종이를 접어 만든 나비 한 마리가 유리창 밖에서 날고 있었다. 베넷이 전언을 보낸 걸까?

자주 사용하지 않은 창문이라 몇 번 힘을 주어 들어 올린 끝에야 열렸다. 시어니가 창문을 열어주자 나비는 파닥거리며 들어와 유리 테이블에 우아하게 내려앉았다.

"멈춰."

시어니의 지시에 나비는 날갯짓을 멈췄다. 시어니는 나비를 뒤집어 펼쳤다. 몸통 안쪽에 익숙한 필체의 글씨가 보였다. 종이 나비를 보낸 사람은 베넷이 아니었다.

에머리였다.

8

····· ★ ★ ✦ ★ ★ ·····

　시어니는 나비의 나머지 부분을 조심스럽게 펼쳤다. 종이에는 펜으로 적은 전언이 담겨 있었다. 에머리가 침실용 테이블 위에 놓아두는 구릿빛 펜으로 쓴 듯했다. 전언의 내용을 다 읽기도 전에 아름답고 완벽한 곡선으로 된 글씨가 먼저 눈에 들어와 시어니는 미소를 지었다.

　이 편지가 하녀의 방이 아니라 자네의 방을 잘 찾아갔기를.
　차가운 빵에 잼이나 발라서 먹다 보니 그동안 음식을 해준 여인에게 절로 고마운 마음이 드네.

163

시어니는 나비를 내려놓고, 여행 가방에서 종이 몇 장을 꺼냈다. 종이 마법사라면 이렇게 개인적으로 쓸 종이를 상비하고 다녀야 했다. 시어니는 사각형의 하얀 종이에 답신을 써 내려갔다.

요리사를 고용하면 좀 나을 거예요. 프릿 마법사님은 그렇게 하신대요! 이분이 아니라 당신에게 저를 배정해주셔서 감사하다고 에이비오스키 마법사님께 편지라도 써야겠어요. 베넷이 이런 무표정한 분 밑에서 어떻게 이리 오래 잘 버티고 있는지 모르겠어요.

시어니는 이름을 쓸 때 좀 더 신경 써야 하지 않을까 싶어 잠시 멈칫하다가 그 종이를 접어 들고 두루미를 만들었다. 밤바람에 진로를 방해받을까 봐 두루미의 배 속에 파딩을 하나 넣어 무게를 약간 더했다. 그리고 에머리가 보낸 나비의 일부를 잘라 고리를 접은 뒤 사슬 마법을 걸었다. 두루미의 크기가 작아서 고리는 딱 하나만 만들었다.

"잠가."

시어니가 주문을 외우자 날갯짓을 방해하지 않도록 두

루미의 몸통에 걸어둔 고리가 단단히 잠겼다. 고리에 적힌 필체의 주인만이 두루미의 몸을 펼칠 수 있게 하는 주문이었다. 다른 사람이 억지로 열려고 하면 두루미는 파괴될 것이다.

시어니는 두루미에게 지시를 내린 후 창밖으로 내보냈다. 두루미는 마지막 석양의 빛 속으로 날아갔다.

펜넬이 발목에 붙어 낑낑거렸다. 종일 시어니가 놀아주지 않았으니 보채는 것도 당연했다. 그래도 펜넬 덕분에 시어니는 종이 두루미가 런던을 가로질러 날아가는 동안 지루하지 않게 시간을 보낼 수 있었다.

이 저택의 손님방에는 전등이 설치돼 있지 않아서 시어니는 초를 몇 개 더 켰다. 긴 양말을 돌돌 말아서 펜넬에게 던져주며 물어오기 놀이를 몇 분 하다가 화장실로 들어가 세수를 하고 잠옷으로 갈아입었다. 방에서 나갈 생각은 없었지만 가운의 끈을 당겨 묶었다. 낯선 곳에 왔으니 엿보기 좋아하는 누군가의 시선을 조심해서 나쁠 것은 없었다.

펜넬이 헥헥거리는 숨소리를 냈지만 시간이 갈수록 시어니는 이 넓은 집이 얼마나 고요한지 절감했다. 두 개 층 아래에 있는 주방에서 누가 포크를 떨어뜨리면 그 소리가

3층의 이 방까지 들릴 것 같았다.

팔에 소름이 돋아 슥슥 문질렀다. 바로 아래층에 있는 베넷은 시어니의 방 마룻장이 삐걱거리는 소리라도 들을 수 있으니 덜 섬뜩할 것이다.

점점 눈꺼풀이 무거워지는데 살짝 열어둔 창문으로 회색 나비 한 마리가 날아들어 아침 식사용 테이블에 우아하게 내려앉았다. 시어니가 두루미에게 마법을 건 것처럼 에머리도 나비의 몸통에 비밀 유지용 사슬고리를 걸어두었다. 같은 방식이기는 해도 에머리의 사슬은 시어니의 사슬보다 더 세련되었다.

시어니는 나비의 몸통을 펼쳐 내용을 읽어보았다.

자네의 인내심을 기르는 데 제격이겠어. 베일리에게 자격시험을 미루게 하지 마, 시어니. 자네는 준비가 돼 있어. 난 자네를 믿어.

젊은 베넷의 표정은 너무 신경 써서 살피지 말고.

그 전언을 다시 읽으며 시어니는 미소를 지었다. 에머리가 '젊은'이라는 단어를 쓰면서 남긴 적갈색 얼룩을 손으로 슬쩍 문질러보았다.

테이블 앞에서 일어선 시어니는 서랍장 안에 넣어두었던 분홍색 립스틱을 꺼내 조심스럽게 입술에 바르고 또 다른 네모난 종이 한가운데에 입술 자국을 남겼다.

그리고 펜으로 그 종이에 '난 오직 당신의 것'이라고 쓴 뒤 새 모양으로 접고 "숨 쉬어"라고 나지막하게 명령했다.

베일리 마법사가 고용한 요리사는 아침 식사 준비를 해주지는 않는 듯했다. 그래서 시어니는 다음 날 아침 일찍 주방으로 들어가 분위기를 살폈다. 널찍한 주방에는 오븐 두 대, 마법 냉장고 세 대, 스툴이 딸린 바 하나, 와인 보관장, 모서리에 딱 맞게 설치된 길고 평범한 테이블이 있었다. 찬장은 진한 색깔의 바닥재와 같은 색이었고, 평범한 싱크대 외에 좀 더 작은 재료 준비용 싱크대가 카운터에 따로 설치돼 있었다.

시어니가 달걀을 삶고 그레이비소스를 만들고 있는데 베넷이 신문을 들고 주방으로 들어왔다. 좀 전에 목욕을 하고 왔는지 머리카락이 젖어 있었다. 그는 나오려는 하품을 손가락 두 개로 막으며 말했다.

"벌써 자리를 잘 잡았네." 그는 스툴을 당겨 앉고 신문의 '사회 뉴스' 면을 펼치며 물었다. "뭘 만들 거야?"

시어니는 달걀 하나를 들어 보였다.

"너도 먹을래?"

베넷은 길게 하품을 쏟아내면서 어깨를 으쓱했다.

"어. 배고파 죽겠다. 나도 그레이비소스 좋아해."

'에머리도 좋아하는데.'

시어니는 속생각을 하마터면 말할 뻔했지만 얼른 속으로 삼켰다.

"태우지 않도록 잘 만들어볼게. 베일리 마법사님도 드실 거면 양을 넉넉하게 만들까?"

"난 이미 먹었다."

홀 쪽에서 베일리의 목소리가 들렸다. 단정하게 차려입은 프리트윈 베일리는 어제처럼 창백한 모습이었다. 그의 오른손에는 둘둘 말린 종이가 들려 있었다. 마치 나무라는 밀투였다.

"좋은 아침입니다. 좀 더 일찍 일어나야 했는데 죄송해요."

시어니는 유쾌하게 인사를 건네려 애썼다. 베일리 마법

사에게 좋은 인상을 주고 싶었다. 그는 그녀에게 좋은 인상을 줄 생각 따위 없어 보였지만.

그는 비웃으며 물었다.

"세인이 자네를 하녀로 부렸나 보네? 식사를 준비하게 하고 창문을 닦게 하고 빨래를 하게 했나?"

시어니는 쏘아붙이고 싶은 마음이 굴뚝같았지만, 꾹 눌러 참았다. 티를 내지 않으려 했는데 당황스럽게도 얼굴이 살짝 달아올랐다. 그의 말은 틀리지 않았다. 시어니는 베일리의 말대로 에머리의 집에서 식사 준비와 청소, 빨래를 도맡아 했었다. 하지만 하녀 노릇을 한 것은 아니었다.

"그냥 흉내만 낸 거예요."

시어니는 최대한 쾌활하게 대답했다.

"흐음." 베일리는 난로 옆에 둘둘 만 종이를 내려놓았다. "난 시간 낭비를 좋아하지 않아, 트윌 양. 자격시험을 보기 전에 이 목록에 적힌 항목을 전부 준비하도록 해."

시어니는 소스를 젓던 손을 잠시 멈추고 그가 내민 종이를 펼쳤다. 그 종이에 적힌 괴상한 항목들을 읽으며 소리쳤다.

"오륙십 가지는 되겠어요!"

1번. 문을 열 수 있는 도구. 2번. 숨을 쉬는 도구. 14번.
진실을 감추는 도구.

"정확히 쉰여덟 가지야." 그는 앙상한 몸처럼 뻣뻣하게
굳은 표정으로 말했다. "그 정도면 표준이지. 그…… 요리
사 흉내를 마치는 대로 시작하는 게 좋을 거야."

목록이 적힌 종이를 내려놓은 시어니는 그레이비소스가
냄비 바닥에 눌어붙기 전에 다시 젓기 시작했다.

"각 항목에 해당하는 물건을 종이로 접어 만들라는
거죠?"

베일리는 눈썹을 치뜨며 대답했다.

"그게 바로 종이 마법사 자격시험이야, 트윌 양." 그러고
는 베넷에게 지시했다. "자네는 15장부터 21장까지의 내
용에 관한 보고서를 정오까지 제출해."

"알겠습니다."

"수업은 오후 1시에 시작이야."

"예."

베일리는 고개를 끄덕이고는 돌아서서 나갔다. 시어니
에게는 다시 말을 붙일 시간조차 주지 않았다.

시어니는 끄응 소리를 내뱉으며 소스 냄비를 요리용 난

로에서 내려놓았다.

'못 참겠어! 에머리가 학생 때 저 사람을 괴롭힌 게 잘못이었단 생각도 안 들어.'

"다 됐어?"

베넷이 들뜬 목소리로 물었다. 베일리의 날카로운 말투도 견습생 베넷의 쾌활한 기분을 망쳐놓지는 못했다.

소스 냄비에서 시선을 뗀 시어니는 베넷이 보고 있던 신문의 왼쪽 하단에 적힌 '마법사 위원회, 성별이 다른 마법사와 견습생 규제하기로'라는 기사 제목을 보았다.

"음……."

시어니는 고개를 돌린 채 기사 내용을 읽어보려고 했지만 글씨가 너무 작아서 잘 보이지 않았다.

"다 됐어. 신문 잠깐 봐도 돼?"

"어. 그래."

시어니는 소스 냄비를 놓아둔 채 신문을 받아서 그 기사를 훑어보았다. 문제가 되는 단락에 이르자 집중해서 읽었다.

롱 마법사는 "어느 정도는, 품위 유지를 위한 조치라고 할 수 있죠. 성별이 다른 스승과 제자가 한집에 사는 것에 대해 견습생부터 마법사, 관련 가족들에 이르기까지 불만이 꽤 있었습니다. 이 규제가 승인되면, 내 생각에는 될 거라고 봅니다만, 현재 마법사와 성별이 같지 않은 견습생은 성별이 같은 마법사 밑으로 재배치될 것입니다. 추문이 발생하기 전에 반드시 이 조치를 시행해야 합니다"라고 말했다.

'불만이 있었다고?'

시어니와 에머리에 관한 불만은 아닐 것이다. 확실했다! 일단은 두 사람의 관계를 아는 이가 별로 없었다. 에이비 오스키 마법사가 알고 있지만 상부에 보고했을 리는 없지 않을까? 시어니의 어머니도 알지만 입을 다물고 있을 것이다. 어머니는 딸이 마법사와 사귀는 사이라는 것을 알고 반기는 반응이었다.

지나를 생각하니 심장이 철렁했다. 물론 지나가 마법사 위원회에 시어니와 에머리의 관계를 폭로하며 항의했을 리는 없었다……. 그런 항의 때문에 이렇게 규제를 하겠다고 나설 리는 없지 않나? 혹시나 하는 불안감 때문에 미칠 것 같았지만 여동생이 그렇게까지 하지는 않았으리라 믿는 수밖에 없었다. 게으른 성격인 지나가 군이 마법사 위원회까지 찾아가 고발장을 제출하지는 않았으리라. 그렇게 믿고 마음을 가라앉히기로 했다.

기분이 이상했다. 지금까지 시어니와 지나는 이런 식으로 대립한 적이 한 번도 없었다.

"왜 그래?"

베넷이 물었다.

'재배치라니.'

시어니는 미간을 찌푸렸다. 3주 내에 마법사 자격시험에 통과하지 못하면 에머리 밑에서 계속 공부할 수 없을 것이다. 런던을 아예 떠나야 할 수도 있었다. 시어니가 아는 여성 종이 마법사는 딱 한 명인데, 소문으로는 그 마법사가 미국으로 건너갔다고 했다.

"시어니?"

"아, 미안."

시어니는 베넷에게 신문을 돌려주고 직접 음식을 담아먹을 수 있도록 접시를 내주었다. 베넷은 시어니의 관심을 잡아끈 기사가 무엇인지 확인하려는 듯 신문을 들여다보았다. 시어니는 그 일로 대화를 하고 싶지 않아서 베일리 마법사에게 받은 목록으로 시선을 돌렸다. 쉰여덟 가지 항목들을 쭉 훑어본 후 첫 번째 항목에 다시 초점을 맞췄다.

'문을 열 수 있는 도구.'

'문을 열 수 있는 도구라고?'

문을 열 수 있는 종이 마법 장치를 말하는 건가? 하지만 마법을 쓰지 않아도 쉽게 문을 열 수 있는데 누가 굳이 문 손잡이를 돌리는 종이 장치를 만들까?

'난 이 시험에 통과해야만 해.'

시어니는 어이가 없었지만 마음을 다잡았다. 시험을 통과하지 못했을 때 치러야 할 대가가 전보다 훨씬 커진 상황이었다.

목록이 적힌 종이 모서리를 입술에 대고 톡톡 두드렸다. 존토라면 문손잡이를 돌릴 수 있었다. 존토 같은 종이 집사를 만들 시간적 여유는 없었지만 대략 어떤 작업을 하면 될지는 알 수 있었다.

2번. 숨을 쉬는 도구. 생기를 불어넣은 장치면 무엇이든 될 것이다. 그런 장치는 자면서도 접을 수 있었다.

3번. 이야기를 말해주는 도구. 이야기 환영 장치면 될 듯했다.

4번. 달라붙는 도구.

"달라붙는 것?"

끈적끈적하고 어딘가에 척 들러붙는 무언가? 그런 용도라면 별표창도 해당이 되려나⋯⋯. 하지만 다양한 해결책을 내놓는 것이 최선일 것이다. 허점을 찔리는 것보다는 지나칠 정도로 철저히 준비하는 편이 나았다. 분위기로 봐서는 베일리 마법사가 시험에 관한 힌트를 줄 것 같지는 않았다.

"뭐?" 베넷이 입안에 가득 물고 있던 달걀을 삼켰다. 그는 시어니가 베일리에게 받은 쪽지를 들여다보며 말했다. "그 종이에 적힌 내용에 관해서는 내가 알면 안 될 텐데."

시어니는 입술을 잘근잘근 씹으며 그 종이를 돌돌 말아 치마 주머니에 넣었다.

"이 집에 머무는 동안 엄청 바쁘게 지내야 할 것 같아."

신문을 흘긋 쳐다본 시어니는 에머리도 그 기사를 읽었을지 궁금해졌다.

베일리 마법사가 베넷에게 종이 마법 강의를 하는 동안 시어니는 견습생 학습실 구석에 놓인 쿠션 의자에 앉았다.

학습실은 에머리의 서재만 한 크기였는데, 집이 워낙 크다 보니 상대적으로 작게 느껴졌다. 책들로 반쯤 채워진 야트막한 책장, 숙제 자료와 공책들로 채워진 좁은 선반, 동쪽 벽에 나란히 놓인 책상 여섯 개가 학습실에 들어차 있었다. 책상이 여섯 개나 필요할까 싶기는 했다. 여러 장의 유리로 된 거대한 창문이 북쪽 벽 전체를 이루었고 서쪽에는 다양한 길이와 두께의 종이들이 쌓여 있었다. 천장에는 단순한 모양의 샹들리에 두 개가 매달려 있었는데, 런던 시내의 가로등처럼 불 마법사의 마법이 깃든 불이 유리 전구에 담겨 있었다. 방이 어두워지면 알아서 켜지는 식이라 새로 유리를 갈아주거나 성냥으로 불을 피워줄 필요가 없었다. 일 년에 두 번씩 불의 세기를 원래대로 세게 만들어주기 위해 불 마법사가 찾아와 손질을 해줘야 할 필요가 있기는 했지만 말이다. 시어니는 전에 불 마법에 관한 글을 읽으며 그런 정보를 얻었다.

샹들리에 전구를 바라보던 시어니는 베일리 마법사에게 받은 종이에 적힌 열네 번째 항목으로 관심을 돌렸다. '진실을 감추는 도구.' 가림 상자를 만들어 제출하면 이 항목에 완벽히 들어맞을 듯했다. 베일리 마법사가 시어니에게 기대하는 바가 동서남북 장치에 무효화 마법을 사용하는 것이 아니라면 말이다. 가림 상자를 만들기 위한 준비 작업은 별로 할 게 없었다. 미래를 점치려는 사람이 동서남북을 사용하는 동안 시어니가 동서남북에게 "펼쳐라" 하고 명령을 내리면 되었다. 하지만 마법사 자격시험이 그렇게 쉬울 리 없었다.

"그 주문을 외우면 종이가 무작위로 찢어져."

체리우드 테이블 한쪽에서 베일리가 베넷에게 설명했다. 베넷은 테이블 맞은편 자리에 앉아 있었다. 두 사람 다 등을 곧게 펴고 앉은 자세였다. '찢어져라' 주문을 가르치는 수업일 뿐인데 지나치게 격식을 차린 듯 보였다.

"잘 봐."

베일리는 새 종이 한 장을 집어 들며 말했다. 저런 낭비가 또 없었다.

"찢어져라."

베일리의 명령에 종이는 십여 개의 불규칙한 조각으로 찢어졌다. 베넷은 찢어진 종잇조각들을 테이블 위에 깔끔하게 모았다. 베일리가 마저 설명했다.

"이 주문은 다양한 크기의 종이에 적용돼. 실제로 마법을 걸어둔 종이 장치에도 적용할 수 있지……."

시어니는 손가락으로 머리카락 한 가닥을 잡아 빙글빙글 꼬았다. 53번. 탈출 수단. 에머리의 종이 글라이더가 바로 머리에 떠올랐다. 그런 커다란 장치를 자격시험 때 제출해도 되는 걸까? 이 항목에 적힌 과제들은 자격시험 때 제출하고 실제로 사용도 가능해야 했다. 문득 안 될 게 있나 싶었다. 물론 목록에 적힌 항목들을 마법사 자격시험이 치러지는 장소로 가져와 시연해 보여야겠지만 말이다. 시어니가 탑승할 수 있을 정도로 큰 종이 글라이더는 옮기기가 쉽지 않을 테고 이송 중에 망가뜨릴 위험도 있었다. 직접 타고 온다면 모를까…….

'은폐용 색종이 조각.'

마법사 흉내를 내는 자들이 종이 마법사한테서 즐겨 구매하는 품목이었다. 허공에 은폐용 색종이 조각들을 던지면 사람을 단거리로 이동시킬 수 있었다. 벽을 통과하지만 않는다면 가능했다. 예전에 시어니는 벨기에에서 그 마법을 본 적이 있었다. 시어니를 구하러 벨기에로 건너온 에머리가 그래스의 공격을 피하려고 은폐용 색종이 조각들을 허공에 뿌리고 몸을 감췄다. 그 정도면 53번 항목에 해당이 될 듯했다.

'거울 이동 마법을 쓸 수 없으니 답답하네.'

시어니는 셔츠의 목깃 안쪽에 걸어둔 마법 재료 목걸이를 손가락으로 만지작거렸다.

"트월 양."

베일리 마법사가 날카롭게 이름을 부르자 시어니는 상념에서 깨어났다. 시어니는 고개를 들고 목걸이에서 손을 뗐다.

베일리가 인상을 쓰며 물었다.

"자네는 공책 안 가져왔나?"

시어니는 눈을 깜박였다.

"공책이요?"

"필기를 해야지."

시어니는 베넷을 흘끗 쳐다보았다. 베넷은 뒤통수를 긁적이며 시어니의 눈을 피했다.

"이 수업에 관한 필기요?"

베일리는 한숨을 쉬었다.

"그래, 트월 양."

"분쇄 마법이라면 이미 알고 있어요, 베일리 마법사님."

"다 아니까 복습해도 마법사 자격시험에는 별로 도움이 안 될 거다?"

그 순간 갈비뼈들이 독사로 변해 서로를 공격하는 것 같은 기분이었다. 시어니는 베일리의 물음에 답하려다 보니 절로 찌푸려진 눈썹의 주름을 펴려고 애썼다.

"예…… 그런 것 같습니다. 분쇄 마법은 익히 알고 있고 수차례 성공적으로 사용한 적이 있어서요. 굳이 필기할 필요는…… 없다고 생각합니다."

"분쇄 마법 외에 내가 오늘이나 내일 다른 마법을 가르칠 수도 있잖아?"

베일리의 얼굴이 평소보다 더 길어진 느낌이었다. 못마땅해하며 늘어뜨린 입꼬리가 턱에 닿을 듯했다.

"자네는 꽤 능숙하니 더 배울 것도 없다고 생각하나 보지?"

속에서부터 열기가 올라와 뺨까지 물들일 것 같았다. 분노로 인한 열기에 가까웠다.

"수업을 존중하지 않는다는 뜻은 아니었습니다."

"질문에 답을 해."

"베일리 마법사님……."

베넷이 나지막하게 그의 이름을 부르며 말렸으나 베일리는 못 들은 척 대답하지 않았다.

시어니는 최대한 꼿꼿하게 등을 펴고 대답했다.

"종이 마법에 관한 지식에 자신이 없었으면 마법사 자격시험을 치르겠다고 여기 와서 준비 작업을 하고 있지도 않을 겁니다. 저는 공책이 필요 없어요. 마법사님이 세인 마법사가 저한테 미처 못 가르쳐준 마법을 가르쳐주시면 바로 수업에 집중하겠지만요."

베일리는 콧방귀를 뀌었다.

"세인 마법사가 자네한테 2년 동안 종이 마법의 모든 것을 가르쳤다고 믿는다면 그런 착각이 또 없겠군."

시어니는 얼굴까지 벌겋게 달아올랐다.

"그 문제는 마법사 위원회와 논의하시면 될 것 같네요, 베일리 마법사님." 입에서 나오는 단어 하나하나가 소금물을 넣어 만든 태피 사탕처럼 치아에 끈적하게 달라붙는 느낌이었다. "견습생이 2년 동안 마법사 밑에서 수련을 하면 충분히 배울 수 있다고 보는 것이 교육 위원회의 의견이니까요. 패트리스 에이비오스키 마법사님이라면 교육 위원회가 잘못 생각하고 있다고 여기는 베일리 마법사님의 생각에 기꺼이 귀를 기울이실 것 같네요."

베일리는 눈을 가늘게 떴다. 그는 몇 초 후에 조용히 말을 내뱉었다.

"그만 나가봐, 트윌 양."

'기꺼이요.'

시어니는 이렇게 생각했지만 굳이 말로 하지는 않았다. 더 말을 해서 운을 시험하고 싶지는 않았다. 의자에서 일어선 시어니는 치마의 주름을 펴고 손에 과제 목록이 적힌 종이를 쥔 채 문으로 걸어갔다. 씩씩거리며 달려가 저 빌어먹을 마법사를 욕하고 싶은 마음이 굴뚝같았지만, 꾹 참았다.

"착각이라니!"

방으로 돌아온 시어니는 나지막하게 중얼거렸다. 어이없을 정도로 넓은 이 집의 공허한 공간을 따라 말소리가 퍼져나가지 않았기를 바라며 얼른 입을 다물었다. 괴상한 자아상을 가진 저 마법사라면 누가 자기 뒷말을 할까 봐 귀를 쫑긋 세우고 있을지도 모를 일이었다. 시어니는 인상을 쓰며 말했다.

"이 집이 이렇게 비어 있다시피 한 것도 이상한 일이 아니야. 대체 누가 *저런 사람*이랑 같이 살고 싶겠어."

시어니는 목걸이를 손으로 만지작거리며 상상했다. 학습실로 돌아가 불 마법으로 베일리 마법사를 응징하는 상상이었다. 당장이라도 베일리 마법사의 머리를 향해 불덩어리를 던지고 싶었다!

펜넬은 방 안쪽에서 문을 발로 박박 긁고, 고무 발바닥으로 문설주를 두드려대고 있었다. 시어니는 두 팔로 종이 강아지를 번쩍 들어 안고 목을 쓰다듬어주었다.

"미안, 펜넬. 나가 돌아다니다가 베일리 마법사님 눈에 띄었다간 그분이 네 마법을 풀어버리실 수도 있어."

씩씩대고 꼬리를 흔들던 펜넬은 창문을 향해 고개를 홱 돌렸다. 또 다른 나비 한 마리가 유리창에 내려앉아 있었다. 에머리의 편지를 몸 안에 품은 나비일 것이다. 나비를 펼쳐보니 에머리가 그날 하루를 재미없게 보냈다는 내용, 태기스 프래프 졸업생들을 위한 무도회에 초대를 받았다는 내용이 담겨 있었다. 무도회에 초대받은 것으로 보아 그는 조만간 새로운 견습생을 받아들이게 될 것이다. 시어니도 그렇고 에머리도, 시어니가 자격시험에 합격해 견습생 자리가 비워지기를 바라고 있었다. 시어니가 이번 시험에 낙방해서 다른 여성 종이 마법사 밑으로 재배치를 받느라 자리가 비는 게 아니라. 편지에서 에머리는 무도회에 참석할 계획이 없다고 말했다.

아, 에머리가 몹시 그리웠다. 베일리 마법사는 시어니뿐만 아니라 에머리까지 모욕하는 말을 했다. 그 생각을 하니 시어니는 뼈에 불이 붙는 기분이었다. 펜넬을 바닥에 내려놓고 침대 매트리스를 주먹으로 내려쳤다. 베일리는 말도 안 되는 소리만 하고 있었다.

마법사 자격시험을 위한 준비 목록이 적힌 종이를 꺼내 아침 식사용 테이블에 내려놓았다. 그 테이블은 점점 책상으로 용도가 바뀌어갔다. 지금 바로 시험 준비를 시작하는 게 최선일 듯했다. 시험에 합격해 베일리 마법사의 감옥을 빨리 떠날수록 좋겠다는 생각이었다.

9

. . . . . ★ ★ ⚓ ★ ★ . . . .

그날 밤, 굵은 초 두 개를 켜놓고 아침 식사용 테이블 앞
에 앉은 시어니는 오른쪽 관자놀이를 손으로 문질렀다. 두
통이 시작되었다. 한쪽 손목 아래에는 공책을, 다른 쪽 손
목 아래에는 베일리 마법사가 준 과제 목록을 펼쳐놓았다.

24번. 강을 건너는 도구.

연필 *끄트머리*를 이빨로 잘근잘근 씹었다. 물론 시험을
치르면서 이 도구를 만들어 실제로 강을 건널 필요까지는
없을 것이다! 시어니가 알기로 마법사 자격시험은 자리를
옮겨가며 치르지는 않았다……. 하지만 마법사들 특히, 종

이 마법사들은 늘 예상을 벗어나는 행동을 하곤 했다. 에머리만 봐도 충분히 알 수 있는데, 시어니가 견습생 생활을 시작하던 첫날에도 그는 예상을 벗어난 행동을 했다.

강을 건너는 도구라니. 한쪽 팔을 타고 올라온 소름이 양어깨를 차례로 지나 다른 쪽 팔을 타고 내려갔다. 마법사 자격시험을 치를 때 이 도구를 시연해 보여야 할까? 시연을 하든 안 하든, 물 공포증 때문에 마법사 자격시험을 망칠 수는 없었다.

한숨을 푹 쉬며 과제가 적힌 종이에서 32번과 33번 과제까지 읽어 내려갔다. 32번은 '폭풍우를 일으키는 도구'이고 33번은 '비를 물리치는 도구'였다. 24번을 포함해 세 가지 항목이 모두 물과 관련된 과제였다. 폭풍우에 관해서는 구체적인 지침이 따로 없으니, 폭풍우 환영을 만들거나 물방울 모양 종이 장치를 수십 개 접어서 종이 눈송이처럼 천장에서 떨어지게 하면 될 듯했다.

비, 진짜 비를 물리치는 것에 대해 생각해보니 에머리와 함께 택시에 탄 채 강물로 떨어졌던 밤의 기억이 뇌리를 스쳤다. 당시 에머리는 '은폐' 마법을 사용했다. 은폐 마법 장치는 우산과 비슷한 모양으로 펼쳐졌다. 그 마법을 조금 수정한다면 단기간 비를 물리칠 수 있다.

'사라즈.'

시어니는 고개를 흔들었다. 그 사고를 일으킨 자가 바로 사라즈였다. 하지만 지금은 그자를 걱정할 여유조차 없었다. 마법사 자격시험에 집중해야 했다. 베일리 마법사는 시어니가 자격시험을 통과할 리 없다고 믿는 눈치였다.

'사라즈는 아직 영국에 있어.'

집중하려는데 머릿속에서 이 말이 끝없이 들려왔다. 연필을 내려놓고 손목 안쪽 부분으로 눈을 문질렀다.

'집중하자!'

방문을 똑똑 두드리는 소리가 들렸다.

시어니가 손을 아래로 내리자 펜넬이 신나게 꼬리를 치켜들었다. 그러고는 속삭이는 듯한 목소리로 짖으며 방문으로 달려갔다.

시어니는 펜넬을 붙잡아야 하나 싶었다. 하지만 베일리 마법사가 할 얘기가 있다고 방까지 찾아올 리는 없었다. 그럼 무슨 일일까? 사과하러 왔을 것 같지도 않았다.

"들어오세요."

방문이 삐걱 소리를 내며 열리고 베넷이 문틈으로 머리

를 들이밀었다. 그의 푸른 눈동자는 곧장 펜넬에게 가서
박혔다.

"어랏!"

그는 문 앞에 쭈그리고 앉아 펜넬의 귀를 쿡 찔러보았
다. 쉽사리 귀가 떨어지거나 구겨지지 않는 걸 보더니 손
길이 좀 더 거칠어졌다.

"이게 바로 그 개구나!"

시어니는 미소를 지었다.

"이름은 펜넬이야. 누가 자기를 보러 오길 엄청 기다렸
나 보네."

펜넬은 깽깽거리며 베넷의 무릎에 앞발을 얹고 종이 혀
로 그의 손을 핥았다. 시어니는 혹시라도 펜넬의 혀에 베
넷의 손이 베이지 않기를 바랐다.

잠시 후 베넷이 일어서며 물었다.

"들어가도 돼?"

시어니는 들어오라고 손짓했다.

베넷은 펜넬이 방 밖으로 나가지 못하게 문을 닫았다.
그는 방 안을 흘끗 둘러보더니 시어니 맞은편의 의자에
앉았다. 그들 사이에 놓인 아침 식사용 테이블은 이런저런

자료들로 빈틈이 없었다.

"베일리 마법사님 대신 사과하려고 들렀어."

"그분은 직접 사과도 못 하시니?"

"짐작했겠지만, 예민한 분이잖아."

방에 들어온 베넷의 신발에 코를 대고 킁킁거리던 펜넬은 침대 너머에서 무언가를 발견하고 그걸 갖고 노느라 여념이 없었다.

"이유를 알 것 같기는 해."

시어니가 말했다. 시어니는 베일리가 학창 시절 에머리를 비롯한 친구들에게 괴롭힘을 당한 적이 있다는 사실을 알고 있었다. 하지만 이미 수년 전의 일이었다. 그동안 흐른 세월이 얼마인데 그 일을 여전히 마음에 담아두지는 않았을 것이다.

"그래도 변명의 여지는 없어. 난 숙녀잖아."

"남들과는 좀…… 다른 분인 것 같아. 그래서 처음엔 나도 적응하기 쉽지 않았는데 한 달쯤 지나니까 마법사님이 이해되더라고. 지금은 그럭저럭 잘 지내고 있어."

시어니는 공책을 덮었다.

"그분은 널 집사처럼 대하시던데."

"꼭 그렇지는 않아. 그러니까 내 말은…… 그분이 '부탁해'라든지 '고마워' 같은 말을 잘 안 하시지만 마음은 느껴져. 은근히 표현하시거든. 별로 힘들지 않은 사소한 부탁을 하실 때가 있는데 그 부탁을 들어드리면 무척 만족스러워하시더라고. 그런 식의 규칙이 있다는 걸 나는 파악했지."

시어니는 전혀 '숙녀'답지 않게 콧방귀를 뀌면서 의자 등받이에 기대어 앉았다.

"규칙? 내가 또 무슨 규칙을 알아야 하는데?"

"음……." 베넷은 잠시 생각을 정리한 후 말을 이었다. "뭔가 필요한 게 있어도 아침에는 마법사님을 성가시게 하지 않는 게 최선이야……. 요청할 게 있으면 종이 마법 편지를 통하는 게 좋고. 갑작스러운 접근을 좋아하지 않으시거든. 마법사님 사무실로 종이 두루미를 보내든지 하면 돼."

"한집에 살면서 왜 그래야 해?"

"집이 크고, 편지로 하는 게 아무래도 신경을 덜 곤두서게 하니까. 대답하기 전에 생각할 시간을 갖고 싶어 하셔. 그런 시간을 가졌을 때 좀 더 긍정적인 답을 주시는 편이야."

시어니는 눈을 위로 굴리고 싶은 걸 애써 참았다.

베넷은 깍지 낀 두 손을 무릎에 올리며 말을 이었다.

"새로운 사람과 친해지기까지 시간이 오래 걸리는 편이셔. 그래서 거의 혼자 시간을 보내시지. 그러니까 너도 마법사님한테 사소한 것까지 일일이 보고하지 않는 게 좋을 거야. 내게도 내가 수업을 잘 따라가면서 숙제만 제때 제출하면 별말 안 하시거든. 자유 시간에는 내가 뭘 하든 관여하지 않으셔서 자유롭게 활동할 수 있는 폭이 넓은 편이야."

시어니는 긴 한숨을 내쉬었다.

"나랑은 참 많이 다른 분이구나."

그 말에 표정이 밝아진 베넷은 눈을 크게 뜨고 허리를 폈다.

"나야 어차피 몇 주일만 있으면 되니까. 몇 주 동안은 그…… 규칙을…… 따르도록 할게."

베넷이 싱긋 웃었다.

"언제든 기꺼이 도와줄게. 필요한 게 있으면. 넌 나보다 능력이 뛰어나니 내 도움을 받을 일이 있을지 모르겠지만……."

"너도 곧 마법사 자격시험을 치러야 하지 않아?"

베넷은 어깨를 끄덕였다.

"1년 안에는 봐야겠지. 잘 모르겠어. 아직 준비도 안
됐고."

시어니는 미간을 찌푸렸다.

"다른 스승 밑에 있었으면 준비가 됐을 수도 있겠네."

그는 미소 지었다.

"그렇게 생각해주니 고맙다. 휴식이 필요하면…… 여기
서 멀지 않은 곳에 멋진 공원이 있어. 베일리 마법사님은
메르세데스를 갖고 계시는데 가끔 내가 타고 외출할 수 있
게 해주셔. 그 공원에 가면 오리 연못이 있거든. 소풍을 즐
기기에 괜찮은 곳이야."

과제 목록이 적힌 종이의 한쪽 귀퉁이를 접었다 폈다 하
던 시어니가 손의 움직임을 늦췄다. 어깨가 긴장하지 않도
록 애썼지만 가슴속이 저도 모르게 달아올랐다. 설마 베넷
이 데이트를 신청하려는 건…… 아니겠지?

시어니는 떠밀리듯 대꾸했다.

"아, 그래?"

"언제든 말만 해."

시어니는 창문 옆에 놓인 종이 나비 중 한 마리를 흘끗 바라보며 생각했다.

'그런 말을 할 일은 없을 거야. 누가 다칠 일도 없을 거고.'

"제안 고마워. 휴식이 필요할 일이 없길 바라야지." 시어니는 한숨을 푹 쉬며 테이블에 놓인 목록을 집어 들었다. "할 일이 산더미야. 내일도 종이접기를 연습해야 해."

"그래, 그만 가볼게."

베넷은 의자에서 일어섰다. 펜넬은 방문객이 놀아줄 거라고 생각했는지 얼른 그에게 달려갔다. 베넷은 웃으며 종이 개의 정수리를 쓰다듬었다.

"정말 잘 만들었다. 아주 인상적이야. 나중에 분해해서 어떻게 작동하는지 보여줄 수 있어? 이 개를 접는 방법 중 일부는 겉으로 봐선 영 모르겠어."

긴장한 시어니는 몸이 굳어졌다. 펜넬의 몸에 종이 마법 외에 다른 마법을 덧붙인 것이 마음에 걸리기도 했지만, 누군가 펜넬을 분해하는 건 생각도 하기 싫었다. 펜넬은 에머리가 직접 두 번이나 정교하게 만들어준 종이 개이기도 했다.

"분해는…… 안 하고 싶어."

다행히 베넷은 고집을 부리지 않았다.

"알았어. 그래도 종이에 생기 불어넣기의 고급 기술을 나중에 꼭 너한테 배우고 싶어." 그는 시어니가 펜넬을 직접 만든 줄로 여기는 모양이었다. "잘 자."

시어니는 미소를 지었다.

"너도. 고마워."

베넷은 방을 나가며 조용히 방문을 닫았다.

과제를 옆으로 치운 시어니는 펜을 들어 에머리에게 편지를 쓴 뒤 그 편지를 접어 종이 두루미의 몸 안에 밀어 넣었다.

베넷이 공원에 함께 가자고 했다는 말은 편지에 적지 않았다.

프리트윈 베일리 마법사는 견습생용 학습실에서 서성이고 있었다. 그는 대형 창문 앞에 드리워진 커튼까지 걸어갔다가 방향을 돌려 다시 이쪽으로 걸어오곤 했다. 환한 빛이 드는 창문 앞으로 다가갈 때마다 아침 햇살을 받은 안경이 번뜩였다. 뒷짐을 진 그가 책상 앞 의자에 얌전히 앉아 있는 베넷에게 말했다.

"굳히기 마법의 단계를 암송해봐."

시어니는 지난번 수업 때와 마찬가지로 학습실 구석 자리에 앉아 있었다. 무릎 위에 공책을 올려놓기는 했지만, 수업과 관계없는 잡생각을 멍하니 적는 중이었다. 마법사 자격시험 생각에서 사라즈 프렌디에 관한 대중없는 생각으로 머릿속 상념이 옮겨갔다. 문득 홀로 고스포트를 찾아 갔던 일이 떠올랐다.

'그자가 그 마을에 있지는 않았을 거야. 그래도 혹시 모르니까 정보원이라도 보내볼까? 아니야. 캐낼 만한 정보가 있었으면 형사과에서 벌써 찾았겠지. 괜히 정보원을 보내 봤자 꼬리만 밟힐 거야. 게다가 종이 마법 장치들은 내가 원하는 만큼의 복잡한 명령을 수행할 수도 없어. 그만 하자.'

당연히 형사과는 시어니보다 더 많은 정보를 갖고 있을 것이다. 휴즈 마법사는 시어니의 능력을 인정하는 사람이니, 쓸 만한 정보를 입수하면 시어니에게도 알려줄 듯했다.

물론 어떤 정보든 에머리에게 먼저 알려줄 것이다. 그런데 지금까지 휴즈가 에머리에게 아무런 정보도 전하지 않았다면, 시어니의 귀에 들어올 얘기는 없었다. 인상이 절로 찌푸려졌다.

앉은 자리에서 베넷이 말했다.

"…… 복잡한 종이접기에는 효과가 없습니다."

시어니는 종이를 임시로 단단하게 굳혀주는 '굳히기 마법'을 견습생 생활을 시작한 지 211일째 되는 날 배웠다. 지금 구두로 쪽지 시험을 치르는 걸 보면 베넷은 그 마법을 최근에 배우고 과제물을 작성한 모양이었다.

'사라즈에 대한 새로운 소식이 지금껏 내 귀에 들어오지 않았으니 아직 위협적인 상황은 아니라고 봐야겠지.'

시어니는 애써 마음을 달랬지만, 1분쯤 지나자 또 다른 추측이 머릿속을 채웠다.

'새로운 소식이 없다는 건 사라즈가 아직 붙잡히지 않았다는 뜻이기도 하잖아.'

시어니는 의자에 고쳐 앉으며 생각을 이어갔다.

'에이비오스키 마법사님에게 연락을 안 해봐서 상황이 어떻게 흘러가는지 모르겠어. 휴즈 마법사님이 에머리에

게…… 최근 소식을 알려주셨다면, 그게 별로 안 좋은 소식이라도 에머리는 나한테 얘기해줄까?'

펼쳐놓은 공책을 한 페이지 뒤로 넘겼다. 그곳에는 구겨진 자홍색 종이 한 장이 끼워져 있었다. 나비 모양으로 접었던 것을 펼쳐놓은 종이였다.

늘 자네를 생각하고 있어. 공부 열심히 하고, 다른 데 신경 쓰지 말기를.

'다른 데'에 베넷도 포함되는 건지, 그저 교육 위원회 위원들을 지칭하는 말인지 궁금했다. 마법사 자격시험을 치르는 자리에 교육위원 중 몇 명이나 참석할지 당장은 알 수 없었다.

길게 숨을 내뱉으며 페이지를 다시 한 장 앞으로 넘기고 공책에 적힌 내용을 들여다보았다. 그중에는 V자 모양의 새 날개에 모서리가 둥근 별들이 붙은 그림도 있었다. *44번. 어둠 속을 지나갈 수 있도록 안내해주는 도구.* 한 걸음 앞서 날아가며 빛을 뿌려주는 별빛 조명등을 만들면 될 것이다. 방에서 별빛 조명등을 반쯤 접던 시어니는 베일리가 보낸 종이 박쥐를 받느라 잠시 작업을 멈췄다. 종이 박쥐에는 베넷이 받는 아침 수업에 참석하라는 베일리의 말이 적혀 있었다.

수업에 참여한 시어니는 이미 다 아는 내용이지만 집중해보려고 애를 썼다. 하지만 소용없었다. 베일리는 시어니가 기한 내에 자격시험을 준비하지 못하게 하려고 시간을 빼앗을 작정인 게 분명했다.

흘끗 쳐다보는 베넷의 시선을 외면한 채 시어니는 창문으로 시선을 돌렸다. 지붕부터 시작해, 아무도 쓰지 않는 하인용 숙소까지 30초 동안 눈으로 쭉 훑었다. 그 후로는 수업이 끝날 때까지 공책에만 시선을 두었다. 에머리가 보낸 쪽지를 다시 한번 읽어보는데 가슴이 아렸다.

"트윌 양."

이름이 불리자 시어니는 눈을 들었다. 조금 전까지 베넷이 걸터앉아 있던 테이블 가장자리에 베일리가 기대어 서 있었다. 베넷은 이미 학습실에서 나가고 없었다. 베일리는 기다란 직사각형의 흰 종이 한 장을 테이블 너머 시어니 쪽으로 내밀고는, 허리를 곧게 편 자세로 뒷짐을 지고 좁은 턱 끝으로 테이블을 가리켰다.

"우리끼리 시험을 보도록 하지."

시어니는 공책을 의자에 내려놓고 일어서며 생각했다.

'우리끼리 보는 시험은 앞으로 2.5주일 남았거든요. 잊어버리셨어요?'

그리고 테이블 쪽으로 걸어가는데 그가 물었다.

"종이 환영과 관련된 자네의 기술은 어느 정도 수준이지?"

"만족스러운 수준이 아니었으면 여기 오지도 않았을 겁니다, 마법사님."

"흐음. 어디 한 번 보도록 하지."

그는 종이를 가리켰다.

시어니는 앞에 놓인 종이를 바라보면서 할로웨이 부인을 위해 만든 파티 장식을 떠올렸다. 베일리 마법사도 베넷에게 그런 일을 시킬까? 베일리가 손수 남의 집 파티 장식물을 만드는 건 상상이 되지 않았다. 누가 그에게 그런 요청을 하기나 할까. 교과서 사업으로 돈을 쓸어 모으는 일이라면 몰라도.

"특별히 생각해두신 거라도 있으신가요?"

베일리는 베넷을 가르칠 때처럼 천천히 발을 옮겨 테이

블을 빙 돌았다.

"아니. 깊은 인상을 줄 만한 거로 알아서 만들어봐."

시어니는 숨을 깊게 들이마신 후 몇 초 동안 폐 안에 공기를 담아둔 채로 가만히 종이를 바라보았다. 베일리처럼 오만한 마법사에게 깊은 인상을 주려면 무엇을 만들어야 할까? 프랑스식 만찬의 환영? 할로웨이 부인을 위해 만들었던 정글 환영의 일부?

문득 베넷이 말한 공원이 떠올랐다. 오리 연못이 있다는 공원. 하지만 그런 종류의 환영은 만들어본 적이 없었다. 연습도 없이 바로 시연을 하려니 신경이 곤두섰다. 하지만 이 테이블 위에 물고기로 가득한 연못과 수련 잎을 띄운다면, 분명 대단히 인상적일 것이다. 에머리도 같은 생각을 하지 않을까.

종이의 왼쪽 측면으로 손을 옮겨 한쪽 모서리를 집어 든 시어니는 바로 접지 못하고 망설였다. 베일리의 시선 때문에 손이 편하게 움직여지지 않았다. 목 뒷덜미에 내리꽂히는 그의 시선에 신경이 곤두섰지만 애써 무시했다.

'그가 언제든 산책하러 나가서 연못을 볼 수 있다는 게 문제야.' 시어니는 아랫입술을 잘근잘근 씹었다. '다른 걸

만드는 게 좋겠어.'

다시 곰곰이 생각해보았다.

베일리가 한숨을 푹 쉬었다.

"우선, 자네는……."

"창의성을 발휘하려면 생각할 시간이 필요해요. 도와주시려는 건 알지만 마음만 받겠습니다."

시어니는 잠시 생각한 후 종이를 접기 시작했다.

모서리들을 모아 잡고 비틀어 환영에 깊이를 더했다. 책상 위에 놓인 연필을 집어 들고 마법의 형태와 주문, 원하는 방식으로 환영을 표현하는 데 필요한 상징들을 그렸다. 환영을 어떤 식으로 표현할지를 놓고 여러모로 생각해봤다. 만들려고 계획한 것은 망원경인데, 본래 망원경은 마법이 걸려 있든 아니든 육안으로 볼 수 없는 대단히 많은 것들을 보여주는 장치였다.. 여기에 참신한 아이디어를 더한 마법으로 좀 더 '인상적'인 최종 결과물을 만들 수 있기를 바랄 뿐이었다.

베일리는 고맙게도 그때부터 입을 다물고 조용히 시어니를 지켜봤다. 시어니는 베일리가 무슨 생각을 하는지 추측하지 않으려 마음을 다잡으면서 확대 마법에 온 신경을 모았다.

종이를 부채꼴 모양으로 접은 뒤 또 다른 상징을 그려 넣었다. 색이 어두워진 기다란 종이에 하얀 점들이 무수히 생겨났다. 하단 모서리를 강아지 귀처럼 접자 하얀 점들이 천천히 회전하기 시작했다. 시어니는 나지막하게 명령을 내려 환영에 약간 더 깊이를 더했다.

이어서 추가로 지시를 내리자 어둠 속에 감춰진 더 많은 형태가 생겨났다.

마침내 시어니는 뒤로 물러섰다. 시어니와 베일리는 인간의 눈으로 볼 수 없는 저 머나먼 하늘 일부를 마법 망원경을 통해 볼 수 있었다.

다양한 크기와 색깔의 별들이 환영 속 하늘을 수놓았다. 오른쪽 위에는 아득히 먼 은하수가 펼쳐졌다. 불붙은 듯 환한 혜성이 종이 표면을 가로질러 날아갔다. 시어니가 왼쪽 아랫부분에 만들어 넣은 달은 분화구가 숭숭 패인 채 태양 빛을 받아 4분의 3이 빛나고 있었다. 그 위에는 부드러운 빛과 수십 개의 작은 고리로 이루어진 토성이 궤도를 따라 돌았다.

시어니는 싱긋 웃음을 지었다. 이만하면 괜찮게 만든 것 같았다.

베일리는 아무 말도 하지 않았다.

시어니는 그의 얼굴을 흘끗 쳐다보았으나 표정을 읽을
수가 없었다. 그는 한쪽 옆구리에 구부린 팔을 붙이고, 다
른 쪽 손의 엄지와 검지로 턱을 쥔 채 시어니의 작품을 면
밀히 살펴보았다. 그다지 깊은 인상을 받은 것 같지는 않
았다. 오히려 아무렇지 않은 듯한…… 표정이었다.

어떻게 생각하시냐고 물어야 할지, 입 다물고 가만히 있
어야 할지 판단이 서지 않았다. 시어니는 후자를 택하기로
했다.

한참 말없이 환영을 살펴보던 그가 마침내 입을 열었다.

"잘 만들었군."

베일리 마법사의 입에서 그 정도 말이 나왔으면 큰 칭찬
일 거라고 시어니는 믿기로 했다.

"상당히 이른 시간에 작업을 완수하는 걸 보고 놀랐어.
이 정도 크기의 종이로 작업하면서 12분 34초면 빠른 편
이야."

"시간을…… 재셨어요?"

그는 문 위에 걸린 시계를 슬쩍 가리켰다.

"속도는 괜찮았어. 가장 빠른 축에 속한다고 할 수는 없지만 2년간 견습 생활을 한 사람치고는 빨라. 세인 마법사가 드디어 정신을 차리고 제자를 제대로 훈련시켰나 보네. 자네한테 세인 마법사 외에 또 다른 선생이 있지 않다면 말이야."

그 순간 시어니는 목까지 벌겋게 달아올라, 힘겹게 숨을 삼키며 말했다.

"다른 선생은 *없습니다.*"

그는 두 손가락으로 턱을 잡은 채 고개를 끄덕였다.

"그럼 세인이 정신을 차린 게 맞군, 그래. 그가 지난번에 데리고 있던 제자를 견습 도중에 내보낸 일 때문에 난 교육 위원회가 그에게 근신 처분을 내릴 줄 알았어. 교육 위원회가 오히려 여자 견습생을 그에게 배정한 걸 보고 사실 좀 놀랐지."

시어니는 입이 딱 벌어졌다. 보이지 않는 거미들이 등을 타고 기어오르는 기분이었다. 말문이 막혀 멍하니 서 있던 시어니는 잠시 후 목소리를 냈다.

"어떻게 그런 말을. 그 일에 대해 *아무것도* 모르시면서."

베일리는 에머리의 두 번째 견습생인 대니얼을 입에 올

린 것이다. 시어니는 2년 전 에머리의 심장 속을 여행하면서 대니얼에 대해 알게 됐다. 에머리는 전부인이자 새로이 신체 마법사가 된 리라와 사이가 틀어지면서 대니얼을 다른 마법사에게 보냈다. 다분히 대니얼의 안위를 위한 조치였다.

베일리는 턱을 잡고 있던 손을 아래로 내리고 눈을 가늘게 뜨며 말했다.

"나는 사실을 말하고 있을 뿐이야, 트윌 양. 자네는 말을 좀 가려가면서 해야……."

"아뇨. 이 집에 와 있는 사흘 동안 저는 세인 마법사님을 폄하하는 말을 수차례 들었어요. 두 분이 과거에 안 좋은 사이였다는 건 알지만, 세인 마법사님은 좋은 사람이고 훌륭한 스승입니다. 그분을 비방하는 말은 더 이상 듣고 싶지 않아요."

베일리의 창백한 피부가 확 붉어졌다.

"감히 그따위 말을 하다니!"

"마법사님이야말로 *저한테* 그런 식으로 말하시면 안 되죠!" 시어니는 열이 확 오르는 걸 느끼며 바로 쏘아붙였다. "전 이곳에 모욕을 받으러 온 게 아닙니다. 제 스승을 모욕하는 말을 들으러 온 것도 아니고요!"

"트월 양……."

"그분이 마법사님보다 훌륭하니까 질투가 나신 거잖
아요."

베일리의 눈이 휘둥그레졌다. 시어니는 책상 위에 있던
공책을 낚아채듯 들고 문으로 향했다. 입에서 무슨 말이
더 튀어나오기 전에 방에서 나가야겠다는 생각이었다. 맙
소사, 베일리는 *시험관* 노릇을 해줄 사람이었다! 대체 왜
이런 바보 같은 짓을 했을까?

다행히 베일리는 시어니의 등 뒤에 대고 대거리를 하지
않았다. 그가 무슨 말을 했다고 해도 시어니는 들을 정신
이 아니었다. 고개를 돌려 확인해보진 않았지만 베일리는
시어니를 쫓아 나오지도 않았다. 시어니의 발소리가 널찍
하고 텅 빈, 호화롭고 차가운 복도를 따라 울려 퍼졌다. 심
장 박동에 맞춰 쿵쿵대는 소리였다.

방으로 들어간 시어니는 문을 힘껏 닫아버리고 싶었지
만 간신히 참았다. 침대 위에 앉아 있던 펜넬이 고개를 들
었다. 펜넬은 시어니의 기분이 울적한 걸 알아챘는지 고무
를 댄 앞발로 제 주둥이를 가렸다.

시어니는 목걸이에서 인이 담긴 부분을 손가락으로 잡았다. 인을 손에 쥐고 불덩어리를 소환한다면 이 끔찍한 대저택을 활활 태워 잿더미로 만들 수 있을 것이다. 잘난 베일리 마법사가 어디 한 번 *감당*을 해보시든지. 시어니는 분을 참기가 힘들었다. 베일리 밑에서 견습 중인 베넷이 가엾을 지경이었다.

'베일리 마법사는 나를 내쫓겠지.'

시어니는 방 끝으로 걸어가며 생각에 잠겼다. 머리에 꽂은 핀을 당겨 빼고 뻣뻣해진 손가락으로 오렌지색 머리카락을 쓸어 넘겼다.

'아무려면 어때? 굳이 그 사람을 내 자격시험의 시험관으로 삼을 필요는 없잖아. 남들이 내 능력을 의심하든 말든 무슨 상관이야? 에머리에게 다시 시험관을 맡아달라고 해야겠어.'

문득 신문에 적힌 기사 내용이 뇌리를 스쳤다.

'추문.'

신경 쓰지 않는 척 호기롭게 헛기침을 해보았다.

'무슨 상관이야. 프리트윈 베일리의 집에서 떠날 수만 있으면 아무래도 좋아.'

매트리스에 머리핀을 던져놓고 방 이쪽에서 저쪽까지를 두 번 오가던 시어니는 허리춤에 양손을 올리며 멈춰 섰다. 코로 깊게 숨을 들이마셨다가 꾹 다문 입술 사이로 천천히 내뱉으며 마음을 가라앉혔다.

"공부하자."

일부러 크게 목소리를 냈다. 지금 가장 중요한 목표는 시험 통과였다. 누가 시험관이든 간에 만반의 준비를 해야 했다.

아침 식사용 테이블 앞에 놓인 의자 두 개 중 하나를 뒤로 빼 앉았다. 테이블의 유리 표면에 공책을 내려놓고 첫 페이지를 펼쳤다가 닫았다. 잠시 후 다시 공책을 펼치고 별빛 조명등에 관해 필기한 부분을 들여다보았다. 몇 페이지 앞으로 휙휙 넘긴 후 연필을 손에 쥐었다.

연필을 든 채 종이를 내려다보며 생각에 잠겼다. 에머리에게 편지를 쓰고 싶었지만 도저히 집중할 수가 없었다. 이렇게 분노한 상태에서 그에게 편지를 써 보내는 게 무슨 도움이 될까? 사정을 얘기해봤자 그는 베일리의 집에 잠자코 머물라고 할 게 뻔했다. 여기 계속 머무는 것도 베일리 마법사가 허락해줘야 가능한 일이겠지만.

끄응 신음을 내뱉으며 공책을 덮고, 의자 등받이에 몸을 기댔다. 이런 식이면 시험 통과는 기대할 수 없었다. 베일리 마법사는 시어니의 집중력을 아주 박살을 내버렸다.

고개를 뒤로 젖히고 천장을 올려다보며 숨소리에 귀를 기울였다. 가쁜 숨소리가 차츰 가라앉을 때까지 기다린 후 고개를 바로 하자 목이 뻐근했다.

톡톡 방 창문을 두드리는 소리에 창문을 바라보았다.

길게 숨을 내쉬던 시어니의 입가에 미소가 걸렸다.

'완벽한 타이밍이야.'

의자에서 일어나 창가로 다가갔다. 울면서 에머리의 품으로 달려갈 수는 없지만, 분명 용기를 북돋는 내용이 담겨 있을 그의 편지를 읽는다면 기운이 날 것이다.

작은 종이 나비나 비행기가 왔으리라 생각하며 창문을 열었다. 하지만 구겨진 채 창턱에 쓰러진 것은 에머리가 아니라 시어니가 만든 빨간 종이 새였다.

시어니가 놀라 종이 새를 쳐다보는 사이, 창문이 바람결에 저절로 닫혔다. 시어니는 빨간 새를 두 손으로 받쳐 들었다. 날개 끄트머리는 빗물에 구겨지고 부리와 꼬리는 바람에 닳아 있었다. 밝은 진홍색 종이에는 흙이 묻어 마치 녹슨 것처럼 보였다.

시어니는 간신히 숨이 붙어 있는 새에게 힘을 보태려 가장자리를 부드럽게 쓰다듬었다. 사라즈를 찾기 위해 고스포트 마을에서 접어 날렸던 종이 새 네 마리 중 하나였다. 이 새는 사라즈를 찾기 위해 얼마나 오랫동안 영국 곳곳을 헤매고 다녔을까? 마침내 결과물을 물고 *시어니에게* 돌아오기까지는 또 얼마나 오래 날아왔을까?

뭘 찾아냈을까?

지난번에 본 인도인 마을처럼, 어쩌면 사라즈와는 무관한 것을 찾았을 수도 있다. 어쨌든 결과를 확인해야 했다. 시어니는 녹초가 된 새에게 물었다.

"위치를 알려줄래?"

종이 새는 시어니의 손바닥 위에서 힘없이 한 번 풀쩍 뛰고는 손가락에 기대어 쓰러졌다.

시어니는 입을 악물었다. 목적지가 여기서 가깝든 멀든, 이 새는 그곳까지 다시 날아갈 기운이 없어 보였다. 꽤 심하게 망가진 상태라 다시 날아오를 힘조차 없을 듯했다. 이 상태로 새를 날려 보내고 그 뒤를 쫓아가는 건 불가능한 일이었다. 다른 마법 장치로 정보를 옮기는 방법도 모르는 터라, 종이 새를 하나 더 접어봤자 소용없었다.

한참 동안 혀 가장자리를 이빨로 씹으며 방법을 궁리하던 시어니는 문득 기술 자료 서재를 떠올렸다.

'그래, 지도가 있었지.'

베일리 마법사에게 대형 지도가 있었다. 그 지도면 충분할 듯했다.

시어니는 에이비오스키 마법사와 나눠 가진 연락 장치를 조용히 찾아보았다. 모방 마법으로 만든 그 장치에 그동안 유리 마법사 에이비오스키가 새로운 내용을 적었을지도 모를 일이었다. 형사과가 사라즈에 관한 단서를 찾아냈다면 시어니가 여기서 굳이 더 알아볼 필요는 없을 것이다.

연락 장치를 꺼내 확인해보았지만, 텅 비어 있었다.

시어니는 지친 종이 새의 날개를 손가락으로 잡고 책을 뒤로 한 채 기술 자료 서재로 향했다. 이 집에서 달아나고 싶은 마음이 굴뚝같았지만, 꾹 참았다.

10

· · · · · · ★ ★ 🕊 ★ ★ · · · · ·

저물어가는 태양의 흐릿한 빛이 서향 창문을 통해 기술 자료 서재로 흘러들었다. 덕분에 책들이 줄지어 꽂힌 벽 책장들이 시어니의 손에 담긴 종이 새처럼 녹슨 빛으로 물들었다. 시어니의 귀에는 본인의 발소리가 유난히 크게 들렸다. 서재 문을 닫는데 어찌나 크게 삐걱 소리가 나는지 여기 있다는 걸 다 들키고 말 것 같았다.

'들키면 뭐 어때.'

마음을 가라앉혔다. 여기 온 게 잘못은 아니었다.

아직까지는.

시어니는 높은 서랍장들을 쭉 훑어보았다. 그 안에도 지도가 들어 있겠지만, 벽에 걸린 지도만으로도 충분해 보였다. 기술 자료 서재 문을 중심으로 왼쪽에 걸린 세계 지도에는 미국 동부의 몇몇 도시에 빨간 핀들이 꽂혀 있었다. 문 오른쪽 벽에 걸린 커다란 영국 지도에는 스코틀랜드의 에든버러시에만 노란 핀 하나가 꽂혔다.

영국 전체가 시어니의 키만 했다. 이 지도면 됐다.

빨간 종이 새를 두 손으로 받쳐 든 시어니는 그 지도로 다가가며 새에게 물었다.

"네가 뭘 봤든, 그걸 본 곳이 *어딘지* 알려줄래?"

손바닥 안에서 새가 힘없이 폴짝 뛰었다.

시어니는 입을 꾹 다문 채 영국 지도와 지도를 벽에 고정한 압정들을 바라보았다. 종이 새는 기운이 심하게 떨어진 상태라 제힘으로 공중에 뜰 수조차 없었다. 새를 서랍장 위에 내려놓은 시어니는 영국 지도의 측면을 손으로 잡고 압정을 떼어냈다. 이어서 다른 쪽 측면을 고정한 압정도 떼어내자 두툼한 종이 지도가 바닥으로 툭 떨어졌다.

시어니는 지도를 바닥에 펼쳐놓고 그 위에 새를 올렸다.

"위치를 알려줘."

기진맥진한 종이 새는 알았다는 뜻으로 한 번 폴짝 뛰었으나 망가진 양 날개 중 한쪽 날개 방향으로 몸이 확 기울었다. 시어니는 새를 바로 세워주었다. 종이 새는 조금씩 뛰어서 런던 방향으로 가다가 또 쓰러졌고 시어니는 다시 일으켜 세웠다.

종이 새는 버크셔주 레딩시라고 표시된 지점에서야 멈춰 섰다.

차가운 두 손으로 새를 안아 올린 시어니는 지도 쪽으로 몸을 돌렸다. 오른손 검지 끝을 레딩시라고 적힌 동그란 점에 갖다 대고 나지막하게 속삭였다.

"엄청 가깝네."

본인이 내뱉은 그 말이 귀에 들어오자 두 팔에 소름이 돋고 등이 뻣뻣해졌다.

이 새가 사라즈를 본 게 맞을까? 어쩌면 이번에도 인도인들이 모여 사는 동네라든지 사라즈와 비슷한 인상착의의 외국인을 본 것일 수도 있었다. 그렇다면 이번에도 허탕이다. 아니면 새로운 단서를 찾아온 것일까.

"고마워. 그만 멈춰."

시어니는 지도에서 눈을 떼고 물러서며 새에게 말했다.

구김이 간 새의 몸뚱이는 이내 생기를 잃었다. 종이 새
는 지친 몸으로 바닥에 쓰러진 채 편히 쉬었다.

시어니는 새를 쓰다듬으며 돌아서서 의자에 앉았다. 레
딩시라니. 설마?

알아야 했다. 확인해야 했다! 물론 종이 새가 잘못 본 것
이길 바라는 마음도 컸다. 단순한 종이 마법으로 만든 이
새가 쓸모 있는 단서를 찾아내지 못했기를 바랐다.

'중요한 정보가 들어왔으면 에머리가 나한테도 알려줬
을 텐데. 만약 그런 정보가 있었으면 휴즈 마법사님이 에
머리에게 말했겠지……'

시어니는 손에 쥔 종이 새를 흘끗 내려다보다가 바닥에
내려놓았다. 목걸이를 손으로 만져 금속 마법사가 된 다
음, 압정들에게 '목표물로 가'와 '출발해'라는 명령을 내렸
다. 압정들은 지도로 돌아가 벽의 알맞은 자리에 지도를
붙였다. 다시 종이 마법사로 돌아온 시어니는 곧장 기술
자료 서재에서 나와 본인의 방으로 돌아갔다. 기술 자료
서재와 방 사이의 거리가 꽤 멀어서 방에 다다르자 숨이
가빠졌다.

종이 새를 아침 식사용 테이블에 내려놓고 얼른 창가로

가 전갈을 가져온 종이 장치가 있는지 창턱부터 살폈다. 아무것도 없었다. 창문을 열고 밖으로 머리를 내밀었다. 희미해지는 석양빛 속에서 하늘과 땅을 살펴보았다. 이쪽으로 날아오는 우편용 종이 장치가 없는 걸 확인한 시어니는 깊게 숨을 들이마시며 뒤로 물러섰다. 창문을 열어둔 채 테이블 앞으로 돌아갔다.

'엄청 가까워.'

그렇게 생각하자 어깨에 소름이 돋아 얼른 손으로 문질렀다. 부모님에게 편지를 보내 위험을 알려야 하지 않을까.

하지만 확실한 정보는 아니었다. 레딩시에 가서 직접 확인해보기 전까지는 알 수 없다.

"더는 사라즈의 뒤를 쫓지 않겠다고…… 약속해줘."

에머리가 했던 말이 귓전을 맴돌았다.

시어니는 아랫입술을 잘근잘근 씹으며 중얼거렸다.

"사라즈를 쫓겠다는 게 아니라, 그냥 가서 확인해보려는 것뿐이야."

걸레 짜듯 창자가 꼬이는 기분이었다. 심장이 무겁게 내려앉았다. 다시 창문을 돌아보았지만 여전히 아무것도 없었다. 그에게 편지라도 써야 할까.

'편지에 뭐라고 써?'

뭉친 배와 무겁게 가라앉는 심장 때문에 부담을 느낀 시어니는 등을 뒤로 쭉 폈다. 이래저래 잘못 움직였다간 곤란해질 수도 있었다. 지금은 신경이 곤두서고 지친 상태라 기분 좋게 편지를 쓸 수도 없을 듯했다.

몇 번이나 창가로 갔다가 의자로 돌아오기를 반복했다. 조용히 주인의 발자취를 좇는 펜넬의 눈 없는 얼굴을 애써 못 본 척하면서.

레딩시. 마땅한 거울을 찾아서 그곳까지 이동할 수도 있을 것이다……. 하지만 바로 옆 화장실에 있는 거울은 너무 작아서 들어갈 수가 없었다. 혹시 이번에도 출구를 잘못 찾아서 한밤중에 홀로 레딩시가 아닌 엉뚱한 곳으로 나가면 어쩌지? 원하는 곳으로 나갈 때까지 이 거울에서 저 거울로 전전해야 할까? 손상된 유리 사이의 연옥에 갇힐 위험을 무릅쓰고, 언젠가는 운 좋게 밖으로 나갈 수 있길 기대하면서?

동이 트자마자 택시를 부를 수도 있었다. 하지만 레딩시까지 택시를 타고 가려면 비용이 얼마나 많이 들까? 기차를 타고 가는 게 더 빠르려나? 베일리 마법사가 허락해줄까? 베일리 마법사는 시어니를 이 집에서 내보내고 싶을 것이다. 하지만 시어니는 이미 잘못을 저지른 터라 더는 그의 반감을 사고 싶지 않았다.

두 손을 모아 깍지를 낀 채로 방 안을 계속 서성였다. 차라리 지금 어둠을 틈타 이 집을 나서는 게 나을 수도 있었다. 물론 사라즈도 이 어둠을 이용할 수 있다. 하지만 그만한 위험 부담은 감수해야 했다. 시어니는 유리 마법과 불 마법을 사용할 수 있으므로 언제든 손가락을 튕겨 불빛을 만들 수 있었다. 여러 가지 마법 재료들과 결합했다 풀었다 하는 재주가 있음을 주변의 구경꾼들, 경찰, 형사과 소속 사람들에게 숨기려면 어두울 때 나가 돌아다니는 편이 나았다. 누구든 시어니가 가진 재주를 알게 된다면 지금 시어니처럼 혼자만의 비밀로 묻어두려 하지 않을 것이다.

'사라즈를 찾으면 어쩔 거야, 시어니? 죽일 생각이야?'

시어니는 스스로에게 질문해보았다. 숨이 막혔다. 불안감이 밀려와 입술을 잘근잘근 씹었다. 시어니는 이미 그래스를 죽였지만 후회하지 않았다. 그래스는 딜라일라를 살해한 놈이니까. 기회만 있었으면 그는 시어니는 물론이고 에이비오스키 마법사의 목숨까지도 끊어놓았을 것이다.

하지만 또다시 누군가를 죽여야 할까? 반격하지 못할 만큼 상처를 주는 정도, 불구로 만드는 정도면 충분하지 않을까……. 다시 생각해보니 그건 안 될 일이었다. 그자가 또다시 탈출하게 놔둘 수는 없었다. 그는 이미 재판을 통해 사형 선고를 받았다. 죽어 *마땅한* 자다.

가슴속 폐가 터지기 직전까지 숨을 깊게 들이마셨다가 단번에 내쉬었다. 만약 사라즈를 찾으면, 맞서 싸우게 된다면…… 절대 물러서지 않을 것이다. 그럴 여유가 없었다. 게다가 그에게는 자비를 베풀 필요가 없었다.

다만 레딩시까지 가는 게 쉽지 않았다. 위험을 무릅쓰고 또다시 거울을 통해 이동할 수도 있겠지만, 정식으로 유리 마법이 깃들지 않은 거울을 사용했다가 봉변을 당할지도 몰랐다. 이번에도 운이 따라주리라는 보장은 어디에도 없었다. 늦은 시간이라 택시를 부르려면 추가 요금을 내야 하는데, 다음 급료일은 아직 일주일이나 남아 있었다. 그래도 한 번 시도해볼 가치는 있지 않을까? 잘 될 수도 있으니…….

"*베일리 마법사님은 메르세데스를 갖고 계시는데 가끔*

내가 타고 외출할 수 있게 해주서."

그 순간 베넷이 했던 말이 떠올랐다.

"베넷."

시어니는 나지막하게 그의 이름을 불러보았다. *지금 베넷에게 메르세데스로 기차역까지 태워달라고 부탁할까. 돈과 시간을 모두 아낄 수 있을 텐데. 센트럴 런던 기차역에 새로 설치된 금속 마법 철로를 이용하면 자정 전에 레딩시에 도착할 것이다.*

'너 정말 이 일에 다른 사람을 끌어들이고 싶니?'

마음 한구석에서 목소리가 물었다. *괜히 베넷을 끌어들였다가 애니스, 딜라일라처럼 되면 어쩌지? 나와 엮인 사람들은 줄줄이 죽고 말았잖아?*

"같이 가자고 안 하면 돼. 기차역에서 내려달라고만 하면 돼."

'이후에는 베넷에게 의지하지 말자.'

살짝 비위를 맞춰주면 그를 설득할 수 있을 것 같았다.

네모난 회색 종이 한 장을 집어 든 시어니는 표면에 글을 적고 단순한 비행기 모양으로 접었다. 그 비행기를 아래층 창문을 향해 날려 보냈다. 잠시 후 베넷의 방 창문이 열리더니 그의 손이 종이비행기를 방 안으로 들였다.

네가 말한 공원에는 나중에 가자. 지금 센트럴 런던 기차역
에 갈 일이 있는데 혹시 태워다줄 수 있어? 정말 엄청 중요한
일이거든.

베일리 마법사님께는 말하지 않는 게 좋겠어. 우리끼리 비
밀로 하면 우정이 더 돈독해지지 않을까?

창가에서 돌아선 시어니는 공책을 펼쳐 사라즈에 관해
적어놓은 페이지를 열었다. 그곳에 적힌 단어들은 이미 머
릿속에 또렷이 담겼지만 그래도 다시 한번 들여다보았다.
페이지 한쪽 구석에 적어둔 딜라일라와 애니스의 이름은
그동안 하도 여러 번 손으로 쓰다듬었더니 글자들이 번져
서 겨우 알아볼 정도였다. 에이비오스키 마법사와 나눈 대
화는 시어니의 머릿속에 고스란히 담겨 있었다. 시어니는
핸드백에 넣어둔 갈색 유리 조각을 떠올리며 생각에 잠
겼다.

베일리 마법사의 집에서 지내는 지금의 생활은 탁한 오
물이나 다름없었지만, 생각해보니 좋은 점도 있었다. 에머

리의 집에서와는 달리 자유롭게 움직일 수 있었다.

에머리는 이곳에 없었다. 엄격한 스승인 에머리 없이, 거의 비어 있다시피 한 대저택에 머무는 동안에는 비밀을 숨기거나 마법 서약을 어기느라 전전긍긍할 필요가 없었다. 시어니가 시간을 어떻게 쓰든, 베일리 마법사는 물론이고 그 누구도 크게 간섭하지 않았다.

시어니는 빨간 종이 새를 가슴에 안았다. 그렇다. 심통 사나운 종이 마법사 베일리의 집에 머무는 동안 시어니는 사라즈를 계속해서 추적할 수 있었다. 그러니 추적해볼 작정이었다.

마법 램프와 조명 장치 덕분에 센트럴 런던 기차역은 환히 빛나고 있었다. 하얗게 질리고 땀에 젖은 두 손으로 스승의 자동차 운전대를 꼭 잡은 베넷은 2년 전 시어니가 에머리와 함께 앉아 있었던 바로 그 주차장에 차를 세웠다. 당시 에머리는 사라즈와 싸우기 위해 기차를 타러 온 것이었다. 묘하게도 그곳은 에머리가 시어니에게 처음으로 키스한 장소이기도 했다.

시어니는 친구 베넷에게 굳이 그 얘기를 하지는 않았다.

베넷은 숨을 씨근거리며 말했다.

"스승님이 아시면 어떻게 하실지 모르겠다. 칭찬하실 것 같진 않은데."

"넌 별일 없을 거야." 시어니는 베넷을 달래며 그의 어깨를 손으로 꼭 잡았다. "고마워. 너무 늦지 않게 돌아올게. 기다리지 말고 가 있어."

"정말 그래도 되겠어? 뭘 하러 가는지 모르겠지만 내가 도움을 줄 수도 있잖아. 혼자서 가지 않으면 좋겠어, 시어니. 여자 혼자 어두운 시간에 돌아다니다가는……."

'어쩔 수 없어. 혼자 다녀야 나 때문에 누가 또 다치는 일이 일어나지 않아.'

시어니는 미소를 지었다.

"기차에서 강도를 만나지 않는 한 무사할 거야. 강도를 만나면 너도 별수 없을걸. 가서 베일리 마법사님 걱정이나 해."

베넷은 안색이 누르께해져 아파 보이기까지 했다. 그는 침을 꼴깍 삼키며 물었다.

"너에 관해 물으시면 뭐라고 해?"

"그럴 일 없을 거야."

시어니는 가방을 어깨에 걸쳐 멨다. 가방에 넣어둔 테이섬 격발 장치 권총 한 자루의 무게가 느껴졌다. 만일을 대비해 가방 맨 아래에 넣어둔 권총이었다.

"내 방에 자고 있는 내 환영을 설치해뒀어. 베일리 마법사님이 혹시 와서 확인해볼 때를 대비해서."

"알아채실 텐데."

"굳이 가까이 와서 들여다보시면 그렇겠지. 안심해도 돼."

베넷은 고개를 끄덕였다.

"그래도 서두르는 게 좋을 거야. 밤늦게 센트럴 런던 기차역에 온 이유가 뭔지 나중에 자세히 설명해줘. 비밀 지킬게, 시어니."

시어니는 나중에 말해주겠다는 약속은 하지 않았다. 조용히 차에서 내려 기차역으로 걸어갔다. 기차표를 사고 레딩시로 가는 마지막 기차에 올랐다. 시어니와 함께 같은 칸에 탄 사람은 세 명뿐이었다.

기차가 서쪽을 향해 달리는 동안 시어니는 목걸이를 손으로 만지작거렸다. 기차의 널찍한 바퀴는 금속 마법이 깃든 철로를 따라 말 그대로 붕 떠서 나아갔다. 금속에 기반

을 둔 속도 마법 장치가 어떤 식으로 작용하는지 시어니는
아직 알지 못했다. 금속 마법에 관해 개인적으로 공부해왔
지만 아직 잘 알지는 못했다. 사실 금속 마법이 이 정도 수
준까지 온 것도 불과 몇 년 전이었다. 문득 태기스 프래프
시절, 지역 신문에 실린 금속 마법 철로에 관한 기사를 얼
핏 봤던 기억이 났다.

 기차가 목적지에 도착하자 시어니의 굳은 결심에 불안
감이 스며들었다. 기차는 밤사이 휴식하기 위해 엔진을 멈
추고 연기와 증기를 한꺼번에 토해냈다. 어느새 자정에 가
까워진 듯했다. 레딩시 기차역에는 센트럴 런던 기차역보
다 마법 램프들이 더 많았지만 시어니는 램프들 사이의 어
두운 곳과 그 너머를 주로 살펴보았다. 오른손을 가방에
슬그머니 넣고는, 미리 접어둔 종이와 접지 않은 종이들
그리고 권총 손잡이를 손끝으로 더듬으며 걸었다.
 에머리가 알면 크게 화를 낼 상황이었다.
 다행히 레딩시는 런던과 마찬가지로 인구가 많은 도시
라 거리에는 온통 마법이 깃든 램프들이 빛을 뿜고 있었
다. 일반적인 램프는 전혀 보이지 않았다. 아무래도 레딩

시에는 영국에서 제일 큰 재료 마법 공학 기업인 매지션즈 잉글리시 엔터프라이징 사가 있기 때문인 듯했다. 철로의 효율성을 높이는 온갖 마법 장치를 만드는 회사였다. 시어니가 태기스 프래프를 졸업하기 일주일 전에 그 회사 관계자들이 학교를 찾아와 학생들 앞에서 연설한 적도 있었다. 사실, 연설만 하려고 온 것은 아니었고 쓸 만한 인재를 채용하려고 탐색차 온 것이었다. 하지만 시어니가 알기로 그 회사에서 종이 마법사를 채용한 적은 한 번도 없었다.

브로드가를 따라 걸어가는데, 조명등으로 환하게 밝혀진 이 도시를 향해 또 다른 기차가 달려오며 경적을 울렸다. 시어니가 온 곳이 아닌 다른 방향에서 오는 기차였다. 레딩시는 철로 세 개가 모이는 곳이지만, 시어니가 나중에 런던으로 돌아갈 때 이용할 수 있는 노선은 그중 하나뿐이었다. 늦은 시간임에도 행인들이 몇 명 보였다. 서로 얘기를 나누느라 여념 없는 두 회사원, 야한 옷을 입고 싸구려 담배를 꼬나문 여자, 그리고 시어니가 타고 온 기차의 다른 칸에서 내린 세 남자. 그들은 무엇이 그리 우스운지 큰 소리로 웃고 있었다. 시어니는 그들 모두를 뒤로한 채 발걸음을 옮겼다.

'조지 팔머'라는 이름이 새겨진 동상 앞에서 걸음을 멈춘 시어니는 핸드백에서 종이 새 세 마리를 꺼내 "숨 쉬어"라고 명령을 내렸다. 그리고 신체 마법을 감지해 도망자 사라즈 프렌디를 찾아내는 방법을 새들에게 속삭여 알려준 뒤 허공으로 날려 보냈다.

　시어니는 사람들 눈에 띄지 않게 조심하되 최대한 가로등이 켜진 거리로만 다녔다. 시끌벅적한 술집 겸 여관 앞을 지나다가 커튼 없는 창문을 통해 그 안을 슬쩍 들여다보았다. 창문 너머로 보이는 얼굴들을 살펴보면서, 살짝 머리가 벗겨진 젊은 남자가 한쪽 구석에 앉아 연주하고 있는 피아노 소리에 귀를 기울였다. 종이 새가 돌아올 때까지 시간을 때울 만한 게 더 있기를 바라면서도 지나치게 관심을 빼앗는 무언가를 굳이 찾아내고 싶지는 않았다. 애초에 레딩시를 목적지로 알려준 빨간 새를 데려올까도 생각했지만 그 새는 몸이 너무 많이 망가져서 더 이상 생기를 머금기 어려운 상태였다.

　시어니는 손등으로 입을 가리고 하품을 하면서 계속 걸어갔다. 어두운 골목길을 제외하고 이 길에서 저 길로, 종이 망원경으로 길 끝을 살피며 줄기차게 걸음을 옮겼다.

주변에는 거울도, 상을 비춰주는 유리도 보이지 않았다. 술에 취해 비틀거리며 웃어대는 어느 커플을 피하려고 아예 길을 가로질러 건너가기도 했다. 푸른빛을 내는 랜턴 가로등들이 줄지어 설치된 길을 따라가다가 마침내 케닛강 강둑에 이르렀다. 템스강에서 갈라져 나와 레딩시 남쪽을 관통하는 강이었다. 시어니는 강물로부터 안전한 거리를 유지하기 위해 최대한 선착장을 멀리 두고 걸었다. 에머리가 수영을 가르쳐주겠다고 했지만, 시어니는 아직 배우지 못했다. 익사에 대한 두려움 때문에 물에 들어가기가 꺼려지기도 했지만 에머리 앞에서 단정한 모습만 보이고픈 마음이 더 커서였다.

종이 새의 날개를 파닥거리는 소리가 들렸다. 고개를 들자 조금 전 날려 보낸 새 중 한 마리가 시야에 들어왔다. 검은 종이를 접어 만든 새가 시어니를 향해 곧장 내려왔다. 그 새는 시어니의 눈높이에서 잠시 날다가 뒤로 한 바퀴 공중제비를 돌았다.

시어니는 조용히 물었다.

"뭘 찾아냈니?"

종이 새가 말을 할 줄 알면 얼마나 좋을까!

"안내해줘."

시어니의 어깨 너머로 날아간 검은 새는 다음 거리의 모퉁이 쪽으로 향했다. 그곳은 강과 가까운 방향이었다. 시어니는 가방 속 권총을 손에 꼭 쥔 채 서둘러 발걸음을 옮겼다. 뛰지는 않았다. 검은 새는 가로등 사이로, 어두운 밤하늘로 날아갔지만 시어니가 따라잡지 못할 만큼 빠르지는 않았다.

그들은 창문들이 줄지어 난 4층짜리 건물, 굴뚝에 깃발이 휘날리는 빅토리아풍 건물, 학교인지 헛간인지 모를 시커먼 어느 건물 앞을 지나갔다. 시커먼 건물의 문짝 근처에는 '사이먼 양조장'이라고 적혔고, 하나뿐인 3층 창문에 희미한 불빛이 비치고 있었다.

케닛강에서 비롯된 운하들이 레딩시의 이쪽 지역을 고리 모양으로 휘돌아갔다. 시어니는 이를 악문 채, 잔잔한 운하를 가로지르는 짧은 다리를 서둘러 건넜다. 마을의 다른 지역에 비해 키가 낮은 마법 램프 가로등들이 다리 주변을 밝혔다. 불 마법이 깃든 램프들은 라임색에서 자홍색으로 색을 바꾸며 흘수선(배가 물 위에 떠 있을 때 배와 수면이 접하는, 경계가 되는 선-옮긴이)을 보여주었다. 운하 표면에 비친 불빛들이 마치 백합 꽃잎 같았다. 하지만 시어니는 운하를 너무 가까이에서 바라보지 않으려고 애썼다. 물보다 더 무서운 대상을 맞닥뜨리게 될까 봐 겁이 나서였다.

검은 새는 '케닛 에이번 운하. 허가받은 선박만 운항 가능'이라고 적힌 간판 위에 내려앉았다. 시어니는 가쁜 숨을 돌리며 종이 새에게 손을 뻗었다. 작은 종이 새가 두 손에 들어오자 시어니는 "멈춰"라고 명령을 내렸다. 잠시 후 생기가 빠져나간 검은 새를 가방에 도로 넣었다.

주변을 둘러보았다. 운하 옆 벤치, 한창때가 지났는지 잎사귀를 한껏 늘어뜨린 나무 한 그루, 등 뒤의 선착장으로 이어지는 또 다른 다리.

물 위에는 카누만 한 작은 보트 한 척이 떠 있었다. 두 명이 탔는데 한 명은 노를 젓고 다른 한 명은 담배를 피우고 있었다. 두 사람 사이에 놓인 랜턴이 그들의 얼굴을 겨자색 빛으로 물들였다. 자세히 보니 담배를 손에 든 남자는 나이가 들어 보이는 얼굴에 툭 불거진 코, 늘어진 피부를 갖고 있었다. 노를 젓는 남자는 길고 헐렁한 소매가 달린 옷을 입었고 피부색이 진한 편이었다.

깜짝 놀란 시어니는 목 안에서 숨이 콱 막히고 등줄기를 따라 소름이 돋았다. 얼른 왼쪽 나무 뒤로 몸을 숨겼다. 보트는 조금씩 시어니에게서 멀어졌다. 저 남자가…… 사라즈일까? 그런 것도 같았다. 하지만 밝은 낮에도 시어니는 놈의 얼굴을 그저 스치며 보았을 뿐이지, 확실하게 본 적이 없었다. 저자는 저기서 뭘 하는 걸까? 어디로 가는 것이며, 옆에서 돕고 있는 저 늙은이는 또 누굴까?

이제 정확히 어떻게 해야 할까? 시어니가 사라즈를 먼저 찾아냈으니 놈보다 유리한 입장이 됐지만 물이 문제였다…….

시어니는 숨을 꼴깍 삼켰다. 핸드백에 들어 있는 작은 화장 거울을 이용하면 에이비오스키 마법사나 휴즈 마법사에게 연락해 방금 여기서 목격한 바를 알릴 수 있을 것이다. 여기서 우연히 만난 어느 유리 마법사의 도움으로 연락을 드린 거라고 설명하면 믿어줄지도 모른다. 하지만 어쩌다 여기까지 왔는지는 설명해야 한다……. 결국 에머리의 귀에도 얘기가 들어갈 테지……. 아무리 깐깐한 에이비오스키 마법사라고 해도 견습 기간이 거의 끝나가는 지금 시어니의 견습을 중지하지는 않을 것이다!

만약 중지하면 어쩌지? 여기서 사라즈를 붙잡아 교수형

을 당하게 만드는 일이 그만한 위험을 감수할 가치가 있을
까? 마법사 자격 취득보다 가족의 안위가 더 중요하기는
했다.

시어니는 가방 안에서 쥐고 있던 권총을 손에서 놓고 작
은 화장 거울을 찾아 더듬거렸다. 고개를 들어 점점 멀어
져가는 보트를 다시 흘끔 쳐다보았다.

"새끼 고양이 같구나."

뒤에서 꿀을 바른 듯 번드르르한 목소리가 들렸다. 시어
니는 차가운 바늘에 뒷덜미를 찔린 듯 화들짝 놀랐다. 고
개를 돌려보니 키 크고 마른 체격을 가진 남자가 선착장
쪽 다리 끄트머리에 서 있는 모습이 보였다.

시어니는 재빨리 권총으로 손을 옮기며 물었다.

"뭐라고요?"

남자가 앞으로 다가오자 제일 가까이에 있는 램프가 그
를 초록색과 보라색 빛으로 물들였다. 그 빛은 그의 귀에
박힌 단추형 금장식에 반사됐다. 앙상해 보일 만큼 마른
몸, 삼각형에 가까운 머리 양쪽의 헝클어진 곱슬머리, 세
탁이 필요해 보이는 남루한 옷. 도망자 신세임을 한눈에
알 수 있었다.

그는 외국인 특유의 억양으로 되풀이해 말했다.

"새끼 고양이 같다고. 어슬렁거리다가 누가 우유라도 주면 그 뒤를 졸졸 따라다니는 꼴이. 하지만 난 우유가 없는데 어쩌냐, 새끼 고양이야."

시어니의 등을 타고 얼음처럼 차가운 소름이 끼쳤다.

사라즈는 한 걸음 더 다가왔다.

"말해봐, 시어니 마야 트윌……. 밤이 늦었는데 이 도시에는 무슨 볼일이지?"

그는 개처럼 사나운 미소를 지었다.

11

* * * * * ★ ★ ★ ★ ★ * * *

시어니는 숨이 막혔다. 신체 마법사 사라즈한테서 한 걸음 뒤로 물러서는데 아래로 늘어진 나뭇가지에 어깨가 스쳤다. 가까스로 뒤를 돌아봤지만 작은 보트와 그 보트에 무심히 타고 가던 남자들은 이미 상당히 멀리 떠가고 있었다. 시어니가 아무리 비명을 질러도 듣지 못할 만큼의 거리였다. 그 보트의 랜턴도 더는 보이지 않았다.

"재미있네." 사라즈는 팔짱을 끼면서 앞으로 한 걸음, 또 한 걸음 다가왔다. "보통 한 번 걸어차인 동물은 저를 찬이를 겁내고 움츠리거든. 피하게 마련이란 말이야. 그런데 넌 나를 찾으려고 괴상한⋯⋯." 그는 허공에 대고 한 손을 휘저으며 말을 이었다. "까만 새를 보냈어. 까만 새, 맞지? 내가 단어를 맞게 썼나 모르겠네. 어쨌든 넌 참 특이한 새끼 고양이야, kagaz(힌두어로 '종이'를 뜻함-옮긴이) 친구. 다른 목적이 있어서인지도 모르겠지만."

그러고는 말없이 시어니를 위아래로 훑었다. 그의 시선이 시어니의 피부에 끈적하게 와 닿았다. 하지만 깜박이는 램프 빛을 통해 본 그의 눈빛에 욕정은 담겨 있지 않았다. 그저 시어니를 무슨 가구나 작은 테이블, 의자처럼 바라보았다. 길에 버려진 물건을 보는 듯한 시선, 그걸 집어갈 만한 가치가 있는지 판단이 서지 않는 눈빛이었다.

"그렇다고 매춘부 같은 차림도 아니고."

"당연히 아니지."

분노한 시어니는 겨우 힘을 내어 입을 뗐다. 뒤로 한 걸음 더 물러서면서 눈으로는 사라즈의 허리띠를 살폈다. 예전에 리라는 신체 마법에 쓰기 위한 용도로 피를 담은 작은 유리병들을 허리춤에 찼었다. 사라즈도 그런 유리병들을 셔츠 밑에 넣어두는지 모르겠지만, 겉으로는 보이지 않았다. 어쩌면 초짜가 아닌 제대로 된 신체 마법사는 사람을 죽이기 위해 굳이 피를 사용할 필요가 없을 수도 있었다. 상대의 몸을 한 번 건드리는 것만으로 충분할지도 모른다.

시어니는 손을 목걸이로 가져가며 마른침을 삼켰다.

"왜 여기 있는 거지, 사라즈? 기회가 있을 때 왜 도망치지 않았어? 당신이 이송 도중 도망쳤다는 얘긴 들어서 알고 있어."

사라즈는 웃음을 터뜨렸다.

"내가 꽤 유명한가 보네. 굳이 알고 싶다면 말해줄게, 새끼 고양이야. 내가 아직 볼일이 남았거든. 수금할 게 있어. 그리고 넌 내 태양이 아니야."

"뭐?"

시어니는 입술을 거의 움직이지 않은 채 나지막하게 물었다.

사라즈는 자세를 편하게 하며 되풀이해 말했다.

"태양." 그러고는 검지로 허공에 원을 그렸다. "궤도. 공전. 너는 내 관심 밖에 있다고. 알아들어?"

시어니는 몇 초 후에야 손가락으로 목걸이를 문지르며 입을 열었다.

"그래. 그동안 당신 세상은 그래스를 중심으로 돌았겠지." 시어니는 목소리가 떨리지 않도록 헛기침을 한 후 말을 이었다. "그래스는 그렇게 알고 있었어. 이제 그자는 여기 없지만."

사라즈는 미간을 찌푸렸다.

"그래."

그의 말투에서 회한이나 후회, 충성심은 묻어나지 않았다. 그가 한 걸음 더 다가오자 시어니는 권총을 빼 들고 그를 겨눴다.

사라즈는 이를 드러내고 웃었다. 램프 빛을 반사할 만큼 희지는 않은 치아였다. 그가 고개를 한쪽으로 약간 기울이며 빤히 쳐다보자 시어니는 불안해졌다. 그는 주머니에 한 손을 쓱 넣더니 이 나라 사람은 알 수 없는 언어로 무어라 중얼거리기 시작했다. 어둠의 언어인 듯했다. 그 주문의 억양과 리듬이 그랬다. 하지만 그것은 치료 주문이지 시어니를 다치게 하려는 주문은 아니었다. 아직까지 그는 공격 주문에 들어가지 않았다.

시어니는 사라즈가 주문을 외우게 두고 그 틈에 목걸이를 손으로 잡은 채 자신만의 주문을 외웠다. 어둠에 입술이 가려져 사라즈가 알아채지 못하길 바라면서.

"이게 다 나머지 쓰레기 같은 것들을 위해서냐?" 주문을 다 외운 사라즈가 물었다. 그는 주머니에 넣은 손으로 마법 장치를 쥐고 있는 듯했다. 시어니가 권총을 쏘자마자 치료 마법을 쓸 모양이었다. 시어니가 그걸 모를 줄 아는 걸까? "네 부스러기들? 부모와 형제들?"

시어니는 권총을 쥔 손에 힘을 주었다. 손바닥에서 땀이 났다. 시어니의 총구는 정확히 사라즈의 가슴을 겨누고 있었다.

사라즈가 주머니에서 손을 꺼냈다. 엄지에서 검붉은 피가 툭툭 떨어졌다. 엄지가 금색으로 희미하게 빛나는 걸 보니 치료 마법을 쓸 작정인 듯했다. 아무리 치료 마법이라도 과연 머리에 난 총상까지 치료할 수 있을까.

시어니는 사라즈의 가슴에서 이마로 조준 위치를 바꿨다.

"부스러기니 고양이니 떠드는 걸 보니 당신한텐 이게 그저 놀이인가 봐? 당신은 리라에 대해서도 전혀 신경 안 쓰지. 그래스에 대해서도 마찬가지일 테고……."

"그래, 놀이 맞아!" 사라즈의 손은 여전히 빛을 뿜었다.

"아, 그 둘은 이 놀이를 잘하질 못했어." 그는 시어니를 향해 크게 한 걸음 다가왔다. "네 부스러기들도 지루하기 짝이 없고. 그래스는 그런 걸 유리하다 여겼겠지만 내가 보기엔 너무 지루해, 새끼 고양이야."

시어니는 목걸이에 달아놓은 물건들을 손으로 더듬었다. 기름이 담긴 유리병, 모래가 담긴 주머니, '1744년'이라고 적힌 별빛 조명등. 시어니는 들리지도 않을 만큼 작은 소리로 주문을 외웠다. 소리가 너무 작아 머릿속으로 생각만 한 게 아닌가 싶을 정도였다. 놈이 자신의 비밀, 그래스의 비밀을 알아채게 둘 수 없어서였다. 물론 알아챈다고 해도 놈을 죽이면 어디 가서 떠들 일도 없을 것이다.

"여자들과 마찬가지로 나도 살아가려면 돈이 필요해." 사라즈는 한 걸음 더 다가왔고, 시어니는 뒤로 물러섰다. "그래서 수금을 해야 해. 하지만 수금은 놀이가 아니잖아? 그래서 지루하거든. 그런데 마침 네가…… 이곳에 왔으니, 같이 놀아줘야지 별수 있나. 네 내장을 보여주고 싶어서 직접 제 발로 찾아왔으니 말이야."

"난 당신을 쓰러뜨리려고 온 거야."

시어니가 으르렁거리듯 받아쳤다.

사라즈는 소리 내어 웃으며 박수를 쳤다. 그러는 와중에도 그의 오른 손가락에서 빛을 뿜으며 대기 중인 치료 마법은 흐트러짐이 없었다.

"놀이라니까." 사라즈는 다리에 힘을 주며 몸을 곧추세웠다. 피식거리는 입매가 기울어지자 으르렁거리는 개와 무척 비슷해 보였다. "새끼 고양이가 도마 위로 올라왔네. 난 아직 심장이 하나 필요하단다, 새끼 고양이야. 네 심장이면 딱 좋겠어."

시어니의 정수리부터 무릎까지 식은땀이 흘렀다. 사라즈가 성큼 다가왔다.

시어니는 움찔하며 총을 쐈다.

운하 벽 사이에서 터져 나온 총성은 사이먼 양조장 건물에 부딪히며 퍼져나갔다. 소리가 요란했으니 누구든 들었을 것이다. 시어니는 사라즈가 빛나는 손을 옷깃 쪽으로 들어 올리는 걸 보고서야 총알이 어디에 맞았는지 알 수 있었다. 총알은 그의 옷깃 바로 밑 오른쪽을 관통했다. 사라즈는 기침을 토하고 씩씩거렸지만 오렌지색 빛이 총상 자리로 빠르게 스며들면서 상처가 아물었다. 잠시 후 그는 그 손을 내리면서 총상에 박혀 있던 총알을 보도에 툭 던졌다.

"체크 메이트(체스에서 킹이 붙잡히게 된 상황을 가리키는 말 – 옮긴이)."

"착각하고 있네." 시어니는 총구를 낮췄다. "총알을 박으려고 쏜 거 아니거든."

그랬다. 불꽃을 내기 위해 총을 쏜 것이다.

"타올라라!"

시어니가 명령하자 총구에서 튄 작은 불꽃이 타오르면서 왼손바닥에 불덩어리를 만들었다. 그 불덩어리가 사라즈의 휘둥그레진 두 눈을 비췄다.

"불붙여라!"

시어니는 이렇게 외치며 왼손을 앞으로 뻗었다. 불 폭풍이 사라즈를 내리 덮쳤다. 시어니의 눈은 이미 어둠에 적응한 후였고 목표물이 바로 앞에 있는 탓에, 불 폭풍의 강렬한 빛이 터져 나오자 눈이 타버릴 것만 같았다. 잠시 눈앞이 보이지 않았다. 시어니는 시야를 가리는 반점을 없애려 눈을 깜박이면서 뒤로 휘청휘청 물러섰다. 연기가 콧구멍 속으로 파고들었다. 기침을 하며 뒤로 물러난 시어니는 목쉰 소리로 외쳤다.

"올라와라."

그러고는 불꽃을 향해 자신의 손으로 돌아오라고 손짓했다. 신체 마법사 사라즈를 끝장내기 위해서였다.

하지만 불 폭풍이 가라앉은 후 그 자리에 남은 건, 이리저리 흩어진 잡초와 선착장 바닥의 불에 탄 널빤지뿐이었다. 시어니의 눈은 다시 어둠에 적응하느라 곧장 사라즈의 위치를 짚어내지 못했다. 시어니는 그 자리에서 한 바퀴, 두 바퀴를 돌며 작은 불꽃에게 명령했다.

"타올라라!"

시어니의 손바닥에 담긴 불꽃이 다시 커지면서, 선착장에 황옥처럼 노란빛이 뿌려졌다. 선착장에는 아무도 없었다. 삐걱거리는 소리만 들려올 뿐이었다.

익숙한 소름이 시어니의 팔과 등을 타고 올라왔다. 시어니는 사라즈를 태워 죽이지 못했다! 어디로 사라졌을까? 강물로 뛰어들었을까?

시어니는 시커멓고 깊은 운하의 물을 바라보았다. 몸에 점점 더 오한이 들었다. 놈은 순간 이동을 했을까? 그럼 지금은 어디에 있을까? 아직도 시어니를 지켜보고 있는 걸까?

시어니는 그 자리에서 도망쳤다.

굳세고 빠르게 달렸다. 그 바람에 시어니의 손가락에 대고 혀를 날름거리던 불꽃이 꺼졌다.

가로등 켜진 거리를 달려 급커브를 돌아가자, 술집 겸 여관에서 여전히 새어 나오는 피아노 소리가 들렸다. 시어니는 술집 현관문 손잡이를 잡고 문을 연 뒤 재빨리 안으로 들어갔다. 등 뒤에서 현관문이 쾅 소리를 내며 닫혔다.

십여 명이 입구 쪽에서 어슬렁거리고 있었다. 몇몇이 시어니를 흘끗 쳐다봤지만 술집 한구석에서 흘러나오는 음악 소리가 문 닫히는 소리를 뒤덮은 듯했다.

현관문에 등을 붙이고 서 있던 시어니는 창밖에서 자신을 보지 못하도록 몸을 낮추고 가쁜 숨을 내쉬었다. 눈을 감고 나무로 된 문에 뒷머리를 갖다 붙였다.

'도마 위로 올라왔네, 라고 했어. 내가 자기 일을 방해했다는 뜻일까? 젠장. 아까 사라즈에게 불 마법을 보여줬어. 그래스가 놈에게 마법 해지와 결합에 대한 비밀을 알려줬다면 놈은 내가 뭘 할 수 있는지 알 텐데. 필요한 정보를 얻기 위해 살인도 서슴지 않을 놈이잖아. 내가 어리석었어. 바보 같았어.'

손에 여전히 권총을 쥐고 있다는 걸 깨달은 시어니는 누가 보고 놀라기 전에 얼른 가방에 권총을 집어넣었다. 가방에서 종이 새를 꺼내 손가락으로 가는 몸뚱이를 쥐었다. 이렇게 사라즈의 위치를 추적하다가 에머리를 위험에 빠뜨리는 건 아닌지 걱정됐다. 신체 마법사 사라즈가 시어니를 잡기 위한 미끼로, 혹은 그녀를 제 뜻대로 휘두르기 위해 에머리나 시어니의 가족을 건드릴 수도 있지 않을까? 시어니는 놈을 불에 태워 죽이려고 했었다. 불에 덴 상처까지도 놈이 쉽게 치료할까? 오늘 밤에 시어니를 치러 올까?

어쩔 줄 몰라 하던 시어니는 피아노 연주자가 새로운 곡을 치기 시작하자 서둘러 실내를 가로질렀다. 작은 바 뒤에 서 있는 조끼 차림의 남자에게 다가가 물었다.

"저기요, 여기 주인은 어디에 계신가요?"

그는 시어니를 눈여겨보며 되물었다.

"내가 주인인데, 무슨 일이죠, 아가씨?"

"전신기를 좀 쓸 수 있을까요? 급한 일이라서요."

등줄기를 따라 땀이 주르륵 흘렀다.

"전신기는 없습니다." 그는 바에 두 팔꿈치를 얹으며 덧붙였다. "요즘은 전화기가 대세예요."

그는 바 뒤쪽에 세워져 있는 검은 칠이 된 전화기를 고갯짓으로 가리켰다.

"전화교환원을 통하는 건가요?"

그는 고개를 끄덕였다.

"쓰세요. 방을 빌릴 겁니까?"

시어니는 그 질문에는 대답하지 않고 바로 전화기로 다가갔다. 서툴게 다이얼을 돌려 지역 경찰서로 연결을 부탁했다. 연결이 되자 송화구에 대고 말했다.

"사라즈 프렌디라는 신체 마법사가 레딩시에 있어요. 위험한 자인데 선착장 부근에서 목격된 지 15분도 안 됐어요. 마법 형사과에 이 내용을 전해주세요."

그러고는 신고자 이름을 남기지 않고 곧장 전화를 끊었다.

레딩시의 술집 겸 여관 로비에서 뜬눈으로 밤을 지새운 시어니는 다음 날 아침 일찍, 보는 눈을 피해 왕복 승차권으로 기차를 타고 센트럴 런던 기차역으로 향했다. 센트럴 런던 기차역에서 베일리 마법사의 집까지는 택시를 탔는데, 택시기사에게는 미리 접어둔 종이 장치 몇 개를 차비 대신 건넸다. 시장에 내다 팔면 꽤 괜찮은 값을 받을 수 있는 장치들이었다. 운이 좋으면 사라즈는 불에 덴 상처를 혀로 핥으면서 레딩시에 아직 똬리를 틀고 있을 것이다.

시어니는 택시를 타고 가면서 깜박 졸다가 꿈을 꿨다. 시어니의 불 마법에 당한 사라즈가 겁을 집어먹고 영국에서 영원히 떠나버리는 꿈이었다. 하지만 택시가 베일리 마법사의 집 쪽으로 이어지는 울퉁불퉁한 길로 들어서면서 잠이 깨고 말았다. 그저 *꿈일 뿐이었다*. 시어니가 한 일은 사라즈에게 복수의 동기가 되었을 것이다.

그래스는 사라즈에게 기존 마법 재료와의 결합을 깨고 싶다는 열망을 털어놓은 적이 있을까. 있다면 사라즈는 시어니가 자기를 어떤 방법으로 공격했는지 *정확히* 알아챘을 것이다. 그런 식으로 불덩어리를 던질 줄 아는 종이 마법사는 없으니까.

시어니는 베일리 마법사의 저택을 향해 무거운 발걸음을 옮겼다. 이대로라면 마법 재료와의 결합 해지 방법에 관한 비밀이 신체 마법사의 손에 들어갈 수도 있다. 하지만 그때 불 마법을 쓰지 않았다면 도저히 도망칠 수 없었을 것이다. 어쩌면 죽었을지도 모른다……. 모든 마법 재료와의 결합을 가능케 하는 그래스의 비밀을 사라즈에게 들키지 않으려고 가만히 있었으면 분명 목숨을 빼앗기고 말았을 것이다. 사라즈가 됐든 누가 됐든 나쁜 목적을 가진 자가 그 비밀을 알게 놔둘 수는 없었다.

시어니는 현관문으로 걸어가며 생각했다.

'하지만 영원히 모든 걸 비밀로 묻어둘 수는 없어. 에머리에겐 사실대로 말해야 해. 사라즈는 내가 지금도 에머리의 집에 머무는 줄 알 거야. 에머리의 목숨을 위험하게 만들지 말자.'

시어니는 현관문 손잡이를 향해 손을 뻗었다. 손가락이 손잡이에 닿기도 전에 문이 열렸다.

베넷이 현관문 안쪽에 서 있었다. 그는 시어니만큼이나 피곤해 보였다. 머리는 너저분했고 셔츠는 반만 바지 안에 집어넣은 채였다.

그는 나무라는 듯도 안심하는 듯도 한 말투로 말했다.

"시어니! 돌아와서 다행이다!"

시어니는 긴장으로 표정이 굳었다.

"베일리 마법사님은……."

베넷은 고개를 저었다.

"네 이름도 입에 안 올리셨어. 지금 뭘 좀 하시느라고…… 서재에 계셔."

베넷은 시어니가 집 안으로 들어올 수 있도록 옆으로 물러섰다.

"어디 갔다 온 거야?"

그 순간 시어니의 머릿속에 딜라일라의 얼굴이 스쳤다. 어쩔 수 없이 거짓말을 해야 했다.

"사촌이 곤란한 처지가 돼서. 도박하다가 그렇게 됐나봐…… 더 자세히는 말 안 하더라고. 줘야 할 돈을 못 줘서 아직 열일곱 살밖에 안 된 녀석이 감옥에 가게 생겼다는 거야. 그 녀석이 도와달라면서 세인 마법사님의 집으로 편지를 보냈어. 제 아버지한테는 감히 도와달란 말도 못 꺼내고. 세인 마법사님이 종이 새를 나한테 보내서 그 일을 전해주셨어."

베넷은 뒷덜미를 손으로 문질렀다.

"딱하게 됐네. 돈을 얼마나 해달래?"

"많지는 않아." 시어니는 애써 미소를 지었다. "2파운드 모자랐나 봐."

베넷이 인상을 썼다.

"베일리 마법사님한테 사정 얘기를 하면 그 돈을 다시 채워주실……."

"아, 아니야." 시어니는 목소리를 낮추고 근처에 베일리가 없는지 확인하려고 현관 복도 쪽을 흘끗 살폈다. "나한테 부탁한 거야. 존이. 내 사촌 이름이 존이거든. 존은 이 일에 대해 아무한테도 말하지 않겠다는 약속을 해달라고 했어. 자기 평판이 지저분해질 수 있으니까. 존은 나중에 기자가 되고 싶어 하는데, 기자가 되려면 평판이 중요하잖아. 과거가 깨끗해야지. 원래는 너한테도 말하면 안 되는 거였어."

"하지만 여자 혼자 밤늦게 돌아다니게 두는 건……."

"난 마법사야." 시어니는 쓴웃음을 지으며 덧붙였다. "아직 완전히는 아니지만. 곤란한 상황에 부닥치면 종이 마법이라도 써서 빠져나갈 수 있어."

굳어 있던 베넷의 표정이 살짝 풀렸다.

"그렇기는 하지. 그래도 내가 너랑 같이 갈 걸 그랬어."

"말이라도 고마워." 시어니는 하품을 했다. "가서 좀 쉬어야겠다. 이만하면 충분한 설명이 됐겠지. 먼 곳에 다녀왔더니 피곤하네."

"아침 식사 갖다 줄까?"

"괜찮아."

시어니는 방으로 올라가기 전 그에게 마지막으로 미소를 지어 보였다. 그리고 현관 복도를 지나 계단 두 개 층을 올라가 방으로 들어갔다. 창문을 열어두고 외출을 한 터였다. 에머리가 보냈을지도 모를 우편용 종이 장치를 찾아 창턱과 그 너머 벽, 방 안 구석구석까지 살펴봤지만 아무것도 없었다.

가슴이 조여드는 기분이었다. 시어니가 베일리 마법사의 집에 온 후로 에머리는 짧은 분량이라도 매일 그녀에게 편지를 보냈다. 어젯밤에는 왜 편지를 안 보냈을까? 아무리 복수심에 불타는 신체 마법사 사라즈라도 어제저녁부터 득달같이 쫓아와 에머리가 편지를 쓰지 못하게 방해하진 않았을 텐데.

시어니는 눈을 문질러 잠기운을 떨쳐내고 목걸이에 매단 인과 유리를 차례로 만지며 바로 옆 욕실로 들어갔다. 불 마법사에서 유리 마법사가 된 시어니는 거울의 가장자리를 손으로 더듬어가며 에머리의 집 욕실에 있는 거울을 찾아냈다. 시어니는 그 거울을 '그의 집 1'이라고 불렀다. 첫 번째 주문으로 에머리의 집 욕실이 비어 있는지 확인한 후, 공간 이동을 위해 두 번째 주문을 외웠다.

거울의 유리 표면이 잔물결 치듯 흔들리면서 액체 문이 만들어졌다. 시어니는 그 문을 넘어갔다.

12

...★...★...★★...★...

실제로는 일주일도 채 안 되었지만 오랜만에 집에 돌아
온 느낌이었다.

시어니는 세면대로 내려섰다가 욕실 바닥으로 훌쩍 뛰
어내렸다. 돌아서서 거울을 보며 블라우스의 매무새를 가
다듬고 머리를 정돈했다. 나중에 에머리가 물으면 택시를
타고 와 현관문으로 들어왔다고 말할 작정이었다. 시어니
는 이 집 열쇠를 갖고 있었다.

복도를 지나 자신의 방을 잠깐 들여다보았다. 침대가 정
리돼 있었다. 집 안의 모든 물건을 정리 정돈 해야 직성이

풀리는 에머리인지라 침대 위의 담요마저도 마치 종이를 접듯 모서리마다 접어서 안쪽으로 밀어 넣어두었다. 그가 침대를 제대로 정리하는 방법을 직접 보여준 적이 있었지만 시어니는 아직 그 기술을 똑같이 따라 해볼 시간을 내지 못했다. 시어니는 이 집에 사는 동안 방문을 주로 닫아두었는데 그래야 에머리가 그녀의 물건들을 줄 맞춰 정돈하고픈 충동에 휩싸이지 않을 것이기 때문이었다. 하지만 요즘은 시어니가 집을 떠나 있으니 그가 방에 들어와 물건들을 정리하지 못하게 막을 도리가 없었다.

그는 꽤나 지루했던 모양이다.

시어니는 자신의 방을 지나 서재 안을 빼꼼 들여다보았다. 에머리는 그곳에 없었다. 테이블과 전신기가 창문 오른쪽으로 옮겨져 있는 걸 보니, 무척이나 지루했던 듯했다.

복도를 가로질러 간 시어니는 에머리의 침실 문을 살짝 두드렸다. 안에서 대답이 없자 문을 밀어 열었다. 물건들이 많아 비좁기는 하지만 깔끔하게 정돈된 그 방에는 아무도 없었다.

시어니는 복도로 나와 3층으로 이어지는 계단의 문을

열었다.

"에머리?"

대답 소리가 들리는지 귀를 기울였지만 이번에도 조용했다. 물건을 끄는 소리나 발소리도 들리지 않았다.

심장 박동이 빨라졌다.

"편집증적 불안감일 뿐이야."

시어니는 혼잣말을 하며 복도로 물러나 계단을 밟고 1층으로 내려갔다.

그는 1층 식당에도 주방에도 없었다. 마치 집이 코조차 골지 않는 깊은 잠에 빠진 것처럼 작은 소음도 일지 않았다.

불안해진 시어니는 목걸이를 만지작거리며 현관문 쪽으로 향했다. 유리와의 결합을 해지하고 불과 결합했다. 현재로서는 모든 마법 재료 중 가장 공격성이 강한 불 마법을 보유하는 게 유리할 듯했다. 불 마법을 쓸 수 있는 상태가 되고, 언제든 필요할 때 난로에서 성냥을 갖다 쓸 수 있다고 생각하자 좀 더 강력해지고 안전해진 기분이었다.

사무실과 거실, 앞마당과 뒷마당을 차례로 확인했지만 에머리는 보이지 않았다. 존토마저도 활동을 멈춘 채였다.

에머리가 이 집을 떠나 있다는 뜻이었다. 멀리 갈 계획이 있다는 얘기는 들은 적이 없는데.

불안해진 시어니는 에머리의 침실로 돌아가 옷장을 확인했다. 마법사 예복이 옷장에 걸려 있는 걸 보니 공식적인 행사에 참석하러 간 건 아닌 듯했다. 어쩌면 식료품을 사러 시장에 갔을지도 몰랐다. 하지만 에머리는 장 보는 걸 귀찮아했다. 식료품을 살 일이 있었다면 심부름꾼에게 대신 장을 봐오라고 시켰을 터다.

그의 방 화장대와 침실용 테이블, 책장을 쭉 살펴봤다. 그동안 시어니가 접어 보낸 종이 새들이 하나도 보이지 않았다. 서랍장도 열어보고 침대 밑까지 들여다보았다. 그는 새들을 어디에다 뒀을까? 혹시 버렸을까? 하지만 시어니의 편지를 받고 답장까지 썼는데?

시어니는 미간을 찌푸리며 고민했다. 그러다 문득 사라즈가 떠오르자 지금 감상에 빠져 있을 때가 아님을 깨달았다. 사라즈가 에머리를 공격하러 왔을 수도 있을까?

방들을 하나씩 다시 들여다보았다. 그렇게 한 바퀴 쭉 돌고 다시 현관 앞으로 왔다. 핏자국이나 싸움의 흔적, 누군가 침입한 흔적은 보이지 않았다. 유리 마법사로 변신한 시어니는 핸드백에서 유리 조각을 꺼내 주방과 식당 바닥을 확대하며 확인해보았다. 혹시 놓친 핏방울이 있지 않은지, 사라즈의 머리카락이 떨어져 있지 않은지 꼼꼼히 살폈다. 아무리 봐도 없었다. 욕실 거울에 투영 마법을 걸어 전날 밤 화장실에서 무슨 일이 있었는지도 확인했다. 그러다에머리가 욕실에서 옷을 벗는 모습을 보자 얼른 마법을 중단하고 빨갛게 달아오른 얼굴로 욕실에서 나왔다.

시어니는 자신의 방문 옆, 복도 벽에 기대어 선 채 중얼거렸다.

"그는 안전할 거야."

소리 내어 말하고 나니 조금이나마 불안감이 줄어들었다.

혹시 에머리가 현관문을 열고 들어오는 소리가 들릴까 싶어 몇 분 더 그 자리에서 기다렸지만 집은 줄곧 침묵을 지켰다. 마침내 벽에서 몸을 뗀 시어니는 서재로 들어가 그곳에 있는 노란 정사각형 종이에 메모를 남겼다.

패트리스 에이비오스키 마법사님한테 들었는데 사라즈가 버크서 부근에서 목격됐대요.

몸조심하세요.

사랑해요.

종이를 접어 새를 만든 뒤 에머리의 침실 창틀 위에 놓았다. 마치 베일리의 집에서 그 새를 접어 날린 것처럼 보이도록 한 것이다. 그리고 욕실 거울을 통과해 베일리의 집에 있는 자신의 방으로 돌아갔다. 그제야 몇 시간이나마 눈을 붙일 수 있었다.

사흘.

사라즈가 움직이기를 기다리고, 주변을 수색하기 위해 새를 날려 보내고, 베일리 마법사의 집에 배달된 일간 신문에서 신체 마법사들에 관한 기사들을 찾아보면서 사흘을 보냈다. 레딩시에서 사라즈와 마주친 지 사흘째인데 그후 놈에 관한 소식은 전혀 들려오지 않았다.

사라즈에 관한 소식뿐만 아니라 에머리에 관한 소식도 없었다.

저녁마다, 황혼이 깔려 눈에 띄지 않게 종이 마법 장치들을 날려 보낼 수 있는 시간이 되면 시어니는 종이 새나 나방, 박쥐들을 에머리에게 보냈지만 답장은 오지 않았다. 나흘째 되던 날에도 그는 여전히 답이 없었지만 시어니는 그가 집에 돌아왔다는 걸 알았다. 욕실 거울을 통해 '그의 집 1'을 확인했을 때 벽에 젖은 수건이 걸려 있는 것을 본 것이다.

그런데 왜 에머리는 시어니의 편지에 답이 없을까?

시어니는 공책 가장자리에 수련을 그리며 이 의문을 곱씹었다. 견습생용 학습실에서 베넷과 대각선 방향에 놓인 책상 앞에 앉아 멍하니 생각에 잠겼다. 베넷은 확대 사슬 고리에 관해 열심히 배우는 중이었다. 확대 사슬을 몸에 두르고 "확대해라" 하는 명령을 내리면 지나가는 이의 눈에는 몸집이 훨씬 큰 것처럼 보일 수 있었다. 그 비율을 얼마나 크게 할지는 확대 사슬을 만드는 데 사용한 종이의 두께에 달려 있었다. 고리를 하나하나 만들면서 마법을 주입해야 하는 까닭에 복잡한 편이었다. 시어니가 마법사 자격시험을 준비하면서 사용하려고 계획 중인 마법 장치 중 하나이기도 했다. *37번. 거리의 부랑자와 맞설 때 필요한 도구.*

하지만 여전히 시어니는 공부에 집중하기가 쉽지 않았다.

베일리 마법사는 시어니에게 베넷의 저녁 수업 때 와서 학습실에 같이 앉아 있으라고 요구했지만 그 외에는 혼자 있을 시간을 충분히 주었다. 에머리를 욕하는 것도 그만두었다. 하지만 에머리에게 적대적으로 구는 이 종이 마법사와 함께 지내자니 시어니는 마음이 불편했다. 요즘 베일리는 시어니를 전보다 더 시큰둥한 표정으로 대했다. 그전에도 표정은 늘 좋지 않았지만. 며칠째 그는 대놓고 미심쩍은 표정으로, 무슨 용의자 대하듯 시어니를 쳐다보았다. 메르세데스에 긁힌 자국이 난 걸 알아채고 시어니를 범인으로 보는 게 아닐까. 물론 아주 틀린 생각은 아니지만 말이다. 하지만 시어니는 왜 그렇게 꽉 끼는 바지라도 입은 사람처럼 뚱한 표정이냐고 베일리에게 따지고 싶지도 않았다. 이미 걱정거리가 산더미였다!

'혹시……' 시어니는 펜을 멈추고 생각했다. '혹시 에머리가 나한테 싫증이 난 거면?'

말도 안 되는 생각이었다. 그렇지 않나? 그와의 사이는 늘 좋았다. 에머리는 그녀를 사랑했다. 그들은 결혼 얘기

까지 주고받았다! 그가 싫증이 났을 수도 있다는 생각은
정말 터무니가 없어서 웃음이 나올 지경이었다.

하지만 웃을 수가 없었다. 눈물이 나오려는 걸 눈을 빠
르게 깜박여 참아냈다. 혹시 베넷이 알아챘나 싶어 흘끗
쳐다봤는데 그는 확대 사슬을 만드느라 여념이 없었다. 시
어니는 깊게 숨을 들이마시며 수련 그림을 마저 그렸다.

'혹시 에머리가 베일리 마법사를 핑계로 나와 거리를 두
려는 거면 어쩌지? 이렇게 떨어져 지내면서 차츰 정을 떼
고 우리 사이를 깔끔하게 정리하려는 거면?'

에머리 세인은 한 번 결혼했었고 그 끝은 지독하게 안
좋았다. 그 관계로 인해 그가 어떤 피해를 받았는지, 그의
심장에 어떤 상처가 남았는지 시어니도 직접 목격했다. 그
의 심장 속 골짜기는 아직도 메워지지 않았다. 그게 영원
히 메워지지 않으면? 시어니가 견습 과정을 마치고 그와
의 관계가 공식화된 후에도 에머리가 과거의 상처를 극복
하지 못하면?

시어니를 줄곧 비밀의 연인으로만 둘 작정이라면?

'이런 생각만 하다간 지레 죽겠다.' 시어니는 펜을 꼭 쥐
며 스스로를 나무랐다. '이성적으로 굴어. 무슨 이유가 있

겠지.'

시어니가 거울을 통해 집으로 돌아가 사라즈에 관한 경고의 메시지를 남긴 날 에머리는 어디에 가 있었을까? 그는 시어니가 남긴 *메시지에* 아무런 답장도 하지 않았다.

"휘트밀 마법사님 기억나?"

베넷의 말에 시어니는 고개를 들었다. 완성한 사슬 고리를 두 손에 든 그는 파란 눈동자로 시어니에게 미소 짓고 있었다. 시어니는 베넷의 모습을 보며 테디 베어 곰인형을 떠올렸다.

시어니는 상념을 떨치고 에머리에 대한 생각도 잠시 옆으로 밀어놓으려 눈을 깜박였다. 기억 속에서 휘트밀 마법사에 관한 내용을 찾아낼 동안만이라도 정신을 차려야 했다. 마침내 그에 관한 기억이 떠올랐다. 3년 전 태기스 프래프에서 첫 학기를 보냈을 때였다. 당시 시어니는 학교 강당의 통로 쪽 좌석에 앉아 있었고 옆자리에는 이름은 모르지만 얼굴은 아직도 또렷이 기억나는 급우가 자리해 있었다. 그 급우에 대한 기억은 지금은 필요 없으니 한옆으로 밀어놓았다. 기억 속에서 시어니는 강당의 연단을 바라보았다. 연단에는 머리와 콧수염이 모두 희끗희끗하고 약간 뚱뚱한 체격을 가진 플라스틱 마법사가 서 있었다. 그 기억이 떠오르자 시어니는 소리 내어 웃었다.

베넷이 미소 지었다.

"기억났구나?"

"그분, 자기가 운영하는 버지니아주의 직물 회사로 데려 갈 직원을 모집하고 있었잖아. 제품 견본이 잔뜩 붙은 커 다란 메모판을 가지고 들어오셨다가, 바닥에 떨어진 손수 건을 집으려고 허리를 굽히면서 엉덩이로 메모판을 쳐서 쓰러뜨리셨던 게 기억나네."

베넷도 빙그레 웃었다.

"그때 웃으면 안 됐는데 웃어버렸어. 강의가 끝날 때까 지 아무도 그분 말을 진지하게 듣지 못했을걸."

시어니는 공책을 덮으며 물었다.

"그분 얘기는 왜 꺼낸 거야?"

그는 어깨를 으쓱했다.

"그냥 생각이 나서. 종이접기가 이런저런 생각을 하기에 좋잖아. 너도 알다시피, 나는 원래 플라스틱 마법사가 되 고 싶었어."

"몰랐어."

"졸업하기 전달에 그렇게 결심했었어. 플라스틱 마법에는 아직 발견할 게 많다는 생각이 들어서. 새로운 마법에 적합한 새로운 주문을 찾아내는 일도 흥미로울 것 같았고. 그전까지는 고무 마법이 재미있다고 생각했지. 나보다는 우리 아버지가 고무 마법을 선호했지만. 아버지는 고무 마법 공장에서 일하시거든."

"아버지도 마법사야?"

"아니. 참, 형수님은 금속 마법사야."

베넷은 말없이 사슬을 손으로 이리저리 돌렸다.

'넌 아직 플라스틱 마법사가 될 수 있어.'

시어니는 이렇게 생각하며 블라우스 목깃을 손으로 만지작거렸다. 그 아래 숨겨놓은 마법 재료 목걸이가 손에 닿았다.

베넷이 물었다.

"넌 금속 마법사가 되고 싶어 하지 않았어?"

시어니는 그의 눈을 마주 보며 대답했다.

"그걸 기억하다니 놀랍네."

'내가 베넷한테 금속 마법에 관한 얘기를 언제 했지?'

시어니는 기억을 더듬어보았다.

'맞다. 태기스 프래프 시절에 크리스마스 저녁 식사를 하면서 말했구나.'

그가 머뭇거리며 물었다.

"혹시 너…… 실망했어? 종이 마법에?"

시어니는 솔직하게 대답했다.

"처음엔 좀 실망했는데 지금은 아니야. 종이 마법이 재미있고 좋아."

"나도 그래. 물론 플라스틱 마법사 밑에서 견습생 생활을 해보지 않았으니 비교는 못 하겠지만."

시어니는 고개를 끄덕였다.

베넷은 손바닥으로 턱을 받치며 덧붙였다.

"나중에 이 집을 떠날 일이 걱정이야."

시어니는 공책 위에 깍지 낀 손가락을 얹으며 그를 응원했다.

"넌 좋은 마법사가 될 수 있어."

"그게 아니라. 베일리 마법사님을 두고 떠날 일이 걱정이라고. 그분은…… 친구가 별로 없으셔. 믿기지 않겠지만."

시어니는 콧방귀를 뀌었다.

"다른 견습생을 금방 들이시겠지만 익숙해질 때까지…… 시간이 오래 걸릴 거야. 너도 봐서 알겠지만. 그래도 마음은 좋은 분이셔. 겉으로 차가워 보여서 오해를 살 뿐이야. 그래서 힘들게 살아오셨고. 알지?"

시어니는 에머리의 심장 속을 지나면서 처음으로 베일리 마법사 아니 프릿을 봤을 때를 떠올렸다. 그동안 얼마나 많은 사람이 얼마나 오랫동안 프릿을 괴롭혔을까. 시어니도 프릿처럼 고통을 겪었으면 지금의 그처럼 행동할까?

"조금은 알아. 하지만 그런 것 때문에 네가 여기 계속 붙잡혀 살 수는 없어."

"안 그럴 거야. 그냥 그런 생각이 들었어."

시어니는 공책을 다시 펼쳤다. 뒤 페이지에 끼워둔 종이 한 장이 무릎으로 떨어졌다. 긴 면을 거칠게 반으로 자른 종이였다. 에이비오스키 마법사와 한 장씩 나눠 가진 모방 마법의 일부이기도 했다. 그 종이에는 아무것도 적혀 있지 않았다. 에이비오스키가 사라즈에 대해 익명으로 신고된 내용을 듣고 신고자가 시어니인 것으로 의심했을까. 누군가 그 정보를 교육 위원회 위원장에게 전달했을 수도 있었다. 에머리는 에이비오스키에게 연락해 사실 확인을 하지 않은 듯했다. 만약 확인했다면 에머리와 에이비오스키 마법사가 베일리 마법사의 집을 찾아왔을 것이다.

베넷은 두 손을 모아 잡으며 입을 열었다.

"시어니, 있잖아. 내가……."

"이만 실례할게." 시어니는 의자에서 일어섰다. "잠깐 '생각할' 시간이 필요해서." 시어니는 얼른 공책을 챙겨 들고 덧붙였다. "할 일도 엄청 많아."

베넷은 고개를 끄덕이며 "그래." 하고 대답했지만 실망한 표정이었다.

시어니는 그에게 미소를 지은 뒤 학습실을 빠져나갔다. 굳이 베넷의 말을 자를 의도는 아니었다. 그 말이 목구멍까지 올라왔지만 안 하길 잘한 듯했다. 베넷은 좋은 친구이고 훌륭한 남자의 표본이지만 요즘 시어니는 그의 호의가 부담스러웠다. 조금 전에도 그는 특별한 호의를 담아 시어니의 이름을 불렀다.

"내가 너무 못된 건가."

중얼거리며 복도를 걸어가던 시어니는 공책 위에 모방 마법 종이를 올려놓았다. 왼쪽 손바닥으로 아래를 받치고 종이에 적었다. '소식 들어온 거 있어요?' 무슨 소식을 의

266

미하는지는 에이비오스키에게 굳이 설명할 필요가 없었다.

　벽에 기대어 모방 마법 종이를 바라보았다. 에이비오스키의 글씨가 자신이 쓴 글 밑에 나타나기만을 기다렸다. 1초가 지나고 1분, 2분이 지났다. 하지만 종이의 절반은 여전히 비어 있었다. 물론 모방 마법 장치는 종이에 글씨가 나타났다고 해서 종소리를 내거나 빛을 발해서 알려주지 않는다. 에이비오스키가 모방 마법 종이를 보고 내용을 읽을 때까지 무작정 기다리는 수밖에 없었다. 더 빨리 대답을 듣고 싶으면 전신기를 이용하는 방법뿐이었다. 아마 베일리는 전신기를 갖고 있을 것이다. 온갖 희한한 기계를 잔뜩 가진 사람이니까. 하지만 전신기를 찾아서 그에게 사용을 허락받는 일 자체가 내키지 않았다.

　시어니는 천천히 길게 숨을 내쉬며 모방 마법 종이를 도로 공책 사이에 끼워 넣었다. 창밖으로 구름이 지나가면서 햇빛 한 줄기가 복도 창문으로 날카롭게 흘러들었다. 갑작스레 밝은 빛을 피해 한 걸음 물러섰지만 이미 밝은 빛으로 인해 눈앞에 점들이 생겨나 눈을 깜박거렸다. 그 점들이 사라지기 전, 처마에 무언가 앉아 있는 게 보였다. 길이가 30센티미터쯤 되고 몸에 깃털이 없으며 오른쪽 날개를 펼친 그것은 분명 종이로 만든 매였다.

시어니는 잠시 매를 쳐다보다가 창문으로 다가갔다. 살아 있는 생명체 같은 종이 장치를 놀라게 하지 않으려고 천천히 움직였다. 종이 매의 몸통은 수십 장의 종이로 이루어졌고 각 종이가 그 옆의 종이 안으로 깔끔하게 접혀 들어가 이음매가 거의 보이지 않았다. 가슴 부분을 이루는 종이들은 황갈색이지만 몸 전체는 갈색 종이로 만들어져 있었다.

베넷이 만든 것일 리는 없고, 아마 베일리 마법사의 작품일 것이다. 구름이 태양을 한 번 더 가리며 지나가자 시어니는 매를 좀 더 자세히 볼 수 있었다. 단단히 말아 넣은 종이 발톱, 여닫을 수 있도록 카드지로 만든 날카로운 부리를 갖춘 사납게 생긴 종이 매였다. 시어니와 에머리가 주고받는 편지 전달용 새 외에, 이 집에서 저런 종이 마법 장치는 본 적이 없었다. 그동안 있었는데 못 본 걸까, 아니면 새로 나타난 걸까?

왜 하필 매일까? 베일리 마법사는 매를 만들어 새를 쫓아버리려 할 정도로 심술궂은 사람은 아니었다.

매가 날개를 펼치며 지붕에서 날아올랐다. 마당을 가로지른 매는 아치를 그리며 훌쩍 치솟아 저택을 넘어갔고 이내 시어니의 시야에서 사라졌다.

시어니는 창문에서 물러서며 생각에 잠겼다.

"흐음."

복도 저 아래쪽에서 베일리 마법사가 가사도우미와 얘기를 나누고 있었다. 이 집에서 사람들이 사용하는 얼마 안 되는 공간을 청소하러 일주일에 세 번씩 방문한다는 도우미였다. 시어니는 베일리의 눈에 띄기 전에 서둘러 위층 침실로 올라갔다.

아침 식사용 테이블 앞에 앉은 시어니는 모서리 살짝 접기를 한 종이에 엄지를 내리그어 가장자리에 반듯하게 주름을 잡았다. 그리고 새로 만든 삼각형 모양의 장치를 팔뼈의 이음새로 끼워 넣었다. 앞으로 한두 시간 정도 작업하면 이 장치를 완성하고 쉴 수 있을 듯했다. 장치가 작동하지 않으면 전체적으로 다시 살펴보면서 실수한 부분을 찾아내야 했다. 실수한 부분을 찾아내지 못하면 아예 새로 접어야 했다. 그동안 존토의 팔을 수차례 관찰했으니 이 장치를 제대로 만들 자신은 있었다. 지금은 몸통에 붙은 일부가 아니라 독립적으로 작용하는 팔을 만드는 게 목표였다.

1번. 문을 열 수 있는 도구.

손목을 제대로 작용하게 만들면 이것으로 충분히 문을 열 수 있다. 이 장치를 제대로 완성하면 마법사 자격시험의 첫 번째 항목을 해내는 것이다.

침대에 올라앉은 펜넬이 조그맣게 짖었다. 펜넬은 몸이 가벼워서 매트리스에 눌린 자국을 거의 만들지 않았다. 펜넬은 시어니의 공책을 내려다보면서 으르렁거렸다. 물론 종이 개라서 진짜 개 같은 으르렁거림이라기보다는 바람에 종잇조각이 펄럭이는 소리에 가까웠다. 펜넬은 공책 표지 아래로 튀어나온 모방 마법 종이를 주둥이로 물고 당기더니 두 번 만에 끄집어냈다.

시어니는 얼른 일어나 펜넬에게 달려가 주둥이에서 모방 마법 종이를 빼냈다. 시어니가 들여다보는 동안 종이에 에이비오스키 마법사의 뻣뻣한 글씨체가 나타났다. 마치 유령이 종이에 글씨를 쓰는 듯했다.

자네가 이 일에 관여하지 않았으면 좋겠어, 트윌 양.

시어니는 입술을 깨물며 모방 마법 종이를 아침 식사용 테이블로 가져가 연필로 답장을 썼다.

무슨 일 있으면 말해주기로 약속하셨잖아요. 알고 싶어요.

그 밑으로 검은 잉크 자국이 나타나더니 점점 커졌다. 에이비오스키가 대답을 궁리하느라 펜을 종이에 내려놓은 바람에 종이에 잉크가 배어드는 모양이었다. 마침내 에이비오스키의 답변이 종이에 나타났다.

얼마 전 놈이 레딩시에서 목격됐어. 그래, 놈은 아직 영국에 있어. 휴즈 마법사는 놈이 유럽으로 빠져나가 편하게 살기 위해 자금을 모으고 위조 서류를 준비 중이라고 추측하고 있어.

또다시 펜의 잉크가 종이에 배어들었다. 망설이는 듯하던 에이비오스키는 곧 덧붙여 썼다.

줄리엣 캔트렐 마법사가 살해당했어.

시어니의 얼굴과 손에서 핏기가 가셨다. 시어니는 개인적으로는 아니지만 줄리엣 켄트렐 마법사를 알고 있었다. 형사과 소속의 금속 마법사. 그래스 코발트를 체포하는 일에 관여했던 마법사이기도 했다. 예전에 에머리는 켄트렐 마법사가 솔트딘에서 사라즈를 체포했다고 했었다.

시어니는 에이비오스키가 쓴 마지막 단어에서 시선을 뗄 수 없었다.

살해당했어.

공포에 질려 휘둥그렇게 뜬 딜라일라의 두 눈이 시어니의 머릿속을 가득 채웠다. 의자에 결박된 딜라일라는 그래스에게 목이 졸리며 몸부림을 쳤었다…….

시어니는 한기가 등줄기를 타고 내려갈 때까지 몇 초 동안 눈을 질끈 감았다. 잠시 후 눈을 뜨고 모방 마법 종이에 썼다.

놈이 그분을 죽였나요?

심장을 끄집어냈어. 놈이 그 심장을 사용했는지는 휴즈 마법사도 아직 확신을 못 하는 상태야.

시어니는 가슴에 손을 가져다 댔다. 심장이 빠르게 뛰었다. 사라즈는 심장을 훔쳤다. 리라가 에머리의 심장을 훔친 것처럼. 사라즈는 부두에서 만난 시어니의 심장을 훔치고 싶어 했다. 현재 줄리엣 캔트렐 마법사는 그녀를 위해 심장을 도로 찾아다 줄 사람이 없을 것이다. 사라즈가 캔트렐의 몸에서 심장을 빼내고 시간이 얼마나 흘렀을까…… 놈이 캔트렐의 몸을 온전하게 놓아두기는 했을까? 그래야 되살릴 수 있을 텐데.

몸서리가 쳐졌다. 배 속이 꼬이고 뭉치며 쓰디쓴 담즙이 분노와 함께 목으로 차올랐다. 시어니는 힘겹게 침을 삼켰다.

레딩시에서 사라즈는 심장이 필요하다고 했다. 그리고 지금 놈은 캔트렐의 심장을 꺼내 가졌다. 만약 레딩시에서 시어니가 그자를 막았다면…….

문득 온몸이 텅 비어버린 기분이었다. 사라즈가 캔트렐의 심장을 훔친 이유가 캔트렐이 추격의 끈을 바짝 조여왔기 때문일까, 아니면 자기를 붙잡아 투옥시킨 두 명의 마법사 중 한 명이어서였을까?

텅 빈 배 속에서 욕지기가 치밀었다. 사라즈를 잡아 가둔 또 다른 마법사는 에머리였다.

시어니는 숨을 삼키며 모방 마법 종이에 썼다.

어디였어요?

자네는 안전해, 트윌 양. 휴즈 마법사가 사건을 맡아 진행하고 있어. 나중에 알려줄······

시어니는 에이비오스키의 문장이 채 끝나기도 전에 다시 물었다.

어디였는데요?

몇 분 후에야 에이비오스키는 대답했다.

성급하게 나설 생각 마. 사라즈를 찾으면 알려줄게.

시어니는 더 닦달했지만 에이비오스키는 대답을 거부했
다. 모방 마법 종이에는 더 이상 글씨를 쓸 공간도 남아 있
지 않았다.

의자에 쓰러지듯 주저앉은 시어니는 에이비오스키와 나
눈 짧은 대화를 가만히 들여다보았다. 시어니와 마주친 후
사라즈는 레딩시를 떠났을 것이다. 하지만 형사국은 사라
즈가 레딩시에 있다는 익명의 신고를 받았으니 그곳에서
부터 추적을 시작할 게 분명했다. 캔트렐 마법사는 사라즈
를 어디까지 추적했을까?

시어니는 연필로 테이블을 톡톡 내리치며 이를 악물고
울음을 참았다. 놈은 영국 내륙으로 점점 더 깊숙이 들어
오고 있었고 아직까지도 체포되지 않았다. 사라즈가 시어
니를 곧바로 쫓아오지 않은 이유는 캔트렐 때문이리라. 어
쩌면 도주 중이라 시어니를 붙잡으러 올 시간이 없을지도
모른다. 놈은 캔트렐의 심장을 이용해 시어니를 해칠 마법
장치를 만들려 할까? 아니면 에머리를 해칠까? 분명한 것
은, 사라즈가 자유를 얻고 잔돈푼을 챙기기 위해 얼마든지

사람을 죽일 수 있는 자라는 사실이었다. 놈은 시어니를 붙잡아 그래스의 비밀을 알아내기 위해 런던으로 오고 있을까? 아니면 탈출이 우선이라 시어니를 추적하는 일은 포기했을까?

연필 끝으로 테이블을 콱 내리찍자 연필심이 툭 부러졌다. 시어니는 리라와 싸워 이겼고 그래스를 무너뜨렸다. 그런데 아무도 시어니에게 정보를 주지 않으려 했다! 아무도 시어니의 도움을 원치 않았다.

다시 레딩시로 돌아가 사라즈를 추적해야 할까? 하지만 마법사 자격시험 날짜가 얼마 남지 않았다. 시험 준비를 하기에도 빠듯한 지금, 신출귀몰한 사라즈를 찾으려고 온 도시를 헤집고 다녀야 하나? 고스포트 마을에서 사라즈의 단서를 찾은 건 순전히 운이 좋아서였다. 시어니는 에머리가 어디를 다녀왔는지조차 알아내지 못하고 있었다.

그래도 지금까지 사라즈를 상대해 제일 높은 승률을 올린 건 시어니였다. 시어니는 먹이이면서 동시에 포식자 역할을 할 수 있었다. 금속 마법사 캔트렐, 고무 마법사 휴즈, 유리 마법사 에이비오스키, 종이 마법사 에머리의 능력을 모두 쓸 수 있다는 장점도 있었다.

모방 마법 종이를 다시 한번 들여다보며 생각을 거듭하다가 목걸이에 손을 올렸다.

에이비오스키가 뭐든 알고 있다면 휴즈가 알려준 정보일 것이다. 휴즈가 에이비오스키에게 사라즈와 관련된 정보를 전했을 것이다.

에이비오스키가 교육 위원회 일로 집을 비울 내일 오후에 기습적으로 그녀의 집을 찾아가는 게 좋을 듯했다.

내일 오후면 시어니도 그 정보를 알 수 있을 터였다.

13

. . . . . . ★ ★ 🕊 ★ ★ . . . .

유리 마법사의 집으로 거울을 통해 순간 이동을 하는 것은 두 가지 좋은 점이 있었다. 첫 번째, 그 집에는 시어니가 통과하기에 충분한 크기의 거울이 수십 개 갖춰져 있었다. 두 번째, 그 집의 거울들은 전부 유리 마법사가 만든 것이라 불순물이 없어서 안전하게 통과할 수 있었다. 예전에 딜라일라는 거울 속에 갇히지 않으려면 유리 마법사가 만든 *유리로만* 이동해야 한다고 했는데, 그동안 시어니는 그 경고대로 할 여유가 없었다.

시어니는 양말 신은 발로 소리 없이 에이비오스키 마법

사의 거울 방으로 살그머니 건너갔다. 그 집 3층에 있는 방이었다. 시어니가 자기 키보다 더 높은 직사각형의 거울을 통과하자 소용돌이치던 거울 표면이 이내 매끈해졌다. 시어니는 숨을 죽이고 집에서 들려오는 소리에 귀를 기울였다. 귀를 바짝 세우고 들어봤지만 아무 소리도 나지 않았다. 집은 확실히 비어 있었다.

목에 소름이 돋아 손으로 문질렀다. 이 거울 방은 딜라일라가 살해당한 방은 아니지만, 에이비오스키는 거울들의 배치를 그 방과 똑같이 해놓았다. 그래스 코발트에게 공격당해 방으로 끌려 들어가 수백 개의 유리 파편으로 피부가 찢겼던 날 이후로 이렇게 거울들로 둘러싸인 방에 들어온 건 처음이었다.

방 한쪽 구석으로 시선을 돌렸다. 그쯤에서 끈으로 결박되어 의자에 묶여 있던 딜라일라의 모습이 눈에 선했다. 시어니는 속이 텅 빈 느낌이었다. 그 빈자리로 참을 수 없는 오한이 밀려들었다.

우울한 생각을 애써 밀어내며 고개를 흔들었다. 에이비오스키는 옛 기억에 얽매여봤자 좋을 게 없다고 했다. 그분으로서는 그게 가능한 일인지 모르겠지만 시어니는 쉽지 않았다. 다른 사람들처럼 쉽게 기억을 지우지 못했다.

예전에 그래스 옆에 쓰러져 피를 흘리면서 휴즈 마법사에게 연락할 때 썼던 거울을 찾아보았다. 그날 휴즈는 시어니가 어떻게 그에게 연락했는지 방법을 묻지 않았다. 딜라일라나 에이비오스키가 유리 마법을 써서 자신을 부른 줄 알았을 것이다. 당시 에이비오스키는…… 의식을 잃은 상태였는데, 에이비오스키 역시 휴즈에게 어떻게 자신들을 구하러 왔느냐고 묻지 않았다.

방을 둘러보던 시어니는 바로 뒤에 있는 거울이 그 거울임을 알아보았다. 거울의 위치가 약간 달라져 있었다. 시어니는 진한 색 테두리로 둘러싸인 그 거울로 다가가 유리에 손가락을 대며 명령했다.

"과거를 비춰라."

거울에 비친 시어니의 모습이 빙글빙글 돌았다. 고스포트 마을에서처럼 시어니는 거울에 비치는 이미지들을 과거 시점으로 돌리며 세심하게 살펴보았다.

햇살이 희미하게 비치다가 어두워지고 에이비오스키가 방으로 들어왔다가 다른 거울을 통해 방을 떠나는 모습이 보였다. 거울 속 방은 다시 어두워졌다가 밝아졌다. 에이비오스키가 다시 나타나 지금 시어니가 서 있는 바로 그 자리에 섰다.

"멈춰."

시어니가 명령하자 거울 속 에이비오스키도 움직임을 멈췄다. 시어니는 에이비오스키의 안경을 들여다보았다. 안경 렌즈에 휴즈의 모습이 비쳤다.

시어니는 거울 속 이미지를 좀 더 과거로 돌린 뒤 대화를 재생시켰다.

"…… 워데스던 마을 근방에서 캔트렐의 시체를 찾았습니다." 휴즈가 나지막하고 지친 목소리로 말했다. 에이비오스키의 안경 렌즈에만 비스듬하게 비칠 뿐, 거울 속에서 그의 모습은 보이지 않았다. "놈이 심장을 꺼내 갔고 출혈은 없습니다. 놈이 시간이 없었던 모양이에요. 자세한 건 부검을 해봐야 알 수 있습니다……."

핏기가 가신 에이비오스키의 얼굴은 밀랍처럼 창백했다. 그녀는 입술을 덜덜 떨 뿐 아무 말도 하지 않았다. 휴즈가 계속해서 말했다.

"오늘 저녁에 캔트렐의 가족에게 연락하겠습니다. 옥스퍼드와 에일즈베리에 순찰대를 보낼 생각입니다. 우린 놈을 찾을 겁니다, 패트리스."

시어니는 얼어붙은 듯 그 자리에 서서 중얼거렸다.

"사라즈가 런던으로 오고 있어. 나를 잡으러 오는 거야."

입술을 악물었다. 이건 형사과도 갖고 있지 않은 정보였
다. 시어니는 눈을 감고 베일리 마법사의 집에서 본 지도
를 떠올렸다. 지도에서 런던, 워데스턴, 옥스퍼드, 에일즈
베리의 위치를 짚어보았다. 사라즈가 워데스턴, 옥스퍼드,
에일즈베리 중 어떤 곳을 지나갈지를 두고 내기한다면 시
어니는 1년 치 급료를 걸고 에일즈베리라고 답할 것이다.
런던에서 제일 가까운 곳이기 때문이다. 대비할 시간이 거
의 없었다.

회상 마법을 중단한 시어니는 이곳으로 건너올 때 사용
한 거울 쪽으로 돌아섰다. 그 거울을 통해 베일리 마법사
의 집 3층에 있는 화장실로 돌아갔다. 세면대에서 칫솔,
빗, 손수건 등 필요한 물건들을 챙겨 들고 방으로 돌아가
침대 위 펜넬 옆에 늘어놓았다. 가볍지만 영리하게 짐을
싸야 했다. 꼭 필요한 것만 골라서. 무엇보다 마법에 필요
한 물건들도 챙겨야 했다.

방으로 흘러드는 오후 햇살이 그림자로 인해 가려졌다.

창밖을 내다보니 전에 봤던 종이 매가 집 옆에서 마치 독수리처럼 선회하고 있었다. 아무리 베일리 마법사라고 해도 저런 종이 매를 애완용으로 데리고 있는 건 좀 특이했다.

창턱 바깥을 내다봤지만 에머리는 아직도 시어니에게 아무 연락도 하지 않았다. 시어니는 손톱으로 창턱을 톡톡 두드렸다. 왜 그는 연락을 멈췄을까? 점점 화가 났다. 에머리 세인은 원래 상대방이 부담스러워할 정도로 적극적인 편은 아니었다. 그래도 만약 일정이 있었다면 말을 했을 것이다…….

문득 생각의 흐름이 끊겼다. 시어니는 종이 매에게 다시 시선을 돌렸다. 애완용으로 데리고 있기에는 확실히 이상했다. 종이로 만든 동물의 장점은 물에 젖지 않는 한 진짜 동물보다 데리고 있기가 쉽다는 것이다. 펜넬을 예로 들어 봐도 그랬다. 시어니는 펜넬을 데리고 나가 산책을 시키거나, 목욕을 시키거나, 쫓아다니며 어질러진 것을 치우거나, 먹이를 줄 필요가 없었다.

'매들은 뭘 잡아먹지?'

창문에서 시선을 떼며 시어니는 생각했다. 아침 식사용

테이블에 놓인 사각형의 종이 한 장을 집어 들고 새를 접었다. 종이 새에 생기를 불어넣고 창문을 연 뒤 봄기운을 머금은 공기 중으로 날려 보냈다. 작은 새는 잠시 앞뒤로 파닥거리다가 베일리의 집 가장자리에 있는 나무들을 향해 날아갔다.

그러자 종이 매는 먹이를 노리는 진짜 새처럼 곧장 위에서 내리 덮쳐, 기다란 종이 발톱으로 종이 새를 낚아챘다. 그리고 저택으로 내려와 1층 창문 중 한 곳에 홰를 타고 앉았다. 발톱에는 종이 새를 붙잡은 채였다.

그곳은 바로 베일리 마법사의 사무실이었다.

시어니는 놀라 손으로 입을 막았다.

'베일리 마법사가 알고 있어.'

온몸에 소름이 끼쳤다. 시어니가 이 집에 와 처음 며칠 동안 매를 보지 못한 건 베일리가 그때까지 저 매를 만들지 않았기 때문이었다. 그러다 그는 시어니의 창문 밖으로 날아가는 종이 새들을 봤을 것이다…… 혹은 시어니의 창문으로 날아드는 종이 새들을 봤거나. 에머리가 보낸 편지를 품은 종이 장치들. 베일리는 그 장치들의 몸에 깃든 비밀 유지 마법을 깰 수 있었다. 그러니 시어니와 에머리의 관계도 알았을 것이다…….

시어니는 유리창 뒤로 물러섰다. 에머리는 그동안 시어니에게 편지를 안 보낸 게 아니었다. 베일리가 중간에서 가로챈 것이 분명하다. 가로채서 읽은 것이다…….

프라이팬에서 달궈진 기름처럼 시어니의 몸 안에서 무언가 팍 튀어 올랐다. 들끓는 열이 작은 두려움마저 날려버렸다. 얼굴이 벌겋게 달아오르고 심장이 미친 듯이 뛰었다.

"어떻게 이런 짓을!"

시어니는 소리쳤다. 침실을 박차고 나가 맨발로 복도를 달려갔다. 두 개 층의 계단을 단숨에 내려갔다. 씩씩대며 베일리의 사무실로 달려가 문을 열어젖혔다.

사무실에는 아무도 없었다. 매는 여전히 창문 밖에 홰를 타고 앉아 있었다.

시어니는 사무실로 들어가 책상 위를 살펴본 뒤 그 아래 서랍들을 차례로 열었다. 오른쪽 맨 아래 서랍이 자물쇠로 잠겨 있었다.

시어니는 목깃 안쪽으로 손을 넣어 목걸이를 만졌다. 몇 마디 주문을 외우고 금속 마법사가 되어, 엄지를 자물쇠에 대고 꾹 눌렀다. 부디 이 자물쇠가 합금으로 만들어졌길 바라며 명령을 내렸다.

"열려라."

자물쇠가 딸깍 소리를 내자 곧장 서랍을 잡아당겨 열었다. 그 안에는 색색의 종이들이 담겨 있었다. 접어서 무언가를 만들었다가 펼쳐놓은 흔적이 선연했다. 종이에 적힌 글씨들은 시어니와 에머리의 필체였다.

시어니는 보라색 종이를 꺼내 펼쳐보았다.

시험을 준비하느라 정신없이 바쁘겠네. 무리하지는 마. 자네는 똑똑하니까 잘 해낼 수 있을 거야. 한 번씩 긴장 풀어주는 거 잊지 말고. 자네가 긴장을 푸는 데 이 박쥐가 도움이 되길 바라!

어떻게 지내는지 알려줘. 걱정돼, 내 사랑.

시어니는 어이가 없어 입이 떡 벌어졌다. 종이를 앞뒤로 뒤집어보니 아래쪽에 갈색 얼룩이 묻어 있었다. 코를 대보니 초콜릿 냄새가 났다. 에머리가 뭔가를 싸서 보낸 걸까? 얼마나 오래전에 보낸 거지?

286

이번에는 청록색 종이를 펴보았다.

서재 책장에 책들을 두께에 따라서 재배치할 생각이야. 어떻게 생각해? 한쪽에는 얇은 책들을 꽂고 다른 쪽에는 (자네가 좋아하는) 두꺼운 책들을 꽂아놓으려고.

두루미였던 게 분명한 오렌지색 종이에는 시어니의 필체로 '당신이 걱정돼요. 왜 저한테 편지를 안 보내세요? 무슨 일 있어요? 혹시 제 도움이 필요한가요?'라고 적혀 있었다.

확 뭉쳐놓았던 것 같은 흔적이 보이는 회색 종이에는 에머리의 필체로 이렇게 적혀 있었다. '내가 괜히 방해하는 건 아니길. 혹시 자네가 방을 옮긴 건가 싶기도 하고. 어쨌든 새로운 방식으로 생각하는 거 잊지 마. 난 자네를 믿어, 시어니. 식료품 가게 점원이 오늘 가져온 견과류 때문인지 양모 때문인지 몰라도 알레르기 증세가 생겼어.'

박쥐 모양으로 접은 흔적이 보이는 하얀 종이에는 이런 내용이 담겨 있었다. '사라즈가 목격됐다는 신고가 들어왔다고 알프레드 휴즈가 알려줬어. 그가 자네의 가족이 사는 집에 경찰들을 보냈어. 우리 집에도 경찰 한 명이 하루에 두 번씩

순찰을 돌고 있어. 계속 연락할게…….'

"지금 뭐 하는 거지?"

문 쪽에서 베일리의 날카로운 목소리가 들려와 시어니는 깜짝 놀랐다. 그의 하얀 얼굴은 벌겋게 달아올랐고 어깨에는 잔뜩 힘이 들어가 있었다. 그는 성큼성큼 걸어와 시어니의 손에 들린 편지를 향해 손을 뻗었다.

"허락도 없이 들어오다니……."

"도둑질을 하셨잖아요!"

시어니는 벽이 울릴 정도로 크게 고함을 질렀다. 베일리가 빼앗지 못하도록 편지를 쥔 손을 등 뒤로 돌렸다.

"도둑질이라니! 여긴 내 집인데? 비밀을 숨기고 싶었으면 더 조심을 했어야지. 내가 상부에 보고하지 않은 걸 다행으로 알아, 시어니 트윌!"

"보고하세요! 저에 대해 고발하시라고요! 규정집도 좀 읽어보시든가요, 프릿. 저는 잘못한 게 없고, 그분도 마찬가지예요. 그분이 왜 저를 여기로 보냈다고 생각하세요? 제가 도저히 견딜 수 없을 정도로 역겨운 당신 같은 사람과 한 지붕 아래서 꾹 참고 사는 이유가 뭘 거 같으세요? 공정한 평가를 받기 위해서라고요! 공정함이 뭔지는 아실지 모르겠지만요!"

시어니는 허리를 굽히고 서랍에 담긴 나머지 편지들을 전부 꺼내 들었다. 베일리가 다시 한번 손을 뻗었지만 시어니는 그에게 닿지 않도록 뒤로 물러섰다.

분노로 속이 부글부글 끓어올랐다.

"이건 그분 잘못이 아니에요. 분명히 알아두세요. 당신이 늘 우울하고 화가 난 상태인 건 세인 마법사님 잘못도 아니고 제 잘못도 아니에요. 정말이지 신맛이 팍팍 날 정도로 비뚤어진 분이시네요. 썩은 포도밭처럼요!"

베일리의 눈이 휘둥그레졌다.

"왜 아무도 당신을 좋아하지 않는지 모르실 테죠."

시어니는 이렇게 내뱉고는 책상을 빙 돌아 사무실 밖으로 나갔다. 시어니가 복도로 나갔지만 베일리는 쫓아오지 않았다.

시어니는 편지 뭉치를 손에 쥐고 숨을 몰아쉬며 계단 쪽으로 걸어갔다. 계단 위쪽에서 베넷이 걱정스런 표정으로 내려다보고 있었다. 어디까지 들었을까? 거리가 멀어 자세히는 못 들었겠지만 시어니의 고함 소리는 분명 들었을 것이다.

베넷과 눈을 마주친 순간 시어니는 몸에 차가운 못이 박히는 기분이었다. 시어니는 그의 시선을 피해 뒤를 돌아보았다. 깊게 숨을 들이마셨다. 편지를 접어 치마 주머니에 쑤셔 넣고 베일리의 사무실로 돌아갔다.

베일리는 창문을 바라보며 앉아 있었다. 안경을 머리 위에 걸치고 손으로 오른쪽 관자놀이를 문지르는 중이었다.

시어니가 뒤에서 말을 걸자 그는 움찔했다.

"제가…… 말이 좀 심했어요." 시어니는 침착하려고 애쓰며 등을 곧게 폈다. "그 점은 사과할게요. 이런 짓을…… 하신 건 도저히 용납이 안 되지만요."

시어니는 책상 쪽을 손으로 가리키며 말을 맺었다.

베일리는 속내를 알 수 없는 표정으로 시어니를 쳐다보기만 했다. 안경을 안 끼고 있으니 시어니의 모습이 제대로 보이기는 하는지 알 수 없었다.

"똑똑하신 분이잖아요, 베일리 마법사님은. 경제적으로도 꽤 성공하셨고요. 베넷은 마법사님을 참 좋게 말하더라고요. 베넷의 얘기를 들으면서 마법사님을 믿지 말아야 할 이유는 없다고 생각했어요."

"하고 싶은 말이 뭐지, 트월 양?"

"마법사님은 분명 장점이 있는 분이세요. 그걸 좋은 쪽으로 *사용하시길* 바랄게요. 이렇게 남의 사생활이나 캐지 마시고요."

그는 콧방귀를 뀌었다.

시어니는 팔짱을 끼며 말했다.

"제가 마법사님을 잘못 봤다고 생각하시겠죠. 그런데 마법사님도 저를 잘못 보셨어요. 저를 만나기도 전에 멋대로 저를 판단하잖아요, 프리트윈 베일리 마법사님. 저도 알고 있어요. 험한 길이지만 우리가 제대로 옳은 방향으로 나아가길 바랍니다."

시어니는 그대로 돌아서서 가려다가 다시 한번 그를 돌아보며 덧붙였다.

"저에 대한 개인적인 감정을 제 마법사 자격시험에 투영하지는 말아주세요. 만약 그렇게 하신다면 제가 알아챌 것이고, 마법사 위원회에 고발하겠습니다."

시어니는 잠시 그 자리에 서서 대답을 기다렸지만 그는 아무 말도 하지 않았다. 시어니는 실례하겠다고 말하고는 천천히, 차분하게 다시 계단 쪽으로 돌아갔다. 편지가 가득 담긴 주머니에 손을 집어넣었다. 매가 지키고 있는 이 집에서는 종이 새를 접어 날릴 수 없었다. 방으로 돌아간 시어니는 화장용 거울을 꺼내 들고 에머리의 집 화장실을 들여다보았다. 화장실 벽에 수건이 걸려 있지 않았고 어떤 소리도 들리지 않았다.

"멈춰."

시어니는 이렇게 명령하며 화장용 거울을 접었다. 이 집 밖으로 나가 종이 새를 날려 보내야 하고, 신체 마법사 사라즈도 찾아내야 했다. 둘 다 쉽지 않은 일이었다.

14

· · · · · ★ ★ 🕊 ★ ★ · · · ·

　당장 타고 날아갈 수 있는 거대한 종이 글라이더는 없지만, 이 비밀스런 활동에 베넷을 또 개입시키고 싶지는 않았다. 시어니는 고민 끝에, 오염되지 않은 거울을 찾는 수고 없이 에일즈베리까지 혼자 갔다가 서둘러 빠져나올 좋은 방법을 궁리해냈다.

　《견습생용 고무 마법 참고서》에 나온 마법을 참조하면 될 듯했다. 모건 도서관에서 빌렸다가 기한이 한참 지나도록 반납하지 못한 책이었다. 에일즈베리에서 일을 마치고 베일리 마법사의 집으로 돌아올 때 종이 마법을 쓰면 될 테지만, 다른 마법 재료와 관련된 참고 자료며 물품들을 이 집에 두고 가고 싶지 않았다. 사실, 에머리의 집에서 그런 자료와 물품을 3분의 2 정도 챙겨 여행 가방 아래쪽에 담아 이 집으로 가져온 터였다.

참고서 목차를 훑은 뒤 84페이지를 펼쳤다. '여행'이라는 장(章)에 '빠른 발놀림'이라고 소제목이 쓰여 있었다.

신중하게 내용을 읽어보았다. 해본 적이 없는 마법이었다. 했다가 망치면 거울을 통해 이동하는 수밖에 없었다. 그러려면 시간이 좀 걸리더라도 에일즈베리에 있는 상태 좋은 거울을 찾아야 한다.

동그란 고무 버튼들을 몇 개 찾았지만 신발 크기에 맞추기에는 두 개가 모자랐다. 아무래도 펜넬의 발바닥에 붙여놓은 고무 두 개를 빌려야 될 듯했다. 가지고 있는 유일한 고무 마법 도구인 고무 마법 칼로 펜넬의 발바닥에 붙은 고무를 세심하게 잘라냈다. 이쪽을 반원형으로 자르고 다른 쪽을 베어냈는데 실수를 하는 바람에 나머지 발바닥 두 개의 고무마저 빌려야 했다. 마침내 고무들을 전부 모아 책에 나온 대로 지그재그 모양으로 바닥에 늘어놓았다. 신발 한 짝당 고무 다섯 조각이었다. 제일 편한 신발 한 켤레를 그 위에 올린 뒤 명령을 내렸다.

"붙어라."

고무 조각들은 쩍! 소리를 내면서 신발 바닥에 들러붙었다. 시어니는 검지와 중지를 겹쳐 행운을 빌며 신발을 신고 명령했다.

"두 배로 빨라져라."

평범하게 걷는 속도로 이쪽 발, 저쪽 발을 차례로 앞으로 내디뎠다. 걸음이 두 배나 빨라져 어느새 방 저쪽 끝에 서 있었다. 마음이 놓인 시어니는 미소를 지으며 신발에게 "멈춰" 하고 명령했다. 나머지 마법 장치들을 준비해 핸드백 안에 권총과 함께 집어넣었다. 권총에 남은 총알은 한 발뿐이었다. 대장간에 갈 시간이 있으면 좋을 텐데. 금속 마법을 사용하면 어떻게든 표적을 맞히는 마법 탄환을 만들 수 있었다. 탄환을 만들려면 금속을 녹여야 했고, 지금은 그런 작업을 할 시간이 없었다. 오늘은 불가능했다.

각종 재료와 마법 장치들을 전부 챙겨 가방에 담고 하인용 계단을 통해 1층으로 내려갔다. 뒷문을 지나 집 밖으로 나가서는 신발에 마법을 불어넣어 걷는 속도를 열 배로 올렸다. 센트럴 런던 기차역까지 가는 데 10분밖에 걸리지

않았다. 가는 동안 열 명 이상의 행인들을 놀라게 만든 건
말할 필요도 없었다.

　에일즈베리의 마법사 위원회 건물로 들어간 시어니는
잠긴 문밖에 서서 문에 귀를 바짝 붙였다. 안에서 경찰들
이 나누는 얘기가 웅얼거리는 소리로밖에 들리지 않았다.
성질을 내며 고함을 쳐 유용한 정보를 내주는 이는 아무도
없었다. 벽에 걸린 시계를 보니 오후 4시 36분이었다.

　여기로 오면서 길 건너 경찰서 앞을 지나갔는데, 경찰관
몇 명이 마침 자동차에서 내리고 있었다. 에일즈베리 마을
규모에 비하면 지나치게 많은 인원이었다. 그중 한 명의
제복에 붙은 런던 경찰서 표식을 보고야 시어니는 휴즈 마
법사가 보낸 경찰들임을 눈치챘다. 그들은 이 문 너머에
모여 앉아 마법 형사과 소속으로 추정되는 나이 지긋한 남
자와 뭔가 중요한 대화를 나누고 있었다.

　시어니는 가방을 뒤적여 엄지손톱 두 배만 한 크기의 작
고 네모난 거울을 꺼냈다. 이쪽을 보는 사람이 아무도 없
는 것을 확인한 후 목걸이를 잡고 주문을 외워 유리 마법
사로 변신했다. 문 아래쪽 문설주 근처에 거울을 살그머니

밀어 넣었다. 방 안에 모인 사람들의 눈에 띄지 않을 만한 위치였다. 그리고 조용히 그 자리를 떴다.

멀리 가지는 않고 복도 끝으로 가 모퉁이를 돌았다. 그곳에는 반투명 유리가 달린 사무실 문 앞에 의자 두 개와 양치식물 하나가 놓여 있었다. 시어니는 의자에 앉아 공책을 꺼내고 그 와중에 조금이라도 공부를 하려고 애썼다. 지금 저쪽 방에서는 경찰들이 시어니와 관련된 일을 논의하고 있을 터였다.

공책을 보고 있는데 문 옆에 끼워진 신문이 보였다. 신문에 크고 굵은 글씨로 '교육 위원회'라고 적혀 있었다.

문을 슬쩍 돌아봤다. 문 안쪽에는 전등이 꺼져 있고 열린 창문으로 햇빛이 들어오고 있었다. 어떤 용도인지는 모르지만 사무실인 것 같기는 했다.

의자 손잡이 쪽으로 몸을 기울여 신문을 집어 들었다. '마법사 위원회 산하 교육 위원회, 마법사와 성별이 다른 견습생을 금지하기로'라는 큰 제목 밑에 '교육 위원회, 백명 이상의 견습생들을 재배치할 예정. 새로운 규정은 9월 14일부터 적용'이라는 소제목이 적혀 있었다.

기사를 읽으며 시어니는 얼굴이 핼쑥해졌다.

'맙소사, 해당하는 사람들 이름까지 적어놨어.'

네 칸으로 된 기사를 빠르게 훑으며 '세인'이나 '트월'이라는 이름이 있는지 찾아봤지만 보이지 않았다. 숨을 반쯤 내뱉으며 블레어 피터스라는 유리 마법사에 관한 짤막한 기사를 읽어보았다. 작년 스코틀랜드에서 블레어 피터스 마법사와 그녀의 견습생은 스캔들이 터져 전국에 소문이 퍼졌다고 기사에 나와 있었다…….

"그녀의 견습생?"

시어니는 나지막하게 내뱉었다. 그들의 나이가 어떻게 되는지 궁금한데 기사에는 나와 있지 않았고 견습생의 이름도 없었다. 그 기사는 오직 둘 중 한 명만 공개적인 망신을 주기로 작정한 것이었다.

기사를 쓴 작자는 금속 마법사인 주마니 이보리에 대해서도 언급했다. 주마니 이보리라는 남자 마법사는 견습생과 혼외정사를 나눈 죄로 고발당했는데, 구체적인 증거는 아직 수집 중이라고 했다.

이 두 스캔들 때문에 견습 과정에 관한 정책을 바꾸기로 한 걸까, 아니면 또 다른 사건이 있었던 걸까?

시어니는 에머리와 지나를 떠올렸다.

기사를 죽 읽어보니, 새로운 규정은 태기스 프래프 마법 학교의 새 학년부터 적용될 예정이라고 했다. 대부분의 견습생이 학년 초에 어느 마법사 밑으로 갈지 배정받으므로 그때 일부 견습생이 자리 이동을 하면 그나마 혼란이 덜할 듯했다.

9월 14일. 앞으로 겨우 석 달 뒤였다. 이번에 마법사 자격시험에 통과하지 못하면 시어니는 동성인 다른 마법사 밑으로 자리를 옮겨야 했다. 그래봤자 단기간이겠지만 마음이 편치 않았다.

진저리를 치면서 신문을 접어 문 앞에 내려놓았다. 에머리가 오늘 신문을 읽었을지 궁금했다. 이 기사를 읽고 그는 어떤 생각을 했을까.

58분쯤 지났을 때 복도 저쪽 문이 열리는 소리가 들렸다. 시어니는 얼른 일어나 모퉁이 너머를 살그머니 내다보았다. 경찰 여섯 명과 나이 지긋한 신사가 방에서 나와 건물 앞쪽으로 걸어갔다. 크게 떠드는 사람은 없었고 런던 경찰 두 명이 목소리를 낮추고 두런두런 얘기를 나누며 걸었다.

그 방에서 나온 사람은 총 스무 명이었다. 시어니는 그들을 지켜보다가 그곳을 향해 걸어갔다. 주변에 지나가는 사람이 없는지 확인한 뒤 안으로 들어가 낡은 깔개 가장자리에 놓인 거울을 집어 들었다. 얼른 밖으로 나와 복도를 걸어가는데 경찰관 한 명이 옆으로 마주 지나갔다. 그는 시어니를 흘끗 한 번 쳐다보더니 가던 길을 계속 갔다. 이 건물에는 행정 업무를 보는 사무실이 여럿 있으니 그중 한 곳에서 볼일을 보고 나오는 줄 알 것이다.

건물 밖으로 나간 시어니는 길 저편에 있는 성당으로 향했다. 성당 건물 바깥에 조용한 자리를 찾아가 손에 거울을 쥐고 주문을 외웠다.

"과거를 비춰라."

거울의 은색 표면에 하얀 천장이 나타났다. 거울에 담긴 경찰들의 목소리가 꽤 명확하게 들렸다.

그중 한 명이 캔트렐 마법사의 죽음에 대해 자세히 설명했다. 시어니는 섬뜩했지만 세세한 부분까지 집중해서 들었다. 어느 항목도 놓쳐서는 안 되었다.

또 다른 목소리가 이틀 전 에일즈베리에서 체포된 인도 남자에 대해 말했는데, 알고 보니 그는 악명 높은 신체 마법사 사라즈를 닮은 사업가일 뿐이라고 했다. 이어서 경찰들은 클리프 프레스턴슨이라는 남자에 관해 얘기를 나눴다. 남자는 본인 자동차의 조수석에서 죽은 채로 발견됐으며 몸 안에서 피가 모조리 빠져나간 상태라고 했다.

저음의 목소리가 말했다.

"그의 지갑과 서류 가방이 없어졌습니다. 도난당한 수표 중 에일즈베리 안에서 사용된 수표는 아직 없는 것으로 확인됐고요."

높은 목소리가 덧붙여 설명했다.

"목격자에 따르면 그 남자를 공격한 자의 인상착의가 사라즈 프렌디와 일치합니다. 범인은 프레스턴슨의 자동차를 타지 않고 다른 자동차 두 대를 더 확인한 후, 포드 모델 에이의 시동이 걸리자 그 차를 타고 떠났습니다. 프렌디가 프레스턴슨의 주머니에서 자동차 열쇠를 못 찾아서 그런 것 같습니다."

"잠깐, 목격자라고요?"

"보고서에 적혀 있습니다. 목격자는 여성인데, 그녀는 본인 이름을 밝히고 싶어 하지 않았습니다. 그녀는 인도 남자가 프레스턴슨을 뒤따라갔고 프레스턴슨이 차에 올라타자 그의 목 뒤를 움켜잡았다고 했습니다. 칼은 못 봤지만 프레스턴슨이 마치 칼에 찔린 듯한 움직임을 보였다고 하더군요. 범인은 프레스턴슨을 조수석으로 밀치고 15분쯤 후에 차 밖으로 나왔습니다. 그리고 어니스트 허친스라는 남자의 소유인 포드 모델 에이를 훔쳐 타고 브래클리 마을 쪽으로 달아났습니다. 어니스트 허친스에 관한 사항은 보고서에 적혀 있습니다."

'브래클리.'

시어니는 몸을 떨었다. 브래클리는 런던과 에일즈베리 북서쪽에 있었다.

높은 목소리가 물었다.

"그게 언제죠?"

낮은 목소리가 대답했다.

"어제 오후 4시경입니다."

시어니는 거울을 쥔 채 의자에서 일어섰다. 고무 마법사로 변신한 후 신발에 마법을 걸고 브래클리로 출발했다. 고무 마법을 이용해 이동 속도가 상당히 빠른 편이니 경찰들보다 먼저 브래클리에 도착할 수 있을 듯했다.

그게 좋은 일인지 아닌지는 알 수 없었다.

고무 마법은 굉장한 마법이었다.

고무 마법을 건 신발을 신고 달리는 동안 주변 세상은 다채로운 색깔과 소리의 모자이크 같았다. 스트래튼 오들리 지역 근처에서 땅다람쥐 굴에 발이 걸려 넘어지긴 했지만, 무언가와 부딪치는 불상사를 피하려고 최대한 마을을 빙 돌아서 갔다. 한 걸음 옮길 때마다 피부가 땅기고 치마가 뒤로 펄럭거려서 시어니는 단정한 차림을 유지하기 위해 치맛자락을 꼭 붙들어야 했다.

이런 신나는 마법을 쓸 수 있어서 휴즈 마법사가 고무 마법을 택한 게 아닐까 싶었다.

다행히 늦지 않게 도착했다. 에일즈베리 북서쪽에 있는 브래클리는 작은 마을이었다. 잘 손질된 공원 끄트머리의 나무 그네 옆에 도착하자마자 신발에 걸어놓은 마법을 중단시켰다.

해는 아직 저물지 않았지만 어느새 선연한 노을에 마을 전체가 오렌지빛으로 물들었다. 공원을 지나자 보빈 레이스 가게와 직물 가게가 보였다. 작은 식료품점과 여관이 있는 브릿지가에서 멜빵을 걸친 남자들 몇 명이 말이 끄는 수레에 사료를 싣고 있었다.

시장을 지나자 붉은색과 푸른색 벽돌로 지어진 집들, 빈민 구호소, 우다드 성공회 학교가 나왔다. 늦은 시간이라 그런지 학교에는 학생이 한 명밖에 보이지 않았다. 한 남학생이 벤치에 앉아 수학 교과서를 읽고 있었다.

시어니는 그에게 다가가 모델 에이 자동차를 모는 인도 남자를 본 적이 있느냐고 물었다. 학생은 본 적이 없다고 했다.

해가 하늘 아래로 묵직하게 쳐지자 시어니는 최대한 그림자가 길게 늘어진 곳으로 다녔다. 머리카락을 덮어 가릴 수 있는 모자를 가져올 걸 그랬다 싶었다. 머리카락이 선명한 오렌지색이라 사라즈의 눈에 띌까 봐 걱정스러웠다. 물론 놈은 시어니를 브래클리에서 보게 될 줄 예상도 못하겠지만. 상대를 깜짝 놀라게 하는 것은 놈이 아닌 시어니여야 했다.

시어니는 목걸이를 초조하게 만지작거리며 작은 병원 앞을 지나갔다. 병원 동쪽 측면에 비계가 세워진 걸 보니 수리 중인 듯했다. 그다음 교차로를 지나가면서 아파트 건물들과 사암 색깔의 높은 교구 교회를 눈여겨봤다. 길 건너편에 포드 모델 에이 한 대가 주차돼 있었다.

1층으로 된 도서관 건물 문 앞에 벽돌로 된 벽감이 있어 그 밑으로 어색하게 걸어 들어갔다. 저 차가 사라즈가 훔친 차일까? 경찰들은 그 차의 번호를 언급하지 않았다. 어쩌면 나중에 거울을 통해 다시 확인해봐야 할 수도 있었다.

자동차 엔진 소리가 들려 돌아보니 모델 에이 같기도 하고 모델 시 같기도 한 자동차가 모퉁이를 돌아 나오고 있었다. 차를 운전하는 사람은 실크 모자를 쓰고 적갈색 콧수염을 기른 남자였다. 주름 장식이 많은 분홍색 드레스를 입은 여자가 조수석에 앉았는데 무슨 농담을 들었는지 시어니 앞을 지나며 소리 내어 웃었다.

'참 대단한 단서를 얻었구나, 시어니. 이 동네 사람들 절반이 포드 자동차를 가진 것 같네.'

벽감 앞에서 조금 더 시간을 보내며 첫 번째 포드를 주시하고 있는데 책 두 권을 든 젊은 남자가 도서관을 나섰다. 그는 시어니 앞을 지나면서 모자에 손을 대고 인사를 건넸다. 시어니는 바로 도서관으로 들어갔다.

그날 신문을 읽고 있는 잘 차려입은 신사 옆을 지나, 책상 앞에 앉은 사서에게 다가갔다.

"실례합니다. 사람을 찾고 있어요. 인도 남자인데 나이는 마흔 살쯤 됐을 거예요. 마르고 키가 큰 편이에요. 그 남자가 병원 앞에서 지갑을 떨어뜨렸는데 어느 방향으로 갔는지 미처 보질 못해서요."

에이비오스키 마법사처럼 희끗희끗한 머리를 바짝 묶어 쪽을 진 사서는 고개를 흔들었다.

"글쎄요. 기억이 나는 것 같기도 한데…… 혹시 그 남자 스페인 사람 아닌가요?"

"스페인 사람이요?"

"마리오라는 남자가 브릿지가에 살아요. 스페인 마드리드 출신인데 아내와 딸과 함께 이 동네에서 4년째 살고 있어요."

"그…… 남자인 것 같네요."

시어니는 얼버무리며 사서가 종이에 휘갈겨 써준 주소를 정중하게 받아들었다. 그러고는 쪽지를 옷깃 안쪽 브래지어 속에 집어넣었다. 치마 주머니는 종이 마법 장치로 꽉 차서 뭔가를 더 넣을 자리가 없었다.

브래클리 마을 곳곳을 걸어 다니는 동안 시어니는 가방에 담긴 종이 마법 장치들의 수를 줄곧 손으로 헤아렸고,

한 번씩 권총 손잡이를 손으로 쓸어보기도 했다. 동네를 한 바퀴 돌아 공원으로 돌아오고 나니 날이 어두워지고 다리도 아팠다. 이번에는 다른 길로 가보기로 했다. 낡은 구빈원 앞으로 걸음을 옮겼다. 불 켜진 창문 너머로 구빈원 직원 몇 명이 보였는데, 그중 사라즈와 비슷해 보이는 사람은 전혀 없었다.

헤드라이트도 켜지 않은 포드 한 대가 옆으로 지나가자 시어니는 깜짝 놀랐지만 그 차를 운전하는 이는 중년의 백인 남자였다.

길을 가로지른 시어니는 또 다른 주택가로 발걸음을 옮겼다. 정원 일을 하는 여자에게 사라즈의 인상착의를 들려주고 물어봤지만 본 적 없다고 했다. 저녁이 되자 시어니는 불 마법사로 변신했고 만일의 사태에 대비해 오른손에 성냥을 들었다. 사라즈가 남들 눈에 띄지 않으려고 부산한 거리를 피해 다닐 수도 있으니, 집마다 꼼꼼히 살펴보았다.

어느덧 해가 지평선 너머로 4분의 3쯤 넘어갔다. 종이 새들을 날려 정보를 모아오게 할까도 생각했지만 위험할 것 같아 그만두었다.

회반죽을 바른 말뚝 울타리 뒤에 웅크리고 앉아 인과 종이를 차례로 손에 쥐고 종이 마법사로 돌아갔다. 긴 종이 한 장을 꺼내 둘둘 말아 쥐고 명령을 내렸다.

"확대해라."

　종이 망원경을 눈에 대고 약간 남은 석양이 비추는 지역을 둘러보았다. 창문들도 몇 개 들여다보았다. 몇 집 건너에서 개를 데리고 산책 나온 남자가 미심쩍은 시선으로 시어니를 쳐다보았다. 시어니는 얼굴을 붉히며 망원경을 내리고 계속 걸어 모퉁이를 돌아갔다. 다시 학교 근처였다.

　계속해서 망원경으로 주변을 살피기 시작했다. 학교 뒤편에 모델 티 자동차 한 대가 세워져 있고 차 안에는 아무도 없었다. 시어니는 그 장소를 머릿속에 새겨두었다.

　망원경의 각도를 1센티미터쯤 옮겨 학교 뒷벽을 눈에 담은 순간 시어니는 숨이 막힐 정도로 놀랐다. 흑발과 검은 망토를 나부끼며 나타난 자의 갑작스런 움직임이 포착된 것이다. 하지만 시어니가 그 움직임을 포착하자마자 남자는 뒷문 중 한 곳으로 들어가버렸다.

　망원경을 내리고 펼친 후 마법을 중단시켰다. 가슴속에서 심장이 방망이질 쳤다. 두려움에서 비롯된 익숙한 소름이 피부에 돋았지만 그걸 신경 쓸 여유는 없었다. 리라. 그래스. 전에도 해본 일이었다. 그러니 다시 할 수 있을 것이다. 세상 누구보다도 이 일에 준비가 잘된 사람이 바로 시어니였다. 불 마법을 한 번만 더 제대로 쓸 수 있으면 싸움은 끝날 것이다.

전에도 사람을 죽여 봤으니, 또 할 수 있지 않을까?

맥박은 여전히 빠르게 뛰었지만 리듬이 달라졌다. 뭔가 낯선 느낌이 드는 소리도 들렸다. 마치 다른 사람의 몸에 들어가, 그 안에서 움직이는 느낌이었다. 시어니는 학교 쪽으로 걸음을 옮기며 목걸이에 달린 재료 중 나무토막을 손으로 잡고 주문을 외웠다.

"흙에 의해 만들어진 재료여, 너를 다루는 자가 명한다. 바로 오늘부터 나와 너의 연결을 끊어라."

이어서 손을 가슴에 얹고 주문을 걸었다.

"인간에 의해 만들어진 재료여, 내가 너에게 명한다. 바로 오늘부터 나와 연결되어라."

그리고 성냥으로 불을 켜며 말했다.

"인간에 의해 만들어진 재료여, 창조자가 명한다. 내가 죽어 흙으로 돌아가는 날까지 평생 나와 연결되어라."

시어니는 불꽃을 손에 모아 쥐고 학교 잔디밭으로 들어섰다. 뜨끈한 열이 손바닥과 팔로 전달되었지만 살을 태울 만큼은 아니었고 간질거리는 느낌 정도였다. 성냥을 손가락 사이로 떨어뜨렸지만 작은 불꽃은 여전히 시어니의 손바닥에 남았다.

사라즈는 뒷문을 약간 열어두었다. 시어니는 문손잡이를 당겨 조금 더 열고 그 안의 어두운 복도로 들어갔다. 빛이라고는 덧문 없는 창문을 통해 들어오는 바깥의 희미한 불빛이 전부였다. 시어니는 신발 바닥에 붙여놓은 고무 패드에 의지해 소리 없이 걸음을 옮겼다. 손가락 사이의 좁은 틈새로 그 안에 숨겨진 붉은 불빛이 새어 나왔다.

모퉁이 너머에서 발소리가 들렸다. 그런데 앞서가던 자가 한쪽 신발로 희미하게 끼이익 소리를 내더니 다른 쪽 발로 우뚝 멈춰 섰다. 놈은 귀를 곤두세우고 기다렸다. 시어니가 따라오는 걸 눈치챈 듯했다.

시어니는 모퉁이 쪽으로 다가갔다. 벽돌 벽에 어깨를 바짝 붙이고 불꽃을 쥔 주먹을 입으로 가져가 속삭였다.

"타올라라."

발소리가 다시 빠르게, 점점 더 크게 들려왔다. 놈은 시어니 쪽으로 오고 있었다.

모퉁이를 돌아 나간 시어니는 불꽃을 쥔 손을 앞으로 뻗어 황금색으로 빛나는 불덩어리를 복도를 향해 던졌다. 상대의 모습이 훤히 드러났다. 그는 손으로 불꽃 마법을 밀쳐냈다.

빛 속에서 시어니가 본 것은 짧게 자른 검은 머리카락, 짙은 회색 외투, 초록색 눈동자에 비친 불꽃이었다.

시어니는 '불붙여라'라고 명령을 내리는 대신 공격을 멈추고 쉰 목소리로 내뱉었다.

"에머리?"

15

····★★★✦★★····

두 눈이 휘둥그레진 에머리가 휘청하며 외쳤다.

"멈춰!"

공기 중에서 진동하던 폭발 마법 장치가 동작을 멈추고
아무에게도 해를 입히지 않은 채 바닥으로 떨어졌다.

시어니는 심장이 철렁 내려앉는 것을 느끼며 돌연 원래
자신으로 돌아갔다. 학교 벽은 생각보다 굳건해서 이상이
없었고 미친 듯이 뛰던 시어니의 심장도 안정되었다.

시어니는 얼굴이 붉어지면서 동시에 소름이 돋았다. 머
릿속에서 온갖 생각들이 맴돌았다.

"여, 여기서 뭐 하세요?"

에머리는 여전히 눈을 크게 뜬 채 한 걸음 다가왔다.

"시어니……."

"머리를 자르셨네요!"

그는 눈썹을 비딱하게 치뜨며 받아쳤다.

"그러는…… 자네 손에는 불이 있군."

시어니는 눈을 깜박이다가 손바닥에서 여전히 타오르고 있는 불꽃을 내려다보았다.

"멈춰."

시어니의 명령에 불꽃은 사라지고 흐릿한 연기만 살짝 남았다.

연기가 흩어져 사라지고 0.5초 만에 에머리는 시어니의 팔죽지를 잡고 근처 교실로 데리고 들어가서는 단단한 나무문을 닫았다. 교실에 있는 직사각형의 창문 세 개 중 하나는 잠겨 있지 않았다. 그리로 푸른 땅거미가 흘러들었다. 시어니는 교실에 도열한 여러 책상 중 한 곳에 엉덩이를 부딪쳤다. 교실 앞 칠판에는 알프레드 로드 테니슨 선생이 학생들에게 내준 독서 과제가 반쯤 지워진 채 남아 있었다.

"도대체." 에머리는 입을 열었다가 고개를 절레절레 흔들며 관자놀이를 손으로 문질렀다. 그러고는 눈을 감았다가 뜨며 말했다. "맙소사, 무슨 말부터 해야 할지 모르겠네."

"그럼 제가 할게요. 여기서 뭐 하세요?"

"나야말로 같은 질문을 하고 싶어."

시어니는 이마에 주름까지 잡아가며 눈을 가늘게 떴다.

"사라즈를 잡으러 왔죠? 그자를 뒤쫓아서요."

"습관처럼 돌아다니는 것뿐이야." 그는 외투 소매를 걷어 올렸으나 잠시 후 소매는 다시 그의 손목으로 내려왔다. "쇼핑하러 브래클리에 온 거라는 말은 하지도 마, 시어니! 자네는 놈을 쫓지 않겠다고 약속해놓고……."

"제가 약속을 했다고요? 당신도 약속했잖아요!"

그는 반박을 하려다가 입을 닫았다. 짧은 머리카락을 손으로 쓸어 넘기더니 돌연 웃음을 터뜨렸다.

"우린 둘 다 약속을 더럽게 안 지키는 사람들이네."

시어니는 어깨에 힘을 빼며 맞장구를 쳤다.

"그러게요."

그는 시어니의 눈을 마주 보면서, 손으로 교실을 가리키며 물었다.

"내 편지에 답장하지 않은 게 그래서야? 이런 데서……
숨어 있으려고?"

"아뇨! 그런 게 아니라……." 시어니는 변명을 그만두고
대화의 방향을 틀었다. "베일리 마법사가 우리가 주고받는
편지들을 중간에서 가로챘어요. 조금 전에 베일리 마법사
의 사무실에서 우리 편지를 찾았어요. 그분은 종이 매를
시켜 저택 안에서 정찰을 돌게 하면서 종이 마법 장치가
보이면 바로 공격하게 했어요."

에머리는 또다시 손으로 머리카락을 쓸어 넘겼다. 그의
입가에 싱긋 웃음이 흘렀다.

"뭐, 그렇다면 다행이네."

"다행이요?" 시어니는 허리를 꼿꼿이 세우며 열을 올렸
다. "그분이 편지를 읽었어요, 에머리! 우리 관계에 대해
알고……."

"그건 상관없어. 프릿은 남의 일에 간섭을 잘하는 편이
지. 옛날부터 그랬어. 난 내가 그 녀석 머리 위에 있는 줄
알았는데." 그는 또다시 빙그레 웃었다. "이제 자네도 그
녀석에 대해 생각을 좀 달리하겠군."

시어니는 감정을 가라앉히며 애써 미소를 지었다.

"걱정돼요."

팔짱을 낀 에머리는 벽에 붙여놓은 배꼽 높이의 책장에 등을 기댔다.

"불 마법에 관해서나 설명해보지 그래?"

시어니는 얼굴이 창백해졌다.

"이런 건…… 장난삼아서라도 해볼 생각이 없다고 했었잖아. 그날 병원에서……."

"알아요. 하지만…… 이런 정보를 갖고 있으면서 어떻게 손 놓고 있겠어요, 에머리? 이런 비밀을 어떻게 썩혀버릴 수 있겠냐고요?"

에머리는 시어니에게 하는 말이라기보다는 혼잣말처럼 내뱉었다.

"자네가 그 방법을 안 쓸 거라고 생각한 내가 문제야. 불마법이라……." 이 상황이 믿기지 않는 듯 목소리가 높아진 그는 이마를 손으로 문질렀다. "유리 마법도 가능했지. 다음번엔 플라스틱 마법사가 되어 있는 자네를 보겠군."

시어니는 입술을 깨물었다.

에머리가 허리를 펴며 물었다.

"플라스틱 마법도 가능하지? 고무 마법도? 금속 마법도?"

시어니는 목덜미를 문지르며 대답했다.

"전부 가능해요."

한참을 조각상처럼 서 있던 그는 어두워진 표정으로 묘비처럼 서늘하게 말했다.

"시어니, 자네가 모든 마법을 시도해보지는 않았길 바라."

시어니는 필요 이상으로 목소리를 높였다.

"그렇지는 않아요! 신체 마법은 안 해봤어요, 에머리. 어떻게 그걸 하겠어요……. 제가 그 마법을 어떻게 생각하는지 아시잖아요."

그는 항복한다는 듯이 두 손을 들어 올렸다.

"그래, 알겠어. 미안해. 이게…… 사라즈를 상대하는 일이다 보니까 자네가 어디까지 손을 댔을지 몰라서 그래……."

"많이는 아니에요. 그 정도까지는 아니라고요."

그들은 둘 다 한동안 말이 없었다.

잠시 후 시어니는 속삭이듯 물었다.

"놈이 여기 있어요?"

에머리는 고개를 저었다.

"확실히는 몰라. 놈이 브래클리에 있을 것 같기는 해. 몇 시간을 기다렸다가 이 건물이 비고 나서 들어와 본 거야. 여기 금고가 털렸다는데, 놈의 짓이라는 명백한 증거는 없어."

"휴즈 마법사님이 당신을 여기로 보냈어요?"

"하아…… 아니야. 내가 나에게 한 약속을 깨고 놈을 잡으러 왔어." 그는 차분하게 덧붙였다. "시어니, 자네가 여기 있는 게 얼마나 싫은지 굳이 설명하지 않아도 알 거야. 내가 위선자처럼 약속을 어겼지만 그래도 정말 화가 나."

"저도 마찬가지예요." 시어니도 솔직하게 털어놓았다. "어쨌든 제 생각엔…… 사라즈가 브래클리에 있는 이유가 캔트렐 마법사님에게 추격을 당하면서 런던으로 향하던 중이어서인 것 같아요."

캔트렐 마법사 얘기가 나오자 에머리는 표정이 어두워졌다.

시어니는 하던 얘기를 마저 했다.

"제가 먼저…… 약속을 깨기는 했어요. 레딩시에서…… 놈을 마주쳤거든요."

에머리의 얼굴에서 핏기가 가셨다. 그는 앞으로 다가와 시어니의 어깨를 잡고 물었다.

"뭐라고? 시어니, 대체 언제, 어떻게 그런 일이? 놈이 혹시……."

"그는 제게 손을 못 댔어요." 시어니는 손을 들어 그의 턱을 만지며 그를 안심시켰다. 급박한 상황이지만 그의 곁에 있으니 기분이 좋고…… 안심이 됐다. "그때 저는 불 마법사였거든요."

그는 깊게 숨을 들이마시며 시어니의 어깨를 놓더니 또다시 손으로 머리카락을 쓸어 넘겼다.

"불 마법사. 그래. 자네는 방법을 알고 있으니까…… 맙소사, 시어니."

"그는 저를 처리하려고 올 거예요." 시어니는 그의 얼굴에 담긴 두려움이나 못마땅한 기색을 보고 싶지 않아서 옆으로 시선을 돌리며 털어놓았다. "그는 이걸 놀이라고 생각해요, 에머리. 그리고 저를 놀이 대상으로 보고 있어요. 그는 제가 마법 재료와 서약을 깰 수 있다는 걸 알아요. 제가 불 마법으로 그를 세게 공격했거든요. 충분히 센 공격이 아니어서 안타깝게 됐지만요."

"일단 여길 떠나자." 그는 시어니의 손을 잡았다. "제발, 시어니. 나랑 같이 가."

안 된다는 말이 목까지 올라왔다. 여기까지 너무나 먼 길을 왔고 준비도 잔뜩 해왔다. 이 일을 할 자신도 있었다. 딜라일라를 위해, 애니스를 위해. 그럴 힘도 있었다. 에머리는 왜 그걸 모르는 걸까?

시어니는 그의 눈을 바라보았다. 그는 눈에 힘을 잔뜩 주고 있었지만 눈 중앙은 촉촉이 젖어 있었다.

그 순간 시어니는 자신이 아무리 대단한 힘을 가졌고 만반의 준비까지 했다 해도 에머리의 심장을 마냥 편하게 해줄 수는 없음을 깨달았다. 그의 심장은 이미 부서지고 상처받았다. 적어도 떨리는 심장만큼은 진정시켜주고 싶었다. 그래서 다시 온전하게 만들어주고 싶었다.

'내가 약속을 어겼어. 에머리가 어떻게 행동했든 내가 약속을 어긴 건 사실이야.'

시어니가 고개를 끄덕이자 에머리는 무겁게 한숨을 쉬었다. 그는 문손잡이를 향해 손을 뻗었다.

그가 손잡이를 돌리기 전에 시어니가 물었다.

"어디에 가 있었어요?"

그는 멈칫했고 시어니가 다시 물었다.

"지난주에 당신을 만나러 집에 들렀어요. 레딩시에 갔던 일에 대해 알려드리려고요. 그런데 집에 안 계시더라고요.
어디 갔었어요?"

그는 시어니를 흘끔 돌아보았다.

"정확히 언제를 말하는지 모르겠어."

"화요일이요. 단서를 찾으려고 했는데…… 잠깐만요, 당
신은 그날 집에 안 온 것 같던데요. 내가 창턱에 쪽지를 놓
아뒀었다고요."

그가 살짝 미소를 지었다. 수줍어하는 미소였다. 시어니
는 그의 그런 표정을 처음 봤다.

"산책 좀 다녀왔어."

"원래 산책 같은 거 안 하잖아요."

'이 사람이 왜 나한테 거짓말을 할까?'

"내가 자유 시간이 많이 생겼잖아."

"에머리 세인 씨."

그는 마치 짜증이 난다는 듯 눈을 위로 굴리는 시늉을
했는데, 실제로 눈을 굴리지는 않았다.

"자네 부모님 집에 갔었어, 시어니. 특히 자네 아버지를
만나 뵈러."

시어니는 마음이 놓여 눈을 깜박였다.

"위험을 경고해주러 갔었군요. 부모님은 안전하시죠?"

그는 잠시 머뭇거리더니 이윽고 다소 혼란스러운 표정으로 고개를 끄덕였다.

"두 분은 적절한 관리를 받고 계셔."

뜨끈한 코코아를 마셨을 때처럼 편안한 온기가 시어니의 온몸에 퍼져나갔다.

"부모님을 돌봐줘서 고마워요. 그러니까 제 말은……."

그때, 쇠 냄새가 섞인 붉은 연기가 교실 안으로 밀고 들어온 바람에, 시어니는 말을 맺지 못했다. 에머리는 긴장한 표정으로 시어니에게 손을 내밀었다. 그 순간, 시어니는 날카로운 무언가로 쿵, 소리가 나도록 머리를 가격당했고, 곧 방 안이 온통 캄캄해졌다.

시어니가 제일 먼저 감지한 것은 먼지 냄새, 금속성의 향이 섞인 건조한 썩은 내였다. 이어서 뒤통수가 욱신거리고 목이 뻣뻣함을 느꼈다. 흠씬 두들겨 맞은 듯한 통증이 두 팔과 몸통에서 느껴졌다. 희미한 불빛에 눈꺼풀이 시큰거려 시어니는 억지로 눈을 뜨고 껌벅거렸다. 목에서 신음이 터져 나왔다.

길쭉한 모슬린 천으로 된 커튼들이 높은 창문들을 전부 가린, 기다란 직사각형의 방이었다. 병원에서 쓰는 접이식 침대 두 개가 문 근처 한쪽 구석에 붙어 있었다. 방에는 두 줄로 된 기둥들이 있었는데, 그중 한 기둥에 시어니의 몸이 결박돼 있었다. 얼핏 봐서는 이 방에 시어니 혼자뿐인 것 같았다.

시어니는 미끈거리는 끈에서 벗어나려 몇 번 몸부림을 쳤다. 그런데 알고 보니 바로 그 끈에서 썩은 내가 풍겼다. 희미한 불빛에 의지해 끈을 살펴보았다. 삼베 같은 색깔의 납작하고 반투명한 그 끈은 마치 소시지 껍질 같았다.

끈의 정체를 깨달은 순간 구역질이 치밀어 올랐다. 시어니는 간신히 구토를 참았지만 속에서 올라온 신물 때문에 부비강이 불에 타는 듯 따가웠다.

그 끈은 바로 창자였다. 돼지나 소가 아닌, 인간의 창자였다. 인공적인 물질은 인간을 통해서만 만들 수 있고, 신체 마법사들은 인간을 이용해야만 마법 주문을 걸 수 있었다.

'사라즈.'

고개를 들고 방을 둘러보았다. 방 안에 빛을 뿌리는, 머리 위의 작고 둥그런 덩어리부터 살폈다. 갓난아기의 주먹만 한 덩어리에는 빛을 내지 않는 초록색, 파란색, 갈색의 둥그란 고리가 박혀 있었다. 그것이 안구임을 깨달은 시어니는 입술을 악물었다. 위장이 뒤집히는 것을 참느라 모든 의지력을 동원하고 속으로 기도까지 해야 했다.

창자가 시어니의 두 팔을 옆구리에 붙여놓았지만 손목은 앞뒤로 조금씩 움직일 수 있었다. 치마 주머니 속에 엄지와 검지를 간신히 집어넣었지만 주머니 안은 비어 있었다. 다른 쪽 주머니도 마찬가지였고 가방도 사라졌다.

썩은 내를 풍기는 창자 끈을 내려다보던 시어니는 한 가지를 더 알아챘다. 이렇게 시어니를 결박해…… 병원처럼 생긴 이곳으로 끌고 왔다는 것은…… 사라즈가 이미 시어니에게 손을 댔다는 뜻이었다.

그 생각이 들자 눈물이 왈칵 솟고 온몸의 뼈가 얼음이 된 듯했다. 몸이 덜덜 떨렸다. 산성을 띤 신물이 올라와 목구멍을 마구 할퀴었다.

'아, 신이시여, 놈이 저를 만졌어요. 저는 이제 죽은 목숨입니다. 죽은 거나 다름없어요.'

'에머리.'

시어니는 팔을 결박한 창자 끈을 잡아당겼다. 방 안을 둘러보며 에머리를 찾고 있는데 숨이 점점 가빠졌다. 뺨을 타고 눈물이 흘러내렸다. 혹시 놈이 에머리를 죽인 게 아닐까? 에머리는 탈출했을까? 에머리…… 대체 어디에……?

시어니의 대각선 방향에 늘어선 또 다른 기둥 중 한 곳에 에머리가 보였다. 사라즈는 에머리를 시어니와 같은 방식으로 묶어놓았다. 에머리의 얼굴이 창문 쪽을 향해 있어서 시어니는 그의 얼굴 중 일부만 볼 수 있었다. 그는 앞으로 고개를 숙인 채였고 의식이 없었다. 사라즈는 그의 외투를 벗겼고, 바지 주머니도 죄다 뒤졌는지 주머니 안쪽 천이 바깥으로 빠져나와 있었다.

"에머리!" 시어니는 목소리를 낮추고 그를 불렀다. "에머리, 정신 차려요!"

종이 마법사 에머리가 몸을 약간 움직였고, 신체 마법사 사라즈도 마찬가지였다.

"네가 속임수를 써버리면 이 게임이 재미가 없어진단 말이야, 새끼 고양이야."

사라즈의 특이한 억양이 들어간 목소리가 시어니의 오른쪽에서 들려왔다. 시어니는 몸을 결박한 끈을 바짝 당기며 고개를 돌렸다. 사라즈가 계단문으로 이어지는 또 다른 문을 통해 방으로 들어오고 있었다. 놈은 레딩시에서 봤을 때와는 옷차림이 달라졌다. 폭이 좁은 회색 연미복을 재킷 없이 입고 있었다. 바지 안으로 밑단을 넣은 셔츠에는 진홍색 액체가 튀어 있었고, 왼쪽 무릎에는 진한 얼룩이 배어 있었다.

그는 나지막하게 웅얼대며 주문을 외웠다. 시어니를 기둥에 결박한 미끈거리는 끈이 움직이더니 시어니의 몸을 오른쪽으로 돌려 사라즈를 마주볼 수 있게 했다. 사라즈는 피식 웃으며 말했다.

"나를 친히 찾아오기까지 하면 추격전이 재미가 없다니까."

시어니는 몸이 덜덜 떨려 목소리를 내기 힘들었지만 침을 꿀꺽 삼키며 입을 열었다.

"그거야 당신이 반격할 줄 아는 사람들에게 익숙하지 않아서 그렇겠지."

호기롭게 말했지만 그와 싸워 이길 자신은 없었다.

지금은 보이지 않는 각도에 있는 에머리가 놈에게 말했다.

"사라즈. 네 싸움 상대는 나다."

사라즈가 웃음을 터뜨렸다.

"아, 아니거든. 조금 있다가 널 쓰고 버릴 거다, 세인."

시어니는 심장이 빠르게 뛰는 것을 느끼며 끈에서 벗어나려고 몸부림쳤다.

"사라즈, 안 돼! 나랑 상대해. 그는 내버려둬!"

"멋대로 규칙을 바꾸려 들지 마, 새끼 고양이야." 사라즈는 나무라듯 검지를 세웠다. 그러고는 주머니에서 시어니의 목걸이를 꺼내 들고 요구했다. "자, 이제 네 작은 비밀을 털어놓아야지?"

시어니는 몸이 얼어붙은 듯했다.

"그래스는…… 그걸 뭐라고 하더라? 굳세게? 그래, 유리와의 결합을 깨려고 굳세게 방법을 찾아 헤맸더랬지. 거의 집착 수준이었어." 사라즈는 기둥 사이를 왔다 갔다 하면서 목걸이에 걸린 다양한 재료들을 만지작거렸다. "나는 그래스가 성공한 줄도 몰랐어. 네가 그 비밀을 드러내 보여주기 전까지는."

사라즈는 목걸이를 제 얼굴에 가까이 가져다 댔다.

"여기에 희한한 물건들을 매달아놨네. 종이를 나타내는

나무, 유리를 나타내는 모래, 기름…… 그리고 성냥? 그러니까 기본적인 재료들이 있어야 가능한 것이구만. 방법이 뭐야?"

그는 목걸이를 아래로 내리고 시어니의 눈을 마주 보았다. "어떤 식으로 작용하는지 말해, 새끼 고양이야."

"시어니!"

에머리가 소리쳤지만 사라즈의 손짓 한 번에 그의 몸은 끈으로 더욱 단단히 결박되어 더 이상 한마디도 할 수 없었다. 놈은 그의 숨통을 막고 있었다.

"그만해!"

시어니가 악을 썼다.

사라즈가 미소 지으며 두 손을 아래로 내리자, 에머리의 몸을 묶은 끈이 아주 조금 헐거워졌다. 에머리는 헉하고 숨을 들이마셨다.

'이러다 놈이 그를 죽이겠어.' 몹시 당황한 시어니는 호흡이 거칠고 빨라졌다. 머리 위에서 천장이 빙글빙글 돌기 시작했다. '놈이 그를 죽일 거야. 아, 에머리. 제발 그를 건드리지 마.'

그를 잃는 건 생각조차 할 수 없었다…….

그렇다고 사라즈에게 비밀을 털어놓을 수는 없었다. 그 정도의 힘을 안겨주어서도 안 되었다. 사라즈가 그 비밀을 알면 앞으로 얼마나 많은 사람이 목숨을 잃게 될까?

에머리냐, 다른 사람들이냐?

사라즈의 뒤를 쫓지 말았어야 했다. 애초에 다른 마법을 시도해보지도 말았어야 했다. 절대 그래서는 안 되는 일이었다…….

"시간이 없거든."

사라즈가 재촉하자 에머리가 외쳤다.

"아무 말도 하지 마!"

시어니는 입을 꾹 다물었다. 눈물이 두 뺨을 타고 흘러내렸다.

사라즈는 킥킥 웃으며 느긋하게 시어니 쪽으로 다가왔다. 거리가 충분히 가까워지자 그는 시어니의 머리 옆에 있는 기둥에 한 손을 얹었다.

에머리가 끈에 묶인 채 몸부림을 쳤다. 시어니는 에머리가 허공에 대고 발길질하는 모습을 볼 수 있었다.

"사라즈!" 에머리의 목소리가 방 안을 가득 채웠다. "그 여자한테 손대면 네 놈 머리를 잘라서 벽난로 위 선반에

얹어놓을 거다!"

"영국인들은 참 희한해." 사라즈는 시어니에게 속삭이듯 말했다. 놈의 입김이 시어니의 이마에 부드럽게 와 닿았다. 입김에서 카르다몸과 고기 냄새가 풍겼다. "실행하지도 못할 위협을 해댄단 말이야."

사라즈는 치아를 내보이지 않고 입으로만 미소를 지으면서 시어니의 귀 위쪽 머리카락을 손으로 쓸어 올렸다. 시어니는 움찔하며 그에게서 최대한 고개를 돌렸지만 놈은 두 손가락으로 시어니의 머리채를 잡아 쥐었다. 그러더니 으르렁대는 듯한 신음과 함께 머리털을 뽑았다.

시어니는 비명을 질렀다.

사라즈는 목걸이를 손에 들었을 때와 똑같이 시어니의 오렌지색 머리카락을 손에 쥐고 달랑달랑 흔들어댔다. 그는 에머리의 욕설을 들은 척도 하지 않았다.

"난 농담은 안 해. 난 웃기는 사람이 아니거든."

그러자 시어니가 내뱉었다.

"당신은 진짜 웃기는 놈이야."

그러자 사라즈는 미소를 지었다.

"아 그래? 그럼 이것도 좋아하겠네."

사라즈는 시어니한테서 돌아서서 에머리에게 다가갔다. 에머리를 결박한 창자 끈이 움직이면서 에머리가 사라즈를 마주 보게 했다. 그제야 시어니도 에머리의 모습을 온전히 볼 수 있었다.

하지만 평소와는 너무도 다른 모습이었다. 에머리의 얼굴에 핏기라곤 없었고 휘둥그렇게 뜬 눈에는 흰자가 과도하게 드러났다. 목에는 붉은 줄이 그어져 있고, 사라즈에게 맞은 자리에서 피가 흘러내렸다.

사라즈는 또다시 몇 초 동안 혼자 웅얼거렸다. 신체 마법 주문은 미리 준비하지 않은 이상 다른 주문보다 긴 편이었다. 사라즈의 손에 들린 오렌지색 머리카락이 곧고 빳빳해지면서, 머리카락이 아니라 유리처럼 날카로워졌다.

"얼마나 많은 피를 봐야 우리 새끼 고양이가 노래를 부르려나?" 사라즈는 오렌지색 머리카락으로 에머리의 턱을 쓸어 올렸다. 칼처럼 예리한 머리카락이 에머리의 피부를 찢고 성난 붉은 상처를 입혔다. 사라즈는 망설이다가 덧붙였다. "이런데도 노래를 안 부르네?"

"그만해! 그만!"

시어니가 울부짖었다.

에머리는 사라즈에게서 시선을 떼지 않은 채 말했다.

"놈에게 아무것도 알려주지 마, 시어니."

시어니는 몸을 앞뒤로 뒤틀며 외쳤다.

"그를 다치게 하지 마!"

아무리 움직여도 몸을 결박한 창자 끈은 꿈쩍도 하지 않았다. 사라즈가 주술을 걸어놓은 물건이라 아주 견고했다.

사라즈는 시어니의 머리카락으로 만든 칼을 에머리의 어깨에 꽂아 넣었다. 상처 부위에서 흘러내린 피가 그의 셔츠를 물들였다. 에머리는 비명을 지르지 않으려고 이를 악물었다.

시어니는 눈을 앞뒤로 굴리며 방 안을 둘러보았다. 가방, 그 안에 있던 자신의 물건들, 그중 무엇이든 손에 쥘 수만 있다면 도움이 될 듯했다. 두 손을 기둥에 붙였지만 돌로는 할 수 있는 게 없었다. 이렇게 창자 끈에 묶여 있는 한 할 수 있는 일이 없었다. 문득 신발 바닥에 여전히 붙어 있는 고무가 생각났다! 고무를 이용할 수 있을지 모른다는 희망을 잠시 품었지만, 생각해보니 자신은 지금 불 마법사였다. 이대로는 다른 마법으로 갈아탈 수가 없었다. 주머니를 힘없이 문질러보고 블라우스 버튼도 살펴보았다.

시어니는 눈물을 흘리며 애원했다.

"제발!"

사라즈에게 비밀을 말해야 했다. 에머리가 없는 세상에서는 살 수 없으니까. 그건 불가능하니까!

사라즈는 손을 뒤로 빼며 마치 개를 다루듯 에머리의 뺨을 두 번 쓰다듬었다. 에머리는 사라즈를 노려보았다.

"신체 마법사들은 직접 손을 대지 않고도 남의 손가락을 한 번에 하나씩 부러뜨릴 수가 있거든. 알아?" 사라즈는 어깨 너머로 시어니를 흘끗 쳐다보며 물었다. 그러고는 주머니에서 녹슨 펜치를 꺼내 들었다. "손톱 하나만 있으면 돼. 뼈를 부러뜨리려고 굳이 같은 방에 있을 필요도 없어."

그는 펜치를 벌렸다 오므렸다 하면서 다시 에머리에게 돌아섰다.

"난 엄지가 좋더라. 그걸…… 뭐라고 하지? 그래, 기벽."

시어니는 몸을 앞뒤로 비틀며 꿈틀거렸다. 그 바람에 뒷머리에서 머리카락이 몇 가닥 삐져나와 눈물로 젖은 피부를 찔러댔다. 에머리가 다치면 안 되었다. 에머리는 여기 있으면 안 되는 거였다! 그가 이 일에 낄 필요는 없었다!

사라즈는 한 번 더 시어니를 돌아보았다.

"그의 뼈를 하나씩 부러뜨리는 대신에 유리 조각으로 단번에 자비롭게 죽여줄 수도 있어. 물론, 그전에 네가 아는 비밀을 내게 털어놓아야 해."

시어니는 창자 끈에 결박당한 채 부들부들 떨었다. 피웅덩이에 쓰러져 있는 애니스, 핏기 하나 없이 창백하게 늘어진 딜라일라의 모습이 머릿속으로 밀려들어 시어니는 숨을 쉴 수가 없었다.

"내가……."

시어니가 입을 열자 에머리가 말렸다.

"시어니."

시어니는 눈물을 폭포처럼 흘리며 생각했다.

'내가 여기 있어. 이번엔 내가 여기 있다고. 당신이 죽게 내버려두지 않을 거야. 내가 여기 있으니까.'

사라즈는 어깨를 으쓱하며 에머리의 손을 잡으려 했다.

"말할게!" 시어니가 소리치자 사라즈는 손을 멈췄다. 눈물에 잠긴 목에서 쉰 소리가 나왔다. "그 사람을 풀어주면 말할게!"

에머리가 소리쳤다.

"시어니!"

사라즈는 싱긋 웃으며 펜치를 뒤로 뺐다.

"공정한 거래네. 어디 계속 말해봐."

"그 사람을 먼저 풀어줘."

"영국인들은 참 이상하게 물물교환을 좋아한다니까."

사라즈는 팔짱을 끼며 에머리에게서 몇 걸음 멀어졌다.
"넌 지금 아무런 영향도 못 미쳐, 새끼 고양이야. 뭐, 내가
기분이 좋으니까 봐줄 수는 있어. 마법사의 심장이라면 이
미 하나 갖고 있으니 굳이 또 하나 가질 필요는 없겠고. 그
를 풀어줄 수도 있어. 대신 너는……."

에머리가 소리쳤다.

"시어니, 더 이상 한마디도 하지 마! 그래서는 안 돼!"

"하지만 당신은 그만한 가치가 있어요." 시어니는 울면
서 나지막하게 말했다. 소리가 너무 작아서 에머리에게 들
리지 않았을 수도 있었다. 시어니는 울음을 삼키며 덧붙였
다. "비밀은 바로 자기 자신이야."

에머리는 창자 끈에 붙들린 채 지쳐갔다.

사라즈가 한쪽 눈썹을 치떴다.

"구체적으로 말해."

"그래스가 발견한 비밀은 바로 그거였어." 시어니는 한

마디 한마디 할 때마다 몸이 비어가는 것을 느꼈다. 이러다 곧 가죽만 남을 듯했다. "마법 재료의 자연 성분과 결합을 해지하고 자기 자신과 결합한 후 새로운 재료와 결합을 완료하면 돼. 그게 방법이야."

사라즈가 미소를 지었다.

"흥미롭군. 주문은?"

시어니는 바짝 마른 목으로 숨을 삼켰다.

"흙에 의해 만들어진 재료여, 너를 다루는 자가 명한다. 내가 너를 통해 연결되었듯이 바로 오늘부터 나와의 연결을 끊어라. 이렇게 시작해."

사라즈는 목걸이를 들어 올리고 줄에 꿰어진 마법 재료들을 눈으로 훑었다. 손으로 재료를 쓰다듬더니 고개를 돌리며 인상을 찌푸렸다.

"그런데, 어떤 재료와 결합을 하지?"

시어니는 목걸이를 바라보았다. 에머리를 흘끗 돌아본 후 다시 사라즈에게 초점을 맞췄다. 신체 마법에는 손댈 생각도 못 해봤기 때문에 방금 전 사라즈가 한 질문에 대해서도 생각해본 적이 없었다.

신체 마법사들은 인간과 결합함으로써 신체 마법사가

된다. 시어니는 그래스가 딜라일라에게 그렇게 하는 것을 목격한 바 있었다. 하지만 인간을 이루는 자연 성분은 무엇일까? 인간을 만드는 것은 인간이다. 그야말로 동일한 재료다. 신체 마법사가 희생자의 부모를 만나 결합을 해제한다면 신체 마법을 버리고 다른 마법을 취하는 것이 가능할까?

하지만 그것도 말이 되지 않았다. 신체 마법사가 신체 마법을 취하기 위해 살해한 이의 양쪽 부모를 모두 찾아낸다고 해도, 그 두 *사람과* 동시에 결합을 해지할 수는 없었다.

시어니는 눈을 깜박이다가 혀로 입술을 핥았다.

"넌…… 결합 못 해."

사라즈의 표정이 어두워졌다.

"뭐라고?"

시어니는 고개를 저었다.

"못한다고. 기본적으로 인간은 인간이 만들지만 인간을 이루는 자연 성분은 없어. 원래…… 그래." 시어니의 입가에 미소가 번졌다. 사라즈에게 하는 말이라기보다는 스스로에게 하는 말인 듯 덧붙였다. "한 번 신체 마법사가 되면 거기 갇혀버리는 거야. 못 바꿔. 신체 마법사는 다른 마법을 사용 못 해."

에머리가 고개를 들었다. 그의 두 눈에 머리 위에 떠 있는 부자연스러운 빛이 반사되었다. 에머리의 입은 웃고 있었다.

시어니도 웃으며 말했다.

"넌 그 비밀 정보를 사용 못 해, 사라즈. 너도 그렇고 다른 신체 마법사들도 마찬가지야. 신체 마법사는 다른 마법의 힘을 못 가져. 영원히 신체 마법에 갇히는 거야."

사라즈는 표정이 지독하게 어두워지고 뒤틀려 더 이상 인간처럼 보이지 않을 정도였다. 그는 이마에 주름을 잔뜩 잡은 채 입술을 비딱하게 올렸다. 두 뺨이 움푹 들어간 채 이를 드러냈다.

그리고 어둡고 탁한 목소리로 말했다.

"그런가."

그는 마법 재료 목걸이를 한쪽 주머니에 넣고 다른 쪽 주머니에서 펜치를 꺼내 들더니 에머리 쪽으로 돌아섰다.

의기양양하던 시어니는 기겁을 했다. 추위와 공허감이 밀려들어 어쩔 줄 몰라 하며 소리쳤다.

"안 돼, 그러지 마!"

하지만 시어니가 아무리 소리쳐도 사라즈는 전혀 멈출 뜻이 없어 보였다. 시어니의 말은 더는 아무런 영향력이 없었다.

시어니는 미친 듯이 방 안을 둘러보며 벽과 바닥까지 살폈다…….

시어니의 시선이 자신의 목깃에 와 닿았다. 도서관 사서에게 받은 종이쪽지의 끄트머리가 목깃 안쪽에 살짝 튀어나와 있었다. 스페인 남자의 주소가 적힌 종이였다. 하지만 시어니는 지금 몸에 깃든 마법을 변경하지 않고서는 종이 마법을 쓸 수가 없었다.

그런데 생각해보니 시어니는 할 수 없지만, 에머리는 가능했다.

시어니는 그를 위해 종이 마법 장치를 접어줄 수 없었고 에머리의 두 팔은 시어니와 마찬가지로 단단히 결박돼 있었다. 종이를 만질 수 없다면 에머리도 분류 마법으로 마법의 힘을 끌어올 수 없을 터였다. 시어니는 결박을 풀기 위해 손을 이리저리 움직여봤지만 소용없었다. 이 방법뿐인 것 같은데 도저히 불가능했다…….

사라즈가 웅크리고 앉아, 에머리의 손을 향해 팔을 뻗었다.

시어니는 다시 한번 사용할 수 있는 방법을 강구했다. 불길이든 불꽃이든 *뭐*든 써봐야 했다. 하지만 사라즈가 이미 조치를 해두었다. 괴상하게 빛나는 안구들 말고는 이곳에 빛이라곤 없었다. 랜턴도 촛불도 없었다. 여기서 불을 만들 수 있는 재료는 시어니의 목걸이에 매달아둔 성냥뿐이었다.

목걸이. 그것은 지금 사라즈의 주머니에 들어 있었다. 목걸이에는 종이 마법을 위한 장치도 달려 있었다. 역사에 관한 소론이 적힌 종이를 접어서 만든 장치였다. 에머리는 소론에 점수를 매기느라 그 종이에 손을 댔다.

시어니는 방에 있는 책상 앞에 앉아 그 장치를 접어 만들던 날을 기억에 떠올렸다. 숙제로 작성한 소론의 일부를 찢어 만든 장치인데, 표면에 1744년이라고 적혀 있었다.

"분류해요, 에머리! 1744년을 기준으로 분류해요!"

사라즈가 당황한 표정으로 뒤를 돌아보았다. 에머리는 시어니에게 묻지 않고 곧장 외쳤다.

"1744년으로 분류해!"

사라즈의 주머니에서 튀어 나간 목걸이가 에머리의 왼손으로 쏙 들어갔다. 사라즈가 에머리를 향해 돌아섰지만 에머리가 결박된 손목을 최대한 움직여 목걸이를 시어니에게 던진 후였다.

목걸이가 바닥에 떨어지면서 기름이 담긴 유리 향수병과 액상 라텍스가 담긴 유리병이 부서졌다. 목걸이는 타일을 쭉 미끄러져 시어니가 묶여 있는 기둥 쪽으로 향했고, 점점 그 속도가 줄어들었다. 사라즈가 허리 아래까지 결박해놓지는 않은 상태라 시어니는 발을 뻗어 발가락 끝으로 목걸이를 잡아 가까이 끌어당겼다.

사라즈가 시어니를 향해 돌아섰다.

식은땀이 나고 심장이 미친 듯이 뛰었지만 시어니는 목걸이를 두 발 사이로 잡아당기는 데 성공했다. 창자 끈에 손목이 단단히 묶여 있었지만 두 발 사이로 목걸이를 잡고 목걸이 줄이 오른손에 닿을 때까지 무릎을 굽히면서 위로 올렸다.

사라즈는 주머니에서 피 묻은 손수건을 꺼내며 시어니 쪽으로 달려왔다.

시어니는 재빨리 손가락으로 목걸이를 훑어 성냥을 찾

아냈다. 성냥 끄트머리에 엄지를 갖다 대고 확 그어 올렸다.

드디어 불이 붙었다.

"타올라라!"

시어니가 소리친 순간 사라즈는 시어니에게 손을 뻗었다. 그의 피 묻은 손수건이 불그스름하게 빛났다. 시어니의 손에 담긴 불덩어리가 천 배는 커져 혀를 날름거리자 사라즈는 뒤로 주춤주춤 물러섰다. 사라즈가 만들어낸 마법 장치가 무엇이든 간에 시어니의 불 앞에서는 무력화된 것이다.

"태워라!"

시어니의 명령에 불덩어리는 시어니의 팔을 결박한 창자 끈을 태워 없앴다. 시어니는 드디어 기둥을 뒤로하고 휘청거리며 일어섰다. 끈에 묶였던 흉곽이 원래 자리로 돌아가면서 통증이 느껴졌다.

"갈라져!"

시어니는 불덩어리를 둘로 나눴다. 그중 한 덩어리를 사라즈에게 던져 그를 물러서게 한 후 에머리 쪽으로 달려가면서 또 다른 불덩어리로 에머리의 팔을 결박한 끈을 태워

없앴다.

창자 끈이 끊어지자 에머리는 가쁜 숨을 몰아쉬었다. 그는 머리카락으로 만든 칼날을 곧장 어깨에서 뽑아냈다. 그 자리에서 더욱 세차게 피가 흐르기 시작했고 에머리는 손바닥으로 상처 부위를 눌렀다.

그는 시어니의 손에 담긴 불을 바라보면서 쌕쌕거리는 목소리로 말했다.

"내…… 외투가 있어야 해. 거기 마법 장치가 있어."

"계단으로 가요. 사라즈가 아까 계단에서 내려오는 걸 봤어요……."

그 순간 에머리는 눈이 휘둥그레지면서, 불을 쥐고 있지 않은 시어니의 손을 잡아 기둥 뒤로 당겼다. 조금 전에 그들이 서 있던 자리로 붉은 별들이 쌩하니 지나갔다. 별들은 돌기둥에 맞고 튀면서 바닥에 떨어져 피로 변했다.

"갈라져! 타올라! 불붙여!"

시어니는 연달아 명령을 내려 불덩어리를 한 번 더 나눴다. 그중 하나는 손에 쥐고 다른 하나를 사라즈에게 던졌다. 사라즈는 불을 피해 위로 훌쩍 뛰었다. 불덩어리는 병원 침대를 향해 날아가 쇠기둥을 시커멓게 태워놓았다.

시어니가 소리쳤다.

"가요! 마법 장치를 찾아요. 제가 그동안 막고 있을
게요!"

"시어니……."

"어서요!"

에머리는 어깨를 손으로 잡은 채 계단으로 연결되는 문
으로 달려갔다. 시어니는 불덩어리에 바람개비 주문을 걸
어 사라즈가 바리케이드로 삼고 있는 기둥을 향해 던졌다.
불덩어리가 네 장의 꽃잎이 달린 꽃으로 변해 타일 앞뒤로
왔다 갔다 하자 사라즈는 뒤로 더 물러났다. 바닥에 쏟아
진 기름에 불이 붙으면서 불 웅덩이를 이루었다.

시어니는 목걸이를 손에 쥐고 불과의 마법 결합을 해지
하는 주문을 빠르게 외웠다. 서두르다 보니 발음이 꼬일
지경이었다. 유리 마법사로 변한 시어니는 창문 쪽으로 달
려가 그 위를 뒤덮은 모슬린 커튼을 아래로 잡아당겼다.
창문을 가린 커튼이 없으니 누구든 건물 안에서 타오르는
불꽃을 보면 도움을 청해줄 것 같아서였다.

시어니는 유리에 손을 대고 명령을 내렸다.

"왼쪽으로. 부서져라!"

유리창은 수백 개의 파편으로 산산조각이 났다. 시어니가 손을 휘젓자 유리 파편들이 사라즈가 있는 곳으로 날아갔다. 유리 다트들은 벽과 기둥, 바닥에 부딪히면서 더욱 잘게 부서졌다. 사라즈는 얼른 몸을 피했지만 그중 하나가 사라즈의 옆구리를 베어놓았다.

"Kutiyaa!(이런 개 같은!)"

그 옆 창문으로 이동하던 시어니는 갑자기 다리에 힘이 빠져버렸다. 바닥에 주저앉아 어쩔 줄을 몰랐다.

일어서려고 했지만 다리가 움직여지지 않았다.

다리에 *감각조차* 없었다.

사라즈가 숨을 크게 몰아쉬며 말했다.

"내가 네 피부에 손을 댔다는 사실을 잊었나 보구나, 새끼 고양이야. 넌 *내 것이야!*"

사라즈는 피투성이가 된 옆구리를 손으로 누르며 기둥 뒤에서 걸어 나왔다. 그는 오른손의 검지와 중지를 십자 모양으로 교차했는데 그 방법으로 시어니의 다리를 움직이지 못하게 한 모양이었다.

시어니는 팔로 바닥을 짚으며 뒤로 물러났다. 아직 불이 붙어 있는 기름 웅덩이를 흘끗 쳐다보았다. 저 불을 사용할 수 있으면……

목걸이를 손에 쥐고 모래주머니로 손을 옮겼지만 혀와 입술까지 마비되어버렸다. 주문은 입 안에서 흩어지고 말았다.

"더 이상은 안 돼."

사라즈는 깊게 숨을 들이마신 뒤 주문을 외우기 시작했다. 상처 부위를 누르고 있던 그의 손이 금색으로 빛나더니 얼마 안 있어 그의 호흡이 편안해졌다. 그가 손을 떼자 옆구리의 상처는 깨끗이 나아 있었다.

그가 시어니 쪽으로 한 걸음 다가오는데 총성이 방 안에 울려 퍼졌다. 사라즈는 뒤로 휘청하면서 숨을 몰아쉬더니 두 손을 가슴께로 가져갔다. 그의 가슴에 총알구멍이 나 있었다. 사라즈의 손가락 두 개가 십자 모양을 유지하지 못하게 되자 시어니의 마비 상태도 풀렸다.

사라즈가 바닥에 쓰러진 순간 시어니는 비틀거리며 일어섰다.

주변을 둘러본 시어니는 문간에 서 있는 에머리를 봤다. 시어니의 권총이 그의 손에 들려 있었다. 에머리는 짙은 회색 외투를 입었고 시어니의 가방을 어깨에 걸쳐 멨다.

사라즈는 바닥에 죽은 듯이 누워 있었다.

"에머리."

시어니는 사라즈 쪽으로 다가가 그의 가슴을 살펴보았다. 얼마 안 있어 다시 위로 들썩일 줄 알았는데…… 가슴은 그 상태로 움직일 줄 몰랐다. 두 눈은 반쯤 감은 채 천장을 멀거니 올려다보고 있었다.

시어니는 에머리에게 달려가 두 팔로 그의 허리를 감싸 안았다. 그도 권총을 아래로 내리고 시어니를 안았다.

시어니는 뒤로 물러나 사라즈를 흘끗 돌아보았다.

"총을 이렇게 잘 쏘시는 줄 몰랐어요."

"나도 몰랐어."

그는 시어니에게 가방을 넘겨주면서 통증으로 움찔했다.

시어니는 마법 재료 목걸이를 목에 걸고 에머리의 손을 잡았다.

"이제 가요. 경찰들이 사라즈를 찾고 있어요. 유리창을 통해 이 안에서 불 난 걸 못 봤다고 해도 곧 여기 도착할……."

"잠깐만."

에머리는 멈칫했다.

시어니는 그의 다음 말을 기다렸다.

에머리는 공중에 떠 있는 안구들을 흘끗 쳐다보며 말했다.

"이 불빛들이 마음에 걸려. 신체 마법사가 죽으면 그가 만든 마법 장치들은 효과가 사라져야 하거든."

시어니는 숨 쉬는 것도 잊고 사라즈를 돌아보았다. 쓰러져 있던 사라즈가 발작적으로 웃으며 몸을 흔들어댔다.

"맞아. 맞는 말이야."

이국적 억양이 섞인 목소리로 사라즈가 지껄였다. 그는 물에 젖은 듯 묵직하게 숨을 씨근거리며 일어섰다. 구부정하게 웅크린 그의 몸은 마치 어린아이의 손에 들린 헝겊 인형처럼 힘없이 움직였다.

시어니와 에머리 쪽으로 돌아선 그는 금색으로 빛나는 손가락을 가슴에 난 구멍에 집어넣어 뛰지 않는 심장을 끄집어냈다.

시어니는 입안에 쓴맛이 돌았다.

"내가 심장을 두 개 갖고 있었어, 세인." 사라즈가 키득거리고 웃으며 심장을 발치에 떨어뜨리자 가슴에 뚫린 구멍은 저절로 아물었다. "캔트렐 마법사 덕분이지."

에머리는 신음을 삼키며 시어니 옆에서 달려나갔다. 그의 외투 자락이 망토처럼 펄럭였다. 그가 학교에서 썼던 폭발 마법 장치가 양손에서 날아가면서 그와 사라즈 사이의 공간에서 크게 진동하기 시작했다.

시어니는 다시 창문 쪽으로 달려갔다. 폭발 마법 장치가 터지면서 창문 하나가 박살이 났다. 시어니는 곁눈으로 사라즈를 보면서 유리 파편을 사라즈 쪽으로 날려 보냈다. 사라즈의 정신을 계속 산란하게 만들어야 했다. 계속 움직이게 만들어야 했다. 안 그랬다간 시어니의 몸을, 에머리의 몸을 마비시키고 말 것이다. 사라즈에게 생각할 시간을 주면 시어니와 에머리는 죽은 목숨이었다.

시어니는 계단 쪽으로 달려가면서 손에 쥔 목걸이에 대고 주문을 외워 금속 마법사가 되었다. 그리고 에머리가 바닥에 떨어뜨린 권총을 향해 손을 뻗었다.

그 순간 주변의 공간이 휘어지면서 현기증이 밀려와 시어니는 휘청하고 말았다. 신체 마법으로 인한 현상이 아니라, 에머리가 쓴 마법 때문이었다. 왜곡 마법이었다. 해파리처럼 생긴 종이 장치가 에머리의 손안에서 까닥거렸다.

시어니는 두 걸음 더 나아가다가 결국 바닥에 주저앉았

다. 바닥이 성난 대양처럼 물결쳤다. 시어니의 권총이 물 위에 뜬 기름처럼 흔들거렸다.

시어니는 팔을 뻗어 권총을 손에 쥐었다. 방이 다시 굳어지고, 옅은 안개 같은 핏물이 시어니에게 흩뿌려졌다. 사라즈가 에머리를 공격하려고 뿌린 마법의 잔여물이었다.

왜곡 마법의 효과를 간신히 떨쳐낸 시어니는 몸을 일으키며 권총을 앞으로 뻗었다.

"끌어당겨!"

시어니의 주문과 함께 금속으로 된 권총이 마법의 힘을 발휘했다. 금속 합금으로 만들어진 물건은 전부 권총을 향해 모여들었다. 사라즈의 셔츠에 달려 있던 커프스도 실을 뜯고 날아왔고, 바닥 타일 사이에 떨어져 있던 바늘들도 허공으로 날아올랐다. 시커멓게 탄 병원 침대까지 방을 가로질러 오면서 사라즈의 뒷무릎을 쳤다. 에머리는 기둥 뒤로 재빨리 들어간 덕분에 병원 침대의 타격을 피할 수 있었다. 마지막 순간 시어니는 권총을 바닥에 떨어뜨리고 구석 자리로 몸을 피했다. 하마터면 날아온 병원 침대에 맞을 뻔했다. 바늘과 단추 들이 권총을 향해 빗방울처럼 떨어져 척척 들러붙었다.

회오리치는 붉은 연기 속으로 사라졌던 사라즈가 에머리 뒤에서 다시 모습을 드러냈다.

"뒤에 있어요!"

시어니가 소리쳤다.

몸을 돌리며 바닥에 주저앉은 에머리는 사라즈가 앞으로 뻗은 팔을 간발의 차로 피했다. 사라즈의 손이 기둥에 부딪히면서 핏자국을 남겼다. 에머리는 사라즈의 정강이를 세차게 걷어차 쓰러뜨렸다.

병원 침대 하나를 붙잡은 시어니는 침대를 질질 끌고 방을 가로질렀다. 에머리가 일어서자 사라즈는 그의 바짓가랑이 한쪽을 붙잡고 중얼중얼 주문을 외웠다. 사라즈의 두 손이 붉은빛을 내기 시작했다.

시어니는 에머리에게 그 마법을 조심하라고 외칠 필요가 없었다. 에머리는 사라즈의 머리채를 잡고 뺨을 향해 주먹을 날렸다.

시어니가 소리쳤다.

"그놈을 기둥으로 던져요!"

에머리는 사라즈를 한 번 더 주먹으로 치고 목깃을 잡은 뒤 돌기둥을 향해 던졌다. 사라즈가 돌기둥에 부딪히자 시어니는 병원 침대를 사라즈에게 갖다 붙이며 소리쳤다.

"둥글게 휘어져라!"

시커멓게 탄 병원 침대의 뼈대가 삐걱거리며 휘어져 사라즈와 돌기둥을 둘러싸 그를 옴짝달싹 못하게 만들었다.

사라즈가 깔깔대며 웃기 시작했다.

에머리는 시어니의 팔을 잡아 뒤로 당겼다. 그리고 외투 안에서 종이 장치 몇 개를 끄집어냈다. 그가 명령을 내리자 시어니는 깜짝 놀랐다.

"찢어져라!"

종이 마법 장치는 수백 개의 조각으로 찢어졌다.

"모여서 앞으로 가!"

에머리가 지시하자 종잇조각들은 한데 모여 구름 같은 모양을 이루더니 사라즈에게 몰려가 그의 몸에 거머리처럼 들러붙었다.

"베어라!"

에머리가 소리쳤다. 시어니가 한 번도 들어본 적 없는 명령이었다.

종이 구름이 갈라졌다. 종잇조각들의 절반은 이쪽으로,

나머지 절반은 저쪽으로 휙휙 날아가면서 사라즈의 피부를 베어놓았다.

종이가 살을 베면서 수천수만의 깊고 가느다란 상처가 생겨났다.

이윽고 피에 젖은 종이들이 바닥으로 떨어져 내렸다.

금속 감옥 안에 갇힌 사라즈는 그 안에서 축 늘어졌고 허공에 떠 있던 안구들도 시커멓게 빛을 잃었다.

16

··········★★★❦★★★··········

은색으로 어슴푸레하게 빛나는 유리 마법 횃불들이 반
쯤 수리된 병원의 통로를 밝혔다. 런던과 브래클리 마을
경찰들이 그곳에 와 있었다. 경찰차 두 대가 도로를 막았
고, 기수들이 병원 안에서 조사를 진행하는 동안 말 세 마
리는 병원 잔디밭에서 한가로이 풀을 뜯었다.

에머리가 외투로 어깨를 덮어줬는데도 시어니는 몸이
덜덜 떨렸다. 에머리는 통로 근처의 긴 의자에 앉아 있었
다. 의사가 그의 뒤통수에 난 상처를 봐주었다. 의사는 에
머리에게 어깨에 대고 꾹 누르라며 물에 젖은 천을 건네주

었다.

에머리는 상처를 입었지만 그래도 살아 있었다. 에머리와 시어니 둘 다 목숨이 붙어 있었다. 사라즈는 되살아나지 못했다. 아무리 노련한 신체 마법사라도, 스스로 부활할 수는 없었다. 몸 안에 훔친 심장을 몇 개나 넣어두었든 마찬가지였다.

시어니는 스스로 목숨을 끊은 중등학교 친구 애니스 해터를 머릿속에 떠올렸다. 죽어서 욕조에 누워 있는 모습이 아니라 시어니도 복잡해 이해하기 어려운 수학 문제를 풀려고 애쓰며 연필을 입에 물고 있는 모습이었다. 딜라일라도 생각났다. 그래스의 손에 목을 붙잡힌 모습이 아니라 세인트 알반 새먼 레스토랑의 식탁 맞은편에 앉아 미소 짓는 모습이었다.

드디어 끝났다.

"늘 적시 적소에 와 있으니 대단하다고밖에 말을 못 하겠군요, 세인 마법사님." 휴즈 마법사가 긴 의자로 다가오며 말을 걸었다. 시어니는 휴즈가 왔는지도 모르고 있었다. "말썽 난 곳을 찾아다니며 줄줄이 해결하시니 차라리 형사과로 들어오시죠. 전에도 말했다시피 급료도 꽤 괜찮은 편입니다."

고무 마법사 휴즈의 지분거림에 에머리는 지친 얼굴로 미소를 지었다.

"형사과는 서류 작업이 너무 많아요. 알잖습니까, 알프레드."

휴즈는 콧방귀를 뀌었다.

"서류 작업을 핑계로 삼다니요. 하필 종이 마법사가 서류 작업이 많다고 불평을 하니 어이가 없네요."

휴즈는 흰 콧수염을 손으로 긁으며 시어니를 돌아보았다.

"아, 트월 양. 여기서 또 보네. 난 어째서 놀랍지도 않을까? 이번이 세 번째지, 아마? 자네도 형사과로 들어오는 편이 낫겠어. 대체 망할 견습 과정은 언제 끝나지?"

시어니는 미소를 지으려고 애썼지만 신경이 잔뜩 곤두선 상태라 인상이 찌푸려지고 말았다.

"운 좋으면 2주일 정도요."

휴즈의 표정이 밝아졌다.

"아? 그것 참 좋은 소식이네. 잘 되길 빌게."

휴즈는 에머리를 돌아보았다. 그는 허리를 굽히고 에머

리의 상처를 좀 더 자세히 들여다보며 말했다.

"킬머 마법사가 몸에 손을 얹고 나면 깨끗이 나을 겁니다."

시어니가 물었다.

"킬머 마법사요?"

"치료 마법사야. 다른 때 같으면 그 마법사를 입에도 올리지 않겠지만 자네는 이미 그를 만난 적이 있으니 말해주는 거야."

시어니는 인상을 썼다. 치료 마법사라고?

"기억이 날 것 같아요······."

"킬머 마법사를 만나지 못했으면 자네는 이미 죽었어. 킬머는 몇 안 되는 치료 마법사 중 한 명인데, 그래스와 일이 터진 날 마침 런던에 와 있어서 다행이었지."

시어니는 잠시 후에야 그 말을 이해했다. 등골을 따라 오싹 소름이 끼쳤다.

"그러니까······ 신체 마법사가 지금 병원에 와 있다는 거네요."

휴즈가 말을 정정해주었다.

"치료 마법사야. 신체 마법사와는 엄연히 달라."

시어니는 고개를 저었다.

"뭐가 다르죠? 사람을 다치게 하는 대신에 치료한다는 거요? 그런 설명은 그분이 치료 마법을 얻기 위해 죽인 사람한테 해보라고 하세요."

"그 사람은 자원해서 목숨을 내놓았어."

낯선 목소리에 시어니는 고개를 돌렸다. 뒤에 키 큰 남자가 서 있었다. 어깨까지 내려오는 검은 장발의 그 남자는 유리 마법사가 만든 빛 속에서 희미한 빛을 냈다. 어두운색 정장에 어두운색 셔츠를 입었고 넥타이는 매지 않았다. 얼굴이 길고 광대뼈가 도드라졌으며 움푹 팬 아몬드형 눈을 가진 걸 보니 아시아 쪽 혈통인 듯했다.

휴즈가 헛기침을 했다.

"트윌 양, 이쪽은 킬머 마법사야. 그가 여기 와 있다고 내가 아까 말 안 했나?"

시어니는 오한이 가실 정도로 가슴과 목이 벌겋게 달아올랐다.

킬머 마법사는 울적한 얼굴로 미소를 지었는데 입술은 거의 움직이지 않았다. 그는 시어니 옆을 지나가면서 말했다.

"자원한 그 사람은 골암을 앓고 있었어. 그의 가족들은 모두 세상을 떠났고 아들인 그 사람 혼자 남았지. 어차피 그냥 뒀어도 수일 내에 목숨이 끊어질 거였어. 자네가 양심의 가책을 덜 받으라고 말해주는 거야."

시어니가 무슨 말을 할 수 있을까? 이 상황에서 킬머에게 사과하는 것도 우스웠다⋯⋯. 자신을 치료해주고, 에머리도 낫게 해줘서 고맙다고 해야 할까. 킬머가 합법적으로 인정받아 치유 능력을 쓰고 있음에도 불구하고, 사라즈가 사용했던 것과 같은 오래된 주문을 입으로 외우며 에머리를 내려다보고 서 있는 모습을 보고 있자니 시어니는 속이 뒤집힐 것 같았다. 킬머의 두 손은 익숙한 금색으로 빛났다. 그는 에머리의 어깨와 머리, 턱을 차례로 만지며 애초에 그 자리에 상처가 없었던 것처럼 말끔하게 치료해나갔다.

"에이비오스키 마법사님과 얘기를 해야겠어요."

시어니의 말에 휴즈가 그녀 쪽으로 몸을 기울였다.

"그래?"

"이번 사건에 관해서는 이미 진술했어요. 저희는 이만 가도 되죠? 중요한 일이라서요."

휴즈는 어깨를 으쓱했다.

"그래. 세인 마법사에게도 알아서 하라고 해."

시어니는 고개를 끄덕이고는, 킬머가 자리를 뜨자 에머리 쪽으로 다가갔다. 에머리 옆에 무릎을 굽히고 앉아 그의 무릎에 손을 올렸다. 누가 보든 말든 상관없었다. 시어니는 나지막하게 말했다.

"당신은 저한테 거짓말을 했어요."

에머리가 시어니의 눈을 마주 보며 물었다.

"무슨 거짓말?"

"저한테 마법사 자격시험을 치를 준비가 됐다고 하신 거요. '베어라'는 주문은 처음 들어봤어요. 제가 모르는 종이 마법 주문이 몇 개나 더 있는 거죠?"

"프릿도 그 주문은 몰라, 시어니." 에머리는 시어니의 어깨에 두 손을 얹으며 그녀의 머리카락을 들어 두피를 살폈다. 사라즈가 머리채를 뜯어낸 자리였다. 시어니는 그 자리에 혹시 상처가 남았더라도 너무 눈에 띄지 않기를 바랐다. "나, 세인 마법사가 독창적으로 만든 주문이거든."

그 말에 시어니는 피로가 가라앉는 듯했다.

"새로운 종이 마법 주문을 발견한 거예요? 어떻게요?"

"'찢어져라' 주문의 효과를 한층 더 강력하게 만든 거야. 리라가 위협을 가하고 있을 때 만들었어. 내가 종이 마법사잖아, 시어니. '폭발' 마법 외에 상대를 무력화할 수 있는 주문을 찾아내야 했어."

시어니는 그 말을 이해하며 천천히 고개를 끄덕였다.

"제가 모르는 또 다른 종이 마법 주문이 있어요?"

"없어."

시어니는 다시 고개를 끄덕였다.

"에머리." 시어니는 그의 이름을 힘주어 발음하며 신중하게 물었다. "사람들을…… 몇 명이나……."

"죽였냐고?"

시어니는 더 말을 할 수가 없어 입술을 깨물었다.

"그 부분에 있어서 우리는 동점이야, 자기야."

"아, 에머리……."

"난 괜찮을 거야." 그는 시어니의 뺨을 엄지로 쓰다듬었다. "사라즈 프렌디를 죽인 일은 눈곱만큼도 후회 안 해. 사실 난 그놈을 두 번 죽인 거니까, 내가 자네보다 1점 앞서 있다고 할 수 있지 않을까?"

두 사람 사이에 몇 초간 침묵이 흘렀다.

시어니가 조용히 입을 열었다.

"에이비오스키 마법사님에게 솔직하게 말해야겠어요. 신체 마법사의 마법 결합에 관해 우리가 아는 정보를 전해 드리는 게…… 옳다는 생각이 들어요."

"내 생각도 그래."

"택시 타고 오셨어요? 택시가 아직 기다리고 있을까요?"

에머리는 먼저 일어나 시어니를 일으켜주었다. 그는 고개를 이리저리 움직이고 어깨도 젖혀가며 상태를 확인했다. 그러고는 뒤를 흘끗 돌아보며 킬머 마법사에게 고개를 끄덕여 감사를 표했다.

"가자." 에머리는 시어니의 등에 손을 얹었다. "패트리스가 이른 아침부터 찾아온 손님들을 반겨야 할 텐데."

시어니는 신체 마법사들을 뒤로하고, 에머리에게 바짝 붙은 채로 병원을 나섰다.

아홉 번 노크한 후에야 에이비오스키는 비로소 현관문을 열었다. 옷을 단정하게 차려입고 얼굴에 화장까지 한 모습이었다. 언제나처럼 머리카락을 뒤로 바짝 당겨 쪽을 지었지만 정수리 부분은 아직 젖어 있었다. 에머리 세인과 시어니 트윌이 아침 7시 15분에 집으로 찾아온 것을 보고 에이비오스키는 놀란 표정을 감추지 않았다. 그녀는 안경을 고쳐 쓰며 물었다.

"무슨 일이죠? 한 시간 내에 마법사 위원회 측 사람을 만나기로 했어요."

시어니가 깊게 숨을 들이마시며 말했다.

"사라즈 프렌디가 죽었어요."

에이비오스키는 표정이 굳었다.

"뭐라고? 어떻게? 확실해?"

에머리가 대신 대답했다.

"알프레드가 곧 자세히 설명해줄 겁니다."

에머리는 하품이 나오려는 걸 꾹 눌러 참는 표정이었다.

얼굴이 창백해진 에이비오스키가 시어니에게 시선을 고정한 채 물었다.

"설마 자네가 이 일에 연루된 건 아니겠지……."

"제가 찾아온 건 사라즈 때문이 아니에요." 시어니는 에머리를 흘끗 쳐다보고 한 번 더 심호흡한 후 덧붙였다. "그래스에 관해서 마법사님께 말씀드리지 않은 게 있었어요. 그날 거울 방에서 그래스가 한 일에 대해…… 딜라일라가 어떻게 죽었는지에 대해서요."

에이비오스키는 가슴도 들썩이지 않을 정도로 몸이 굳었고 입술도 힘이 빠진 모습이었다.

시어니는 계속해서 말했다.

"그래스가 알아낸 사실을 마법사님께 말씀드리지 않았는데, 지금 시간 괜찮으시면 말씀드리고 싶어요."

에이비오스키는 조용히 고개를 끄덕이며 뒤로 물러나 길을 열어주었다. 시어니는 에이비오스키의 취향에 맞춰 문간에서 신발을 벗었다. 에머리는 신발을 신은 채로 안으로 들어갔지만 에이비오스키는 별말 없이 두 사람을 거실로 안내했다. 시어니가 소파에 앉자 에머리가 그 옆으로 와 앉았다. 시어니는 에머리가 에이비오스키 앞에서 손을 잡자 깜짝 놀랐다. 에이비오스키는 그 모습을 보고도 아무 말이 없었다.

시어니는 뱃속이 곤두서는 것을 느끼며 입을 열었다.

"딜라일라가 죽은 건 그래스가 딜라일라에게 마법 결합을 했기 때문이에요. 그래스는 딜라일라를 통해 신체 마법사가 된 거죠. 에이비오스키 마법사님, 그래스가 마법사님의 심장을 훔치기 직전에 제가…… 그를 막았어요."

에이비오스키의 눈썹이 거의 머리 선까지 치켜 올라갔다가 도로 내려왔다.

"트윌 양, 그래스 코발트는 유리 마법사였어. 사람은 두 가지 이상의 재료에 결합하지 못해."

"동시에는 불가능하죠." 시어니는 에머리를 돌아본 후 덧붙였다. "제가 지금 금속 마법사라면 어떠시겠어요?"

에이비오스키는 턱을 손으로 문질렀다.

"트윌 양······."

"동전 하나만 주세요. 증명해 보일게요."

17

포플러 마을로 택시를 타고 가면서 시어니는 에이비오스키를 생각했다. 어제의 만남은 예상대로 진행됐지만 에이비오스키는 시어니가 준 정보로 무엇을 해야 할지 모르는 눈치였다. 사실, 잘 모르기는 시어니도 마찬가지였다.

"생각해볼게."

에이비오스키는 두 사람을 배웅하며 말했다. 택시로 돌아가는 시어니와 에머리에게 에이비오스키는 잘 가라는 인사조차 건네지 않았다.

시어니가 탄 택시는 트윌 가족이 새로 이사 간 집 바깥의 구부러진 길옆에 멈춰 섰다. 시어니는 마법이니 결합이니 하는 것을 머릿속에서 밀어내고 당장 처리해야 할 일에 집중하기로 했다. 베일리 마법사의 집으로 돌아가 공부를 재개하기 전에 개인적으로 해결해야 할 문제가 있었다.

지나의 위치를 알아내는 일은 생각보다 훨씬 복잡했다. 지나는 결혼을 한 것도 아니면서 중등학교 교육을 거부했다. 아직 부모님과 함께 살지만 툭하면 멋대로 외출해버렸고, 아무에게도 행선지를 말해주지 않았다.

어머니는 시어니에게 차를 따라주며 괴로운 한숨을 토했다.

"걔를 어떻게 하면 좋을지 모르겠어, 시어니. 늘 말도 없이 외출을 해버리니. 도대체 어딜 돌아다니는지도 알 수가 없어. 네 아버지는 걔 때문에 머리까지 빠지고 있어. 마음 같아선 정말 내쫓고 싶을 정도야!"

물론 시어니의 어머니인 론다 트윌은 딸을 집에서 내쫓을 사람이 아니었다. 하지만 시어니는 어머니의 감정을 충분히 이해했다.

이 지역은 인구가 워낙 많아서 종이 새를 날려 지나의 위치를 알아내는 것도 쉬운 일이 아니었다. 그래서 시어니는 옆집에 사는 헤밍스 부인을 찾아가 물어보기로 했다. 그 집 딸이 요즘 지나와 친하게 지내고 있었다. 헤밍스 부인은 밀 스콰츠 마을 뒤쪽에 있는 캐러웨이 가족의 집을 비롯해 찾아볼 만한 곳을 몇 군데 알려주었다.

시어니는 예전에 살았던 밀 스콰츠 마을로 갔다. 그곳에 도착했을 때쯤 해가 하늘 꼭대기에 걸려 있었다. 시어니보다 두 살 어리고 지나와 간간이 만나는 메그린다 캐러웨이가 다행히 집에 있었다.

"아마 칼, 샘이랑 있을걸요."

지붕 낮은 집의 문틀에 몸을 기대고 선 메그린다는 짙은 갈색 머리카락을 손가락으로 배배 꼬면서 말했다. 잠옷을 벗고 색 바랜 노란 여름용 드레스로 갈아입은 것 말고는 그날 하루를 살기 위한 준비조차 하지 않은 모습이었다.

"머리카락이 모래색이고 턱이 옴폭 들어간 키 큰 남자?"

시어니의 물음에 메그린다가 고개를 끄덕였다.

"그게 칼이에요. 샘은 칼의 동생이고요. 이런 말 듣기 싫겠지만, 칼은 진짜 나쁜 새끼예요."

시어니는 듣기 거북했지만 굳이 언급하지는 않았다.

"걔네들은 의회 광장에 있는 극장이나 메이플 바이 근처에서 주로 놀아요."

시어니는 인상을 찌푸리며 물었다.

"메이플 바이라면, 술집?"

"맞아요." 메그린다가 미소를 지으며 시어니를 위에서 아래로, 그리고 다시 위로 훑어보았다. "언니 정도라도 거기서 약간은 관심을 받겠네요."

시어니는 헉 소리가 나오려는 걸 참고 숨을 깊게 들이마셨다. 도와줘서 고맙다고 말한 후 택시를 타고 의회 광장으로 향했다.

전에 지나와 마주쳤던 좁은 길부터 확인했지만 지나는 보이지 않았다. 극장 주변을 살피다가, 매표소에서 일하는 남자에게 지나의 인상착의를 설명하고 혹시 본 적 있느냐고 물었다. 그는 못 봤다고 했다. 의회 건물 근처에 줄지어 늘어선 상점들 앞을 지나가면서 진열장 안을 하나하나 살펴보았다. 그러다 결국 술집으로 발길을 옮겼다. 체념하고 오렌지색 머리카락을 받아들인 지 수년째였지만 머리카락 색깔이 눈에 덜 띄면 좋겠다는 생각이 들었다. 스승인 에머리와의 관계에 대한 소문으로도 모자라, 술을 마시며 방종하게 산다는 소문까지 보태지는 건 정말이지 싫었다.

'은폐' 마법을 써서 남들 눈에 보이지 않는 상태로 길을 걷는 편이 나았을 수도 있었다. 몸을 덮어 가릴 만큼 큰 종이를 가져왔으면 그리했을 것이다.

신께서 은총을 베풀었는지, 술집으로 들어간 시어니는 자욱한 담배 연기의 공격을 받고 얼마 후에 지나를 볼 수 있었다. 술집 안은 좋지 못한 행실을 부추기려는 의도인지 조명이 침침했다. 누군가 휘파람을 불었지만 시어니는 그게 자기한테 불어대는 휘파람인지 확인하고 싶지도 않았다. 지나가 손가락에 담배를 끼우고 높은 테이블 옆에 서 있었다. 시어니는 그리로 걸어갔다. 지나 옆에 앉은 칼이 빈 술잔을 거꾸로 뒤집고 있었다. 샘은 보이지 않았다.

"지나야, 나야."

지나가 고개를 들었다. 지나는 잠깐 얼굴이 창백해졌지만 얼른 표정을 감췄다. 그 바람에 시어니는 방금 동생의 표정을 잘못 읽었나 싶었다. 눈빛이 어두워진 지나는 미간을 찌푸리며 물었다.

"제기랄, 언니 여기는 무슨 일이야?"

시어니는 한숨을 쉬었다.

"참 예쁘게도 말하는구나. 얘기 좀 해. 이…… 집 밖으로 나가서 얘기 좀 하면 좋겠어. 네 손에 들린 담배 냄새가 내 몸에 배기 전에."

칼이 일어서며 주절거렸다.

"아는 사람이네. 지나 너보다 늙은 자매지?"

그다지 우호적인 말투는 아니었다. 시어니는 딜라일라 가 늘 칭찬했던 대로 침착을 유지하려 애썼다. 핸드백에서 종이 한 장과 금속 마법이 깃든 가위를 꺼내 테이블 위에 올렸다. 칼에겐 눈길도 주지 않고 종이와 가위에 시선을 집중하면서 말했다.

"늙은 자매가 아니라 언니라고 하는 게 맞는 용어예요. 지나가 당신 같은 남자와 이런 곳에 있는 걸 내가 싫어하 는 이유이기도 하고요. 잠시 실례하겠습니다."

칼이 콧방귀를 뀌었다.

"그래, 꺼져라."

시어니는 칼이 그따위로 말할 줄 예상했다. 칼을 쳐다보 지도 않고 바로 종이를 정사각형으로 자른 뒤 연필을 꺼내 종이 모서리에 빠르게 글자를 적었다. 그리고 연필과 가위 를 핸드백에 도로 집어넣었다. 자른 종이 하나에 대고 "부 착돼라" 하고 나지막하게 명령했다.

지나는 담배 연기를 뿜으며 말했다.

"나랑 얘기하고 싶으면 편지나 보내." 이 상황이 탐탁지 않은 모양이었다. 어리석은 지나. "언니의 잘난 편지 새들 있잖아. 아니면 언니가 만나는 아저씨한테 하나 만들어달라고 하든가."

그때 칼이 시어니의 팔죽지를 잡으며 말했다.

"이제 그만 갈 시간이야, 자기야."

시어니는 남자를 돌아보았다. 서로의 가슴팍이 몇 센티미터밖에 떨어져 있지 않았다. 시어니는 자른 종이 하나를 그의 바지 앞주머니에 슬쩍 집어넣었다.

"난 당신의 '자기'가 아니야, 칼."

시어니는 그의 손을 떨쳐내는 동시에 손목을 털면서 또 다른 종이를 바닥에 던졌다. '부착' 마법이 깃든 종이는 바닥에 쩍 들러붙었다.

"내 몸에 또 손을 댔다간 밖으로 던져버릴 줄 알아. 어떻게 하는 건지 직접 보여줄게. 붙어라!"

칼의 주머니로 들어간 네모난 종이가 바닥에 붙은 종이와 반응하면서 그의 몸을 들어 올렸다. 그 사이에 무엇이 있든, 누가 있든 상관없었다. 마법의 힘으로 내동댕이쳐진

칼은 그대로 몇 미터를 쭉 미끄러져 바닥의 종이에 붙었다.

지나가 입을 딱 벌렸다.

"언니!"

"따라 나와. 안 그러면 너도 저렇게 만들어줄 테니까."

시어니는 지나가 입에 물고 있던 담배를 낚아채 "찢어져라" 하고 명령을 내렸다. 담배 종이가 갈기갈기 찢어져 테이블 위에 희미한 연기를 뿜는 덩어리로 남았다.

지나의 팔꿈치를 잡고 술집 밖으로 끌고 나온 시어니는 축복받은 신선한 햇살 아래에 가 섰다. 다행히 지나는 끔찍한 술집 문 앞에서 몇 걸음 떨어진 곳에 이를 때까지 저항하지 않았다.

"언니, 진짜 뻔뻔하다!"

시어니는 담배 냄새를 털어내듯 자신의 블라우스를 두 손으로 탁탁 털었다.

"너만 하겠니. 네가 하는 쓰레기 같은 짓에 비하면 명망 높은 마법사와 내 관계는 눈에 띄지도 않을걸."

기가 꺾인 지나는 메이플 바이 술집의 바깥벽에 기대어 서서 주절거렸다.

"나를 이해하는 척 굴지 마."

"이해를 못 하겠는데 내가 무슨 이해하는 척을 해? 너 대체 왜 이러니? 어머니가 네 걱정을 하고 계셔. 나도 걱정돼. 왜 이러는지 말을 해 봐."

지나는 인상을 썼다.

"칼은 너를 구하러 나오지도 않는구나."

눈알을 위로 굴리며 팔짱을 낀 지나는 이내 팔짱을 도로 풀면서 검은 머리카락을 어깨 너머로 쳐 넘겼다. 머리카락이 다시 앞으로 넘어오자 이번에는 내버려뒀다.

시어니는 인상을 쓰며 말했다.

"우리 전엔 친했잖아."

지나는 시선을 옆으로 돌린 채 머리카락을 만지작거렸다.

"언니가 점점 잘나가면서 어머니 아버지가 제일 애지중지하는 자식이 되기 전까진 그랬었지 아마."

시어니는 한쪽 눈썹을 치켜떴다.

"이제 난 두 번째로 취급받는 게 신물이 나, 시어니!"

지나가 목청을 높인 바람에 지나가던 사람들 몇몇이 돌아봤다. 그래도 칼과 샘이라는 보호막이 없으니 지나의 표정은 전처럼 자신만만하지 않았다. 지나는 목소리를 낮추며 계속해서 말했다.

"비교하고 무시하고. 딸 하나가 마법사가 되게 생겼으니 또 다른 딸도 비슷한 수준으로 뭔가를 잘 해내길 기대하는 것도 짜증 나."

시어니는 나지막하게 타일렀다.

"원하기만 하면 너도 할 수 있어. 그리고 난 아직 마법사가 아니야."

"말은 쉽지. 모든 사람이 학비를 대주는 부자 남자를 가진 건 아니거든."

"넌 학교를 싫어하잖아."

"나도 안 싫어하고 싶어."

시어니는 어이가 없었지만, 감정과 표정은 한결 부드러워졌다.

"아, 지나."

지나는 단단히 팔짱을 끼며 내뱉었다.

"가난하게 사는 것도 지겨워."

"그래서 칼이라는 남자와 어울리는 거니? 돈 때문에?"

지나는 깔깔 웃었다.

"칼은 도로 청소부일 뿐이야. 돈이랑 관계없어."

'그 남자가 너한테 관심을 줘서 만나는구나.'

시어니는 이 생각을 굳이 말로 하지는 않았다.

"이리 와봐."

시어니는 지나의 팔꿈치를 부드럽게 잡았다. 지나는 바닥만 내려다보면서도 저항 없이 따라 왔다.

잠시 침묵하던 시어니가 물었다.

"무슨 일을 하고 싶어?"

"모르겠어."

"그걸 알아내기 전에는 뭐든 제대로 할 수가 없는 거야. 미술은 어때?"

지나는 콧방귀를 뀌었다.

"미술 도구를 살 형편이 안 되잖아."

시어니는 지나를 바라보며 말했다.

"아, 지나. 그런 이유라면 내가 도와줄 수 있어. 넌 요청만 하면 되는 거야."

"언니한테 빚지고 싶지 않아."

시어니는 눈알을 위로 굴리고 싶은 걸 참으며 계속 걸었다.

"누구나 살면서 한 번씩은 도움을 받아. 이번 마법사 자격시험에 통과하면 내가 재정적으로 널 도와줄 수 있어. 나머지는 너 하기에 달렸어."

"거저 주는 거 받기 싫어."

"그럼 나중에 뭐든 팔아서 갚아. 가족한테 약간의 도움은 받아도 되는 거야, 지나. 너도 여자를 거칠게 다루는 놈을 옆에 두고, 술집에서 남은 평생을 보내고 싶진 않잖아."

지나는 한숨을 푹 쉬었다.

"칼은 멍청이야."

"아네? 이제 우리가 다시 말이 좀 통하는 것 같다."

긴장한 분위기임에도 지나는 소리 내어 웃었다. 다소 씁쓸하게 들리는 웃음이었다. 그들은 잠시 조용히 걸었다. 이윽고 지나가 다시 입을 열었다.

"돈 많은 늙은 남자를 찾아서 결혼할 거야."

"그건 거저 받는 거 아니니?"

지나가 히죽 웃었다.

"나도 고생스럽게 결혼 생활을 견디는 거잖아? 그러면서 용돈을 버는 거지 뭐."

시어니는 멈칫하다가 말했다.

"네 진가를 알아봐줄 사람을 내가 알고 있어. 그 사람이라면 적어도 네 예술을 알아봐 줄 거야."

지나는 또다시 눈을 위로 굴렸다.

"또 다른 종이 마법사라도 품에 끼고 있는 거야?"

시어니는 에머리의 첫 번째 제자인 랭스턴을 염두에 두고 있었다.

"뭐, 그렇다고 할 수 있겠지. 하지만 술냄새나 풍기고 스스로를 존중할 줄 모르는 사람에게 그를 소개해줄 수는 없어."

지나는 인상을 쓰면서 뒤로 물러섰다.

"난 스스로를 적당히 존중해."

"그럼 그렇게 행동을 해야지, 지나."

지나가 항변을 하려는데 시어니는 지나를 품에 안았다. 그리고 담배 냄새에 전 동생의 머리카락에 대고 말했다.

"난 널 믿어. 그러니까 너도 자신을 믿어봐. 내 시험 발표 때 우리 볼 수 있는 거지?"

지나는 뒤로 물러나 시어니의 눈을 바라보았다.

"통과할 거라고 확신하는 거야?"

시어니는 미소를 지었다.

"스스로를 믿으면, 아무리 어려운 일이라도 해낼 수 있어."

18

············ ★ ⭐ ★ ★ ············

　사라즈와 결전을 치른 지 13일째, 에이비오스키 마법사에게 그래스의 정보를 털어놓은 지 12일째 되는 날이었다. 시어니는 마법 업무를 전담 처리하는 '면허부'가 위치한 짧은 복도에 서 있었다. 커다란 트위드백을 옆에 내려놓은 채였다. 베일리 마법사에게 받은 목록을 기초로 직접 만든 쉰여덟 가지 종이 마법 장치를 담기 위해 따로 산 가방이었다. 마법 장치들을 가지고 면허부로 오라는 것 외에 다른 지침은 없었다. 종이 마법사들이 모여 시어니의 기술을 검사하거나 다른 마법을 구사하는 마법사들이 시어니

의 창의성을 판단하는 식일 수도 있었다. 어쩌면 시어니가
목록의 장치들을 완성할 능력이 있는지만 간단히 검사하고
끝날 수도 있고, 아니면 각 종이 장치를 만든 과정을 논리
적으로 설명해야 할 수도 있었다. 하지만 에머리는 시어니
에게 논쟁에 관한 공부를 해두라는 말은 한 적이 없었다.

복도로 난, 아무 표시 없는 문 위에 걸린 작은 황금색 종
이 울렸다. 시작할 시간이라는 뜻이었다. 시어니는 심호흡
을 한 후 트위드백을 들고 문으로 다가가 손잡이를 돌렸
다. 그런데…….

문손잡이가 돌아가질 않았다. 한 번 더 앞뒤로 돌려봤지
만 손잡이는 꿈쩍하지 않았다. 문이 잠겨 있었다.

황금색 종을 흘긋 올려다본 시어니는 목까지 붉게 달아
올랐다. 마른침을 삼키며 손을 들어 부드럽게 문을 노크
했다.

아무 일도 일어나지 않았다. 문 안에서는 누군가의 목소
리도, 어떤 소음도 들려오지 않았다. 하지만 저 안에는 에
이비오스키 마법사와 베일리 마법사가 있을 터였다. 시어
니는 그들이 그곳으로 들어가는 모습을 봤다. 다시 한번
노크했는데도 반응이 없었다. 손잡이를 다시 돌려봤지만

여전히 잠겨 있었다.

그제야 무슨 의미인지 감이 왔다. 베일리 마법사가 준 목록이 치마 주머니에 들어 있었지만 시어니는 첫 번째 항목을 바로 기억해냈다. '문을 열 수 있는 도구.' 문을 여는 것부터 자격시험의 일부인 걸까?

가방을 뒤져 직접 만든 해골 팔을 꺼내 문손잡이로 가져 갔다. 종이 장치의 손가락과 손잡이의 거리가 1센티미터 가 되는 지점에서 멈췄다.

"잠긴 문을 열 수 있는 무언가를 만들라는 뜻이었나요, 베일리 마법사님?"

시어니는 얼굴에서 핏기가 가셨다. 완벽한 기억력을 가 진 시어니였지만 주머니에서 목록을 꺼내 첫 번째 항목을 다시 한번 읽어보았다. '1번. 문을 열 수 있는 도구.' 잠긴 문을 여는 도구라는 말은 어디에도 없었다. 베일리는 에머 리에게 앙갚음을 하기 위해 이런 중요한 요소를 일부러 빼 놓은 걸까?

호흡이 빨라졌다. 손잡이를 가만히 바라보았다. 시험을 제대로 시작하기도 전에 시험장에 입장을 못 해 탈락할 수 는 없었다.

"숨 쉬어라."

시어니는 종이 팔에게 명령을 내린 후 손잡이에 가져다 댔다. 하지만 마법 장치가 아닌 일반 자물쇠여서 이 장치로는 열 수가 없었다. 종이 팔을 뒤로 뺐다. 종이 팔의 손가락들이 마치 뒤집힌 딱정벌레의 다리처럼 꿈틀거렸다.

눈에 눈물이 차올랐다. 마법사들에게 목록을 보여준다면 어떻게든 해결할 수 있지 않을까……. 하지만 이렇게 문을 사이에 두고서 저들은 시어니와 한마디도 나누지 않을 것이다. 종이 마법 장치가 잔뜩 담긴 가방을 들고서 수치스럽게 복도로 다시 물러나야 할까? 시어니에겐 이 빌어먹을 문을 열 수 있는…… 다른 마법 장치는 없었다!

이를 뿌드득 갈았다. 그동안 온갖 일을 다 겪었는데 이대로 실패할 수는 없었다. 반드시 시험에 통과해야 했다. 반드시 종이 마법사가 되어야만 했다. 문을 부수고 들어가서라도 베일리 마법사의 얼굴에서 의기양양한 표정이 사라지게 만들어야 했다.

망설이며 문을 가만히 바라보았다. 문손잡이 외에 다른 자물쇠는 없었다. 잠깐이지만 금속 마법사가 되어 자물쇠 열림 마법을 사용해볼까 망설여졌다. 하지만 마법 재료 목걸이를 에이비오스키 마법사의 집에 두고 왔다. 게다가 그건 편법이었다. 시어니 트월은 편법 따위를 쓰는 사람이 아니었다.

이건 단순한 자물쇠였다. 단순한 자물쇠를 못 열 이유는 없었다. 옛 친구 애니스 해터는 중등학교 시절 자물쇠를 딴 적이 있었다. 교장 선생님이 본인 사무실 창문에 낙서가 그려진 걸 발견하고, 점심시간에 디저트를 내놓지 말라고 지시했을 때였다. 애니스는 학교 식당 자물쇠를 땄고 시어니와 함께 몰래 들어가 둘이서 케이크를 두 조각씩 먹었다.

뒤로 물러선 시어니는 종이 마법 팔을 분해하기 시작했다. 뼈에 깃든 생기 마법도 풀려버렸다. 종이 팔의 손목 아래에서 빼낸 기다란 직사각형의 종이에 '굳히기 마법' 명령을 내리고 문과 문설주 사이에 끼워 넣었다. 손잡이 자물쇠가 있는 곳까지 그 종이를 아래로 내린 뒤, 앞뒤로 움직여가며 자물쇠를 톱질했다. 마침내 딸각, 하는 안심되는 소리와 함께 문이 열렸다.

환한 오후의 햇살이 창문 블라인드를 통해 흘러들어와 직사각형 모양의 방 안을 비추었다. 시어니가 상상한 것보다 작은 방이었다. 광택 없는 목재 마루, 모래색 벽, 문 옆의 벽에 붙은 크고 깔끔한 칠판 외에는 아무런 장식도 없었다. 방 안의 유일한 가구는 칠판 앞에 놓인 기다란 탁자뿐이었다. 그 탁자 뒤에 베일리와 에이비오스키, 그리고 시어니가 모르는 두 남자가 앉아 있었다.

에이비오스키가 의자에서 일어나 두 남자를 가리키며 말했다.

"트윌 양, 이분은 태기스 프래프 마법학교의 교장이자 플라스틱 마법사인 리드 마법사님이셔."

심각한 과체중으로 보이는 남자는 풍성한 흰 콧수염이 달린 머리를 끄덕였다. 에이비오스키 대신 교장으로 부임한 분인 모양이었다.

에이비오스키는 또 다른 젊은 남자를 가리키며 소개했다.

"그리고 이쪽은 태기스 프래프님의 조카인 프래프 마법사님." 에머리와 비슷한 나이인 듯한 그는 곧은 코와 다정한 눈빛을 가졌다. "이분도 플라스틱 마법사이고, 이번 자격시험의 증인으로 참석하셨어."

앞으로 걸어가 악수를 하는 건 적절하지 않은 처신인 듯해서, 시어니는 한쪽 다리를 뒤로 살짝 빼고 무릎을 굽히며 인사했다.

"만나 뵙게 돼서 반갑습니다."

에이비오스키는 자리에 앉아 앞에 놓인 종이를 입 모양으로 읽었다. 그리고 잠시 후 다시 입을 열었다.

"창조적인 방법으로…… 첫 번째 과제를 완수하긴 했네, 트윌 양. 하지만 제대로 한 것으로 쳐줘야 할지는 모르겠어."

시어니는 베일리 마법사를 똑바로 바라보며 말했다.

"요청 사항이 적힌 목록에는 구체적인 장치에 대한 언급 없이 '무언가'라고만 적혀 있습니다. 그렇지 않은가요?"

'어디 반박해보세요. 당신이 나한테 준 목록에 구체적인 지침이 빠져 있다는 걸 다른 분들에게 보여줄 테니까.'

시어니는 다른 과제들도 이와 비슷하게 중요한 부분이 누락된 채 자신에게 전달된 것이 아니길 바랐다.

베일리 마법사는 입가를 살짝 씰룩거렸다. 미소를 지은 것도 같았다. 그는 시어니의 말에 동의했다.

"맞아. 자네가 두 번째 항목을 진행하겠다고 하면 이 시험을 계속하도록 하지."

시어니는 고개를 끄덕인 후 커다란 트위드백을 가지고
들어와 등 뒤로 방문을 닫았다. 칠판을 뒤로하고 방 한가
운데로 걸어가 가방 안에서 종이 두루미를 꺼냈다. *2번.
숨을 쉬는 도구.* 그것은 시어니가 배운 첫 번째 종이 마법
이기도 했다.

시어니는 그 과제를 쉽게 통과했다. 세 번째 항목인 '이
야기를 말해주는 도구'는 견습생이 되고 며칠 안 되었을
때 배운 것이었다. 2주 전 에이비오스키 마법사의 집에 다
녀온 후, 시어니는 에머리와 함께 에머리의 집으로 돌아가
《꿉의 대담한 탈출》이라는 동화책을 챙겼다. 시어니는 그
동화책 내용을 읽으며 환영 마법을 끌어냈고, 맞은편 탁자
앞에 앉은 네 명의 마법사들은 회색 쥐의 흐릿한 이미지가
허공에서 춤추는 모습을 바라보았다. 리드 마법사가 특히
재미있어하는 반응을 보이자 시어니는 4번째 항목인 '달
라붙는 도구'를 좀 더 자신감 있게 선보일 수 있었다.

시어니는 바닥에 정사각형 종이 4장을 늘어놓았다. 할
로웨이 씨의 훈장 수여를 축하하기 위한 파티 준비 차 그
집 거실을 꾸며주면서 사용했던 마법이었다. 네모난 종이
들을 이용해 베일리 마법사의 셔츠 뒤쪽에 '바보'라고 적

고 싶은 마음이 굴뚝같았지만, 마법사 자격시험을 통과하려면 일정 수준의 예의를 지켜야 하기에 꾹 참았다. 그 종이들을 이용해, 자신의 이미지대로 만든 종이 인형을 칠판에 붙이면서 다섯 번째 항목인 '똑같이 생긴 무언가'도 함께 선보였다.

베일리 마법사가 간간이 "계속해"라든지 "그다음" 같은 말을 한 것을 제외하고 마법사들은 대체로 조용히 시연을 지켜보았다. 1번부터 12번까지 마법을 보여준 후에는 베일리도 고갯짓이나 손짓으로만 계속하라는 신호를 보냈다. 베일리도 이것이 일정 수준의 예의가 필요한 시험임을 자각한 모양이었다.

시어니는 차례로 과제를 이행해나갔다.

14번 항목인 '진실을 감추는 도구'에 대해서는 가림 상자를 시연해 보였고, 15번 항목인 '자신을 숨기는 도구'에 대해서는 '은폐' 마법을 보여주었다. 은폐 마법을 본 리드 마법사는 "멋지군"이라며 칭찬을 해주었다. 다행히 시어니는 24번 항목인 '강을 건너는 도구'를 보여주면서 직접 강에서 시연해 보이지 않아도 되었다. 의자에서 일어난 베일리 마법사는 시어니가 만들어온 종이 보트를 검사해보고

는 통과를 의미하듯 단순히 "흐음"이라고만 말했고, 시어
니는 다음 항목으로 넘어갔다.

종이 마법 장치를 미리 만들어오긴 했지만 시간이 상당
히 오래 걸렸다. 방에는 시계가 없어서 시어니는 한 가지
마법을 시연할 때마다 블라인드 뒤에서 움직이는 햇살의
위치를 보며 시간을 가늠했다. 37번째 항목인 *거리의 부
랑자와 맞설 때 필요한 도구*'를 보여주면서 시어니는 열이
오르는 피부를 식히려고 블라우스 앞섶을 잡고 살짝 흔들
었다. 창문을 열어달라고 요청하고 싶었지만 침묵 속에 진
행되는 자격시험의 흐름을 감히 깰 수가 없었다.

'확대' 사슬을 가슴에 두른 뒤 트위드백에서 '잔물결' 마
법 장치를 꺼냈다. '확대해라'와 '잔물결을 일으켜라' 하는
명령을 내리자 시어니는 키가 3미터로 커졌고 방이 흔들
거리며 뒤틀렸다. 프래프 마법사가 그만하라고 소리를 지
르자 시어니는 즉시 마법을 중단했다.

베일리 마법사가 고개를 끄덕이자 시어니는 다음 마법
으로 넘어갔다.

44번째 마법 장치인 공중을 나는 별빛 조명등은 줄곧
무표정이던 에이비오스키 마법사의 심금을 울리는 데 성

공했다. 베일리 마법사가 블라인드를 완전히 닫고 별빛 조명등이 빛나기 시작하자 에이비오스키 마법사는 어린아이처럼 즐거워하며 눈을 크게 떴다. 45번째 항목인 '동시에 두 장소에 있기 위한 도구'를 위해 시어니는 종이 인형을 다시 꺼냈다.

그러자 베일리는 인상을 쓰고 팔짱을 끼며 말했다.

"한 가지 마법을 두 가지 항목에 사용할 수는 없어, 트윌 양."

시어니는 가슴이 철렁했다. 바짝 마른 혀로 입안을 훑으며 쉰 목소리로 물었다.

"뭐, 뭐라고요?"

베일리는 몸을 앞으로 기울이며 말했다.

"같은 마법 장치를 중복해서 사용하면 안 된다고. 자네는 종이 인형을 이미 보여줬어. 또 다른 장치가 없다면 시험은 여기서 끝내기로 하지."

심호흡하면서 목소리를 가다듬은 후 시어니가 입을 열었다.

"시험 관련 규칙서에 그런 말은 없는 것으로 기억합니다, 베일리 마법사님."

하지만 베일리의 표정은 변함이 없었다.

"있어, 트윌 양."

"그런가?"

프래프 마법사도 물었다. 프래프 마법사가 내뱉은 두 마디 말이 시어니의 가슴에 희망의 불꽃을 불러일으켰다. 자칫 잘못하면 시험이 끝장날 위기였지만 여기서 물러설 수는 없었다!

시어니는 에이비오스키 마법사를 돌아보면서, 그녀와 시선을 마주한 채 생각했다.

'내가 유리 마법사라면 동시에 두 장소에 있을 수 있겠지.'

에이비오스키 마법사는 그 생각을 읽기라도 한 것처럼, 다 안다는 듯한 미소를 살며시 지었다.

하지만 미소는 곧 사라졌다. 에이비오스키는 의자 뒤에 두었던 서류 가방을 꺼내 열었다. 가방에 담긴 서류들을 뒤적이다가 작은 책자 하나를 꺼내서 조용히 휘릭휘릭 책장을 넘겼다. 방 안에 깃든 정적이 시어니를 사방에서 압박했다. 에머리의 심장 속에서 비좁고 뜨끈한 혈관을 지날 때와 같은 기분이었다. 정확히 딱 그 느낌이었다.

에이비오스키의 목소리가 정적을 갈랐다. 그녀는 책자에 적힌 내용을 읽었다.

"견습생은 자격시험의 연속되는 두 가지 항목에 동일한 마법 장치를 사용할 수 없다. 만약 이런 일이 발생할 시 자격시험은 종료된다."

그러자 베일리가 말했다.

"미안하게 됐군, 트윌 양."

시어니의 심장은 바닥까지 떨어졌다.

에이비오스키가 나섰다.

"미안해하기는 일러요, 베일리 마법사님. 규칙서에는 '연속되는'이라고 적혀 있습니다. 앞서 종이 인형을 사용했던 항목과 이번 항목 사이에는 열두 개가 넘는 다른 항목들이 있어요. 따라서 종이 인형은 사용 가능합니다."

시어니는 눈을 크게 뜨고 두 손을 가슴에 얹었다. '고맙습니다!'라는 말을 크게 외치고 싶었지만 애써 참았다.

베일리는 미간에 더욱 깊은 주름을 잡으며 반박했다.

"항목의 순서를 바꾸면 종이 인형을 사용할 수 없다는 걸 아실 텐데요?"

"자격시험 목록의 항목을 멋대로 '바꿀 수'는 없습니다,

베일리 마법사님." 에이비오스키는 규칙서를 도로 서류 가방에 집어넣었다. "마법 최고 위원회에서 정한 순서가 있어요. 트윌 양이 여기서 시험에 떨어져야 한다고 생각한다면, 마법 최고 위원회에 정식으로 항목 순서 교체 요청서를 보내야 할 겁니다."

시어니의 등줄기를 타고 식은땀이 흘러내렸다.

베일리는 잔뜩 인상을 썼지만 시어니에게 고갯짓을 해 시연을 계속하게 했다.

시어니는 다시 힘을 내서 마지막 마법들을 마저 보여주었다. 베일리가 코앞에서 결승선을 치워버리기 전에 마라톤 막바지에 다다른 사람처럼 전력으로 결승선을 향해 달렸다. 활력 사슬, '찢기' 마법 장치, 밤하늘을 활용한 환영 마법 장치, 그리고 음식이 상하지 않게 해주는 판지 상자까지 차례로 보여주었다. '53번. 탈출 수단' 항목에서는 두 줌 가득 감청색 은폐용 색종이 조각을 뿌린 후, 판정단 뒤에서 몸이 휘어지는 것을 느끼며 다시 모습을 드러냈다.

수 시간에 걸친 시연 끝에 마침내 마지막 항목에 이르렀다. 시어니는 주먹만 한 크기의 마지막 마법 장치를 꺼내기 위해 가방에 손을 넣었다.

마지막인 58번 항목이 전체 목록 중에서 제일 까다로운 과제였다. 견습생이 훈련에 쏟은 시간을 돌아보고, 장차 마법사로서의 미래까지 숙고하도록 하는 과제이기 때문이다. '58번. 삶의 수단.' 구체적이지는 않지만 마음을 울리는 항목이었다. 시어니는 종이 마법이 자신의 삶을 어떻게 바꿨는지, 앞으로 종이 마법사로서 어떻게 살아갈 것인지에 대해 감동적인 글을 작성해 제출할 수도 있었다. 아니면 생기를 불어넣은 마법 장치들을 잔뜩 보여주면서 시험장을 종이 마법의 힘으로 가득 채울 수도 있었다. 할로웨이 부인의 집에 구현한 정글 풍경보다 훨씬 규모가 큰 환영 마법을 사용해서, 종이로 만든 야생 동식물들을 시험장에 펼쳐 보일 수도 있었다.

하지만 그렇게 하지 않았다.

마지막 항목을 읽었을 때 제일 먼저 머릿속에 떠오른 아이디어가 있었다. 처음엔 그 아이디어를 옆으로 밀쳐놓고 좀 더 멋지고 인상적인 방법을 생각해내려 애썼다. 하지만 제일 먼저 떠올린 단순한 마법 장치에 대한 미련을 떨칠 수가 없었다. 필요하다면 온갖 미사여구로 그 장치를 설명하고 감동적인 분위기를 끌어낼 수도 있을 것이다. 하지만 판정단 중에 에이비오스키 마법사가 있으니 굳이 말을 보낼 필요가 없을 듯했다.

시어니는 트위드백 한쪽 구석에 넣어두었던 종이 심장을 손가락으로 감싸 꺼냈다. 허리를 펴고 일어서서 두 손으로 받쳐 든 종이 심장을 향해 조용히 주문을 외웠다.

"숨 쉬어라."

심장이 부드럽게 뛰기 시작했다. 쿠-쿵 쿠-쿵 뛰는 심장의 진동이 피부에 가만히 와 닿았다.

이것이야말로 삶의 수단이며, 시어니가 만든 가장 위대한 마법 장치였다.

시어니는 아무 말도 하지 않았다. 에이비오스키 마법사도 이 상황을 따로 설명하지 않았다. 에머리가 죽음 직전까지 갔었다는 얘기가 어디까지 퍼졌는지 충분히 짐작되는 상황이었다.

베일리는 시어니의 손에서 펄떡이는 종이 심장을 바라보았다.

그리고 조용히 미소 지었다.

19

⋅ ⋅ ⋅ ⋅ ⋅ ★ ★ 🕊 ★ ★ ⋅ ⋅ ⋅ ⋅ ⋅

"4구역의 어니스트 존슨 고무 마법사."

흰 장갑을 낀 시어니의 손이 땀에 촉촉이 젖었다. 새로
임명된 고무 마법사를 바라보며 두 손을 쥐어짰다. 검은색
예복을 입고 시어니의 왼쪽, 두 자리 건너에 앉아 있던 남
자는 이름이 호명되자 무대 맞은편 연단으로 향했다. 연단
에 선 태기스 프래프 씨가 그와 악수를 나눈 뒤 액자에 담
긴 마법사 자격증을 건네주었다. 로열 앨버트 홀을 가득
채운 청중들이 박수를 보냈다. 시어니의 귀에 그 소리는
마치 해변으로 밀려와 부딪치는 대양의 파도 소리 같았다.

박수 소리와 함께 무대가 흔들리는 기분이었다.

"3구역의 존 프레드릭 코블 금속 마법사."

연회색 금속 마법사 예복을 입고 시어니 바로 옆에 앉은 남자를 부르는 소리였다. 그는 의자 네 개가 나란히 놓인 자리에 시어니를 홀로 남겨두고 연단으로 나갔다.

시어니는 자신에게 쏟아지는 시선을 느꼈지만 무대를 휘황하게 밝힌 불 마법 조명등 때문에 청중들을 볼 수가 없었다. 자격증 수여식이 시작되기 전 시어니는 붉은 벨벳 커튼 뒤에서 청중석을 슬쩍 내다봤고, 덕분에 청중들이 어디쯤 앉아 있는지 알고 있었다. 어머니, 아버지, 여동생들 그리고 남동생은 청중석 두 번째 줄 중앙에 자리했다. 에머리는 첫 번째 줄 왼쪽 끝자리에 에이비오스키와 나란히 앉아 있었다. 그들은 지금 여기 홀로 앉아 있는 시어니를 바라보며 무슨 생각을 할까.

"14구역의 시어니 마야 트월 종이 마법사."

'마법사.'

그 단어를 듣는 순간 달콤하고 따뜻한 기운이 손가락과 발끝까지 퍼져나갔다. 시어니는 반쯤 감각이 없는 다리로 간신히 의자에서 일어섰다. 발목 주변에서 흰 치맛자락이 펄럭였다. 상의에 달린 은색 단추들이 불 마법 조명등 불빛을 받아 반짝거렸다. 시어니는 마법사 인장이 박힌 연단을 향해 무대를 가로질렀다.

태기스 프래프가 손을 내밀었다. 정신이 아득해진 시어니는 마주 손을 뻗을 생각도 못 했는데, 어느 순간 그의 손이 시어니의 손을 잡고 있었다. 그의 다른 손에는 가장자리에 금색 잎사귀 장식이 들어가고 검은색 잉크로 서명이 적힌 빳빳하고 하얀 자격증이 들려 있었다. 그리고 그 자격증에는 시어니의 이름이 당당히 적혀 있었다.

마법사. 시어니는 마침내 목표를 이뤄냈다.

박수갈채가 더욱 커졌다. 마치 사방에서 박수가 쏟아지는 듯했다. 천장에서 쏟아지고 바닥에서 보글보글 솟아나는 것 같았다. 시어니는 검은 액자에 담긴 자격증을 손에 쥐었다.

'14구역의 시어니 마야 트윌 종이 마법사.'

시어니는 눈물을 참으려 눈을 깜박이면서, 태기스 프래프의 손을 잡고 힘차게 악수를 했다.

태기스 프래프는 짧은 몇 마디 말로 수여식을 마무리했다. 불 마법 조명등이 희미해지고 의자에 앉아 있던 사람들이 일어서기 시작했다. 시어니는 서둘러 무대 계단을 내려갔다. 시어니의 발이 카펫에 닿기도 전에 아버지의 푸근한 팔이 시어니를 감싸 안았다. 아버지는 한껏 행복하게 웃으며 시어니를 안고 한 바퀴 돌았다.

"내 딸! 진짜 마법사가 됐구나. 종이 마법사가 됐어!" 아버지는 시어니를 내려놓고 그녀의 어깨에 묵직한 두 손을 얹었다. "우리 딸이 어느새 이렇게 커서 마법을 쓸 수 있게 됐어, 론다."

시어니의 어머니는 손수건으로 눈가를 훔치며 시어니를 끌어당겨 안고 뺨에 입을 맞췄다. 그리고 쉰 목소리로 말했다.

"네가 정말 자랑스럽구나. 대단한 일을 해냈어."

아버지가 옆에서 거들었다.

"대단한 사람이 됐지."

시어니는 부모님의 칭찬에 뿌듯해하며 볼이 당길 때까지 웃었다. 막내 동생 마고가 시어니의 고운 양모로 된 흰 치맛자락을 당기며 말했다.

"시어니 언니! 그럼 이제 우리를 위해 종이 집을 만들어 줄 수 있겠네!"

시어니가 웃으며 물었다.

"왜 종이 집에 살고 싶을까?"

당황한 마고는 눈썹을 찌푸렸다. 마고 뒤에서 지나가 말했다.

"잘 해냈네, 언니." 지나는 스케치북을 가슴에 안은 채에머리를 위아래로 경계하듯 훑어보았다. 시어니는 지나의 행동을 어떻게 해석해야 할지 난감했지만 수여식에 와준 것만으로도 마음이 놓였다. "그렇다고 나도 기대에 기꺼이 부응해서 살겠다는 뜻은 아니야."

지나의 말에 어머니가 탄식했다.

"아이고, 지나야."

"왜요? 언니를 축하해주는 거잖아요. 풍자적으로 한 말이라고요, 어머니."

남동생 마셜이 줄지어 강당을 빠져나가는 사람들을 눈으로 좇으며 물었다.

"이제 우리 케이크 먹을 수 있어요? 여기 오면 케이크 사주신댔잖아요. 배고파요."

시어니는 아버지가 대답하는 소리를 듣지 못했다. 어깨에 와 닿은 따뜻한 손이 느껴진 시어니는 가족한테서 시선을 떼고 뒤를 돌아보았다. 마법사 예복 대신 연한 색깔의 버튼업 셔츠와 다림질이 잘된 바지를 입은 에머리가 뒤에 서 있었다. 늘 입고 다니던 긴 외투는 보이지 않았다.

에머리는 시어니의 얼굴을 두 손으로 감싸고 "훌륭해"라고 말하며 이마에 키스했다. 크리스털처럼 빛나는 그의 눈빛과…… 부모님의 시선에 시어니는 얼굴이 달아올랐다. 시어니는 부모님을 흘끗 돌아보았다. 어머니는 그다지 놀란 표정이 아니었고 아버지는 디저트에 관해 마셜과 협상하느라 바빴다. 지나는 이미 강당 출구로 가고 있었다.

시어니는 한껏 미소를 지으며 생각했다.

'다른 사람들이 어떻게 생각하든, 뭐라고 생각하든 걱정하지 말자. 그게 맞아. 내 뜻대로 사는 거야.'

에머리는 한 손으로 시어니의 손에 깍지를 끼고 가까이 끌어당겨 귀에 대고 속삭였다.

"부끄러워할 필요 없어. 당신은 더 이상 내 견습생이 아니야."

시어니는 뺨의 홍조를 가라앉히려 애쓰면서 살며시 웃었다.

"하마터면 시험을 통과 못 할 뻔했어요."

아버지가 다시 시어니를 쳐다보며 물었다.

"좋아, 루피오 빵집으로 가자. 혹시 다른 거 먹고 싶니?"

시어니는 고개를 저었다.

"거기로 해요." 그리고 기대에 찬 목소리로 에머리를 돌아보았다. "같이 갈 거죠? 그 빵집에 사람이 그렇게 많지는 않아요."

"많아도 괜찮아."

그의 입술에 미소가 걸렸다. 그는 시어니의 손을 잡더니 입을 맞췄다.

시어니는 얼굴이 환해졌다. 곁눈으로 보니 에이비오스키 마법사가 낯선 남자와 얘기를 나누고 있었다. 잠시 후 남자가 떠나고 에이비오스키 혼자 남았다. 시어니는 에머리와 부모님에게 말했다.

"잠시만요. 이따가 복도에서 봐요."

시어니는 에머리의 손을 놓고 에이비오스키 쪽으로 걸어갔다. 시어니의 등 뒤에서 가족들은 강당 출구 쪽으로 걸음을 옮겼다. 뒤에서 에머리의 목소리가 들렸다.

"트월 양, 부탁이 하나 있는데……."

"에이비오스키 마법사님!"

시어니는 에이비오스키가 자리를 뜨기 전에 부르느라 에머리의 말을 듣지 못했다. 에이비오스키는 온화하지만 불안한 표정으로 시어니를 돌아보았다. 가까이에 아무도 없는 걸 확인한 시어니가 물었다.

"제가 말씀드린 것에 대해 생각해보셨어요? 우리가 어떻게 해야 하죠?"

에이비오스키는 한숨을 쉬며 툭 불거진 콧잔등에 걸치고 있던 안경을 벗었다. 그리고 콧잔등에 불그레하게 남은 안경 자국을 손으로 문지르며 말했다.

"줄곧 생각해봤어, 시어니. 우리가 비밀을 지키기로 맹세해야 한다는 생각이 들기도 하고, 차라리 태기스 프래프에 다중 마법 과정을 개설하는 게 낫지 않을까 하는 생각이 들기도 해."

시어니는 천천히 고개를 끄덕였다.

"지금은 어떤 쪽으로 생각하고 계세요?"

에이비오스키는 다시 한번 한숨을 쉬었다.

"휴즈 마법사와 논의를 해봐야겠지. 그것도 아직 결정을 못 내렸어. 이런 일은 경솔하게 처리하면 안 돼. 우리가 아는 마법의 기초, 전체적인 지배 구조가 흔들릴 수도 있어."

그녀는 다시 안경을 쓰며 말을 이었다. "정식으로 승인받지 않은 마법사들에게 그 정보가 새어나가면 진짜 큰 문제가 생길 거야. 마법이라는 건, 아무리 쉽게 얻을 수 있는 종류라고 해도 일반인들의 손에 들어가선 안 돼. 이 도시에 사는 사람들이 전부 손가락 한 번 튕겨서 자물쇠를 열 수 있고 불덩어리를 만들 수 있으면 범죄율이 얼마나 올라가겠니. 아마 끝도 없을 거야."

"제가 형사과에 지원할 생각이라는 말은 지금 안 하는 게 나을 뻔했나요?"

에이비오스키는 미소를 지었지만 좋아서 웃는 웃음이 아니었다.

"아직은 때가 아니야. 좀 더 경험을 쌓고 난 후라면 그런 자리에 지원해도 괜찮겠지. 지원한 후의 결과에 대해서도 생각해보면 좋겠어."

"어떤 결과요?"

"자네는 여성이야, 트윌 양."

에이비오스키는 이렇게 말하며 출구 쪽을 손으로 가리켰다. 시어니는 맨 끝의 출구를 올려다보았다. 시어니의 가족들이 그 출구를 통해 복도로 나가고 있었다. 하지만 에이비오스키가 가리키는 것은 에머리였다.

"요즘 우리 마법사들은 사회에 영향력이 점점 커지고 있어. 자네는 수십 가지의 전도유망한 길을 염두에 두고 선택할 수 있겠지. 다만 형사과는 나중에 아이를 낳고 나서 일하기에는 좋은 곳이 아니야."

그 말에 시어니는 당황했다.

"무…… 무슨 말씀을 하시는 건지."

에이비오스키는 콧방귀를 뀌었다.

"내가 아무것도 모를 줄 아나 봐, 시어니. 자네의 겸손함은 높이 사겠지만 나도 눈치가 있어. 올 크리스마스까지도 자네가 '트윌 양'으로 불린다면 그거야말로 놀라운 일일 걸. 업무 경력에 대해서는 진지하게 생각해보고 판단하도록 해. 앞으로 어떤 인생을 살아갈지 잘 결정해야 해."

시어니는 뺨이 달아올랐다. 그러다 문득 생각이 나서 말했다.

"오늘은 저를 한 번도 시어니라고 안 부르시네요."

에이비오스키는 미소를 지었다.

"이제 우리는 같은 마법사잖아. 격식을 갖춰서 부르는 게 맞지. 마법 결합 문제에 관해서는…… 나중에 결정하고 말해줄게."

"감사합니다."

에이비오스키는 통로를 따라 걸어 올라갔다. 뒤에서 익숙한 목소리가 시어니를 불렀다.

"시어니?"

뒤를 돌아보니 강당 안의 옆 통로에서 베넷이 다가오고 있었다.

"베넷! 와줬구나."

"어."

그는 한 손으로 뒷덜미를 긁적였다. 다른 손은 주머니에 넣은 채였다.

"축하해. 너라면 통과할 줄 알았어."

"고마워. 베일리 마법사님한테도 안부 전해줘."

"아, 마법사님도 같이 오셨어……."

베넷은 청중석을 둘러보았고 시어니는 그의 눈길을 따라가다가 베일리를 발견했다. 베일리는 팔짱을 낀 채 청중석 뒤쪽에 서 있었다. 오늘은 평소보다 덜 부루퉁해 보였다.

"넌 이만 가봐야 한다고 마법사님한테 말씀드릴게."

시어니는 미소를 지었다.

"고마워."

"그리고……." 그는 뒷덜미에 대고 있던 손을 내리며 말했다. "너랑 세인 마법사님이……."

시어니는 다시 얼굴이 살짝 붉어졌다.

"응…… 맞아. 베일리 마법사님이 내 시험을 감독하신 것도 그래서야. 내가 세인 마법사님의 편애를 받으면서 시험을 치렀다는 말을 듣지 않으려고."

"궁금했어."

"베넷……."

"놀라기도 했어. 솔직히 말하면, 네가 우리랑 같이 지내러 왔을 때 난 너를 살짝 질투했거든. 너랑 세인 마법사님이 친하게 지내는 걸 보고 부럽기도 했고. 하지만 네가 그럴 줄은 몰랐어……." 그는 어깨를 으쓱하며 덧붙였다. "네가 그런 종류의 여자라고는 생각 안 했거든."

시어니는 몸에 힘이 들어갔다.

"어떤 종류의 여자를 말하는 거야, 베넷 쿠퍼?"

베넷은 고개를 저었다.

"이 말은 하지 말 걸 그랬다."

"그러게. 하지 말았어야지." 시어니는 액자에 담긴 자격증을 품에 꼭 안고 말했다. "너도 곧 자격시험을 치르는 게 좋겠다. 베일리 마법사님 때문에 안 좋은 물이 더 들기 전에."

베넷은 한 대 얻어맞기라도 한 것처럼 뒤로 주춤 물러섰지만 시어니는 더 길게 말하지 않았다. 베넷에 대한 호감이 아직 남아 있었기에 경솔한 말로 그와의 관계를 어색하게 만들고 싶지 않았다. 친구들을 이미 많이 잃은 터였다.

시어니는 가족들 곁으로 가기 위해 서둘러 통로를 올라갔다. 하지만 강당 출구에는 에머리 혼자 남아서 그녀를 기다리고 있었다.

에머리가 손을 내밀었다.

"갈까?"

시어니는 그의 손을 잡고 밖으로 나갔다.

"루피오 빵집으로 가는 거죠?"

"으음. 우린 다른 택시를 탈 거야."

시어니는 미소를 지었다. 오늘은 정말 멋진 날이었다! 시어니는 다른 손을 올려 에머리의 뺨을 쓰다듬었다.

"이 짧은 머리에 아직도 적응이 안 돼요. 머리는 왜 잘랐어요?"

"좀 더 신사답게 보이고 싶어서."

시어니는 콧방귀를 뀌었지만 장난스레 반짝이는 그의 눈을 보니 문득 농담이 아닐 수도 있다는 생각이 들었다.

에머리는 나가서 택시를 부르지 않았다. 강당 밖 길옆에 그가 미리 불러놓은 택시가 기다리고 있었다. 차 옆에 서 있던 택시기사가 그들을 위해 문을 열어주었다. 기사는 시어니의 예복을 보더니 미소를 지었다.

시어니는 좌석 등받이에 기대앉으며 생각했다.

'이 옷을 입고 나가면 영국에서 내가 종이 마법사라는 걸 모르는 사람이 없겠어. 더 이상 견습생용 앞치마는 입지 않아. 난 이제 합법적인 마법사야. 내년 이맘때쯤에는 내 밑으로 견습생도 들어오겠지!'

그 생각을 하니 가슴이 벅차올랐다. 학년 말쯤에는 좀 더 많은 견습생들이 종이 마법 쪽에 배정되지 않을까? 그 때쯤 자신은 견습생을 훈련할 준비가 되어 있을까?

"학교에서 자원봉사를 시작해야겠어요. 태기스 프래프에서요. 객원 강사나 조교로 일할 수 있을 거예요. 학교에는 종이 마법사인 객원 강사나 조교가 없으니까요. 학교에서 학생들이 종이 마법에 대해 좀 더 배우면 종이 마법 쪽으로 지원하는 수도 늘어나겠죠."

"나쁘지 않은 생각이네." 에머리는 미소를 지었다. "학교에 통근하는 문제에 대해 한마디 하자면, 자기가 유리 마법을 써서 학교까지 빠르게 통근을 하면 어떨까 싶어."

시어니는 고개를 끄덕였다.

"유리 마법사 전용 거울을 주문해서 사고를 최소화해야겠어요."

"이제야 사고를 최소화할 생각을 하다니." 에머리는 중얼거리다 웃음을 터뜨렸다. "당신은 참 알다가도 모를 사람이야, 시어니. 내가 억지로 당신을 견습생으로 받지 않았다면 지난 2년 동안의 내 인생은 참 지루했겠지……."

"억지로 받았다고요?" 시어니는 콧방귀를 뀌었다. "저기요, 세인 마법사님. 저는 원래 금속 마법사가 되고 싶었다고요."

"자네는 모든 종류의 마법사가 되고 싶어 하잖아."

"그래도, 달리 선택할 수 있다면 그렇단 얘기예요……."
시어니는 웃으며 몸을 옆으로 돌렸다. 늦은 오후의 햇살이 택시 창문으로 흘러들어 에머리의 옆에서 요정처럼 춤추었다.

"뭐 해?"

시어니는 천천히 코로 숨을 내쉬었다.

"그냥 생각 중이요."

"나를 얼마나 좋아하는지에 대한 생각?"

"당신이 너무 말랐다는 생각이요. 제가 집을 비운 3주 동안 제대로 먹지도 못했나 봐요."

"곧 다시 살이 찌겠지."

시어니는 에머리가 앉은 쪽 창문 너머로 우체국이 보이자 얼른 고개를 돌려 자신의 창문 쪽을 내다보았다.

"목적지를 지나왔어요. 루피오 빵집은 스틸로 쪽에 있는데."

"아, 루피오 빵집은 좀 이따가 갈 거야. 잠깐 들를 데가 있어. 당신 가족들은 이미 알아."

"아버지한테 한 '부탁'이 이거였어요?"

"음."

시어니는 긴장을 풀고 앉아 손에 낀 흰 장갑을 벗었다. 차창 너머로 건물들과 사람들이 지나갔다. 가족들과 만나기로 한 빵집과는 이미 꽤 멀어졌다. 택시는 길을 따라 계속 달려 스틸로에서 한참 떨어진 곳으로 향했다. 길가의 상점들은 그 수가 점점 줄어들었고 얼마 후 주택가로 접어들면서 건물들의 크기도 확연히 줄었다. 그러다 집 사이의 간격이 점점 넓어졌다. 포장된 도로를 벗어난 택시는 풀로 뒤덮인 두 둔덕 사이의 좁은 흙길로 나아갔다.

시어니는 에머리를 돌아보며 물었다.

"어디로 가는 거예요?"

시어니의 눈을 마주 보는 대신 에머리는 앞 유리 너머로 펼쳐진 풍경을 바라보며 대답했다.

"가보면 알게 돼."

시어니는 아랫입술을 깨물며 다시 창밖으로 시선을 돌렸다. 택시 문에 손가락을 대고 창문 쪽으로 몸을 기울였다. 바람이 머리카락을 헝클어뜨리려 했지만 단단히 꽂은 머리핀 덕분에 머리 모양은 흐트러지지 않았다.

택시가 달려갈수록 둔덕의 수는 계속 늘어났고, 둔덕의 풀들은 점점 손질이 안 된 야생 상태에 가까워졌다. 일부 둔덕에는 나무들도 보이기 시작했다. 푸크시아, 금잔화, 자수정 색깔의 야생화들이 울퉁불퉁한 흙길 옆의 너른 언덕에 가득 피었다. 풀잎 끝은 늦봄의 햇살을 받아 황금색으로 물들었다.

이윽고 택시가 속도를 줄였다. 시어니는 꽃으로 덮인 언덕을 바라보았다. 실제로 와본 적은 없지만 어떤 곳인지 *바로 알았다.* 에머리의 심장 속에 담겨 있던 장소, 에머리의 희망 안에서 본 적 있는 장소였다. 2년 전 동서남북 운명 상자를 통해 본 환영 속 풍경이기도 했다.

심장이 빠르게 뛰었다. 심장이 갈비뼈와 목구멍 안쪽까지 망치질하듯 두드렸다. 폭포처럼 시원한 느낌이 온몸을 감쌌다. 어느새 에머리는 택시에서 내려 뒤로 빙 돌아가, 시어니가 앉은 자리의 문을 열어주었다.

그는 시어니의 손을 잡았다. 시어니는 액자에 담긴 마법사 자격증을 자리에 놓아두고 택시에서 내려 조용히 에머리를 따라 언덕을 올라갔다. 한 걸음 한 걸음 발을 옮길 때마다 심장이 더 세차게 뛰었는데 비탈을 올라가는 게 힘들어서가 아니었다.

마침내 그들은 언덕배기에 올라섰다. 그곳에는 고동색 잎이 달린 익숙한 자두나무 한 그루가 서 있었다. 자두는 며칠 후면 알맞게 익을 듯했다.

에머리는 자두나무와 그 앞의 풍경을 바라보다가 시어

니를 돌아보았다. 시어니는 에머리의 선명한 초록색 눈동자 안에 담긴 감정을 전부 느낄 수 있었다. 잘 알기에 맥박이 더욱 세게 뛰었다.

시어니는 에머리의 손을 잡았고 그는 허리를 굽혀 시어니에게 입을 맞췄다. 야생화 향기를 머금은 산들바람이 그들 주변에서 너울거렸다.

뒤로 물러난 에머리는 시어니와 이마를 맞대고 그녀의 눈을 들여다보았다.

"사랑해요."

시어니의 속삭임에 그는 눈으로 웃었다.

"내가 하려고 했던 말이야, 트윌 양."

시어니는 조용히 그를 올려다보았다.

그는 시어니의 손을 놓아주고 손가락 끝으로 그녀의 목선을 훑었다. 그들은 서로의 코를 바로 앞에 두고 숨결을 나누었다. 그가 나지막하게 말했다.

"당신 덕분에 나는 신을 믿게 됐어, 시어니. 신의 뜻이 아니라면 내가 어떻게 당신을 찾을 수 있었을까. 당신은 우리 집 현관문 앞으로 직접 와주기까지 했어."

시어니는 미소를 지었다. 비로소 빠르게 뛰던 심장이 안정을 찾아갔다.

"자신의 심장 속을 걸은 여자가 있다고 말할 수 있는 남자가 몇 명이나 될까? 하지만 난 그 말을 할 수 있어. 당신만 괜찮다면, 내 심장 안에 계속 머물러주면 좋겠어."

시어니의 눈에 눈물이 차올랐다. 그녀는 굳이 눈을 깜박여 눈물을 막지 않았다.

에머리는 주머니에 손을 넣어 폭이 주먹만 한 종이 고리를 꺼냈다. 흰색과 보라색 종이로 된 수십 개의 자잘한 십자형 사슬을 연결해 만든 고리였다. 마법 장치는 아니고, 아름다운 장식을 위해 만들어진 고리였다. 고리 끝에는 햇살을 받아 반짝이는 금반지가 끼워져 있었다. 금반지 중앙에는 빗방울 모양의 다이아몬드가 박혔고, 양옆에는 자그마한 에메랄드가 붙어 있었다.

종이 마법사 에머리 세인은 종이 고리에서 반지를 빼내어 손에 들었다. 그리고 한쪽 무릎을 굽히며 말했다.

"시어니 마야 트윌, 나랑 결혼해줄래?"

414

★ 감사의 말 ★

하늘에 계신 아버지이시며 만물의 창조주이신 하느님께,

정말 굉장한 경험이었습니다. 제가 3권까지 쓸 수 있을 줄도, 사람들이 3권을 읽게 될 줄도 (물론 권말의 '감사의 말'은 읽지 않고 건너뛰겠지만) 몰랐고, 이 여정이 아직 끝나지 않았다는 것도 믿기지 않습니다. 저에게 주신 엄청난 축복에 감사드립니다.

이야기가 책으로 나오기까지 앤드류, 헤일리, 로라, 줄리아나 등 알파 독자들이 큰 도움을 주셨음을 말씀드리고 싶습니다. 언제나 그렇듯 말린, 제이슨, 앤젤라, 47North 팀은 이 시리즈의 출판을 위해 노고를 아끼지 않았습니다. 기회가 닿는다면 이분들에게도 작은 축복이나마 나눠주시길 기도드립니다.

얼마 전 제게 딸을 안겨주신 것도 감사드립니다. 딸을 출산하게 된 덕분에 이 책을 좀 더 빨리 끝낼 수 있었습니다.

제 형편없는 초안을 모두 읽어주고, 아이디어를 짜낼 때마다 따분해하지 않고 도와준 사랑하는 남편에게도 고마움을 전합니다.

하느님은 정말 대단하십니다. 저를 이만큼이나 이끌어주실 줄 몰랐습니다. 그저…… 무한히 감사할 따름입니다. 언제나 고맙습니다.

시어니 트윌과 마법 시리즈 ❸

시어니 트윌과 대마법사

초판 1쇄 인쇄 2020년 5월 18일
초판 1쇄 발행 2020년 5월 25일

지은이 찰리 N. 홈버그
옮긴이 공보경
펴낸이 이범상
펴낸곳 ㈜비전비엔피 · 이덴슬리벨

기획편집 이경원 차재호 김승희 이가진 황서연 김태은
디자인 최원영 이상재 한우리
마케팅 한상철 이성호 최은석 전상미
전자책 김성화 김희정 이병준
관리 이다정

주소 우) 04034 서울시 마포구 잔다리로7길 12 (서교동)
전화 02)338-2411 **팩스** 02)338-2413
홈페이지 www.visionbp.co.kr
이메일 visioncorea@naver.com
원고투고 editor@visionbp.co.kr
인스타그램 www.instagram.com/visioncorea
포스트 post.naver.com/visioncorea

등록번호 제2009-000096호

ISBN 979-11-88053-87-2 04840

• 값은 뒤표지에 있습니다.
• 파본이나 잘못된 책은 구입처에서 교환해 드립니다.

이 도서의 국립중앙도서관 출판예정도서목록(CIP)은 서지정보유통지원시스템 홈페이지(http://seoji.nl.go.kr)와
국가자료종합목록 구축시스템(http://kolis-net.nl.go.kr)에서 이용하실 수 있습니다.(CIP제어번호:CIP2020018541)